Teresa Ciabatti

Die schönen Jahre

TERESA
CIABATTI

DIE SCHÖNEN JAHRE

ROMAN

Aus dem Italienischen
von Christiane von Bechtolsheim

dtv

Das Motto von Jeffrey Eugenides stammt aus *Die Selbstmord-Schwestern.* Übersetzt von Mechtild Sandberg-Ciletti. Durchgesehen von Eike Schönfeld. Reinbek bei Hamburg, 2004.

Das Motto von Oliver Sacks stammt aus *Der Mann, der seine Frau mit einem Hut verwechselte.* Übersetzt von Dirk van Gunsteren. Reinbek bei Hamburg, 1990.

FSC
www.fsc.org
MIX
Papier | Fördert gute Waldnutzung
FSC® C083411

Deutsche Erstausgabe 2023
Die italienische Originalausgabe erschien 2021 unter dem Titel
›Sembrava bellezza‹
bei Mondadori Libri S. p. A. in Mailand.

Gesetzt aus der Life
Satz: Fotosatz Amann, Memmingen
Druck und Bindung: CPI books GmbH, Leck
Printed in Germany · ISBN 978-3-423-29017-3

»Von fünf Mädchen waren vier übrig, und alle –
die Lebenden und die Tote – wurden sie zu Schatten.«

Jeffrey Eugenides,
Die Selbstmord-Schwestern

»[Die Patientin] spricht sehr schnell, impulsiv, und (so hat es den Anschein) voller Gleichgültigkeit … so dass sie Wichtiges und Unwichtiges, Wahres und Unwahres, Ernstes und Scherzhaftes in einem rasch dahinfließenden, wahllosen und halb-konfabulatorischen Strom wiedergibt … Es kommt vor, dass sie sich innerhalb weniger Sekunden vollkommen widerspricht … und sagt, sie liebe Musik, sie liebe sie nicht, sie habe eine gebrochene Hüfte, sie sei völlig gesund …«

Oliver Sacks,
Der Mann, der seine Frau mit einem Hut verwechselte

Die Geschehnisse und die Figuren in diesem Buch sind real.

Erfunden sind das Alter meiner Tochter, der Wohnort und anderes.

Die Frau auf dem Foto erlitt Gewalt durch ihren Vater. Sie war es, an der er, aggressiv, cholerisch, seine Wut ausließ, wie die Familie das nannte, in der alle Bescheid wussten und niemand aufbegehrte. Eine Generation später erzählt es der jüngste Sohn seiner Frau, und die erzählt es ihrer Tochter, mir.

Ich erinnere mich nicht an den Namen meines Urgroßvaters, der lang vor meiner Geburt gestorben ist, ich habe auch kein Foto von ihm.

Wenn ich an meine Großmutter als kleines Mädchen denke, sehe ich einen Mann ohne Gesicht, wie er ins Bad kommt (damals gab es keine Bäder), wie er ins Bad kommt und ihr den Mund zudrückt. Oft habe ich mich in meiner Fantasie gefragt, was ich selbst als Siebenjährige gemacht hätte, in dem Alter, in dem meine Großmutter von ihrem Vater vergewaltigt wurde.

Den Verwandten, die protestieren werden – so was hat es in unserer Familie nicht gegeben, das ist üble Nachrede –, werde ich antworten: Ihr habt recht, es war die Großmutter mütterlicherseits, eine Tante, das Kindermädchen (1955 kam von Brittoli, Provinz Pescara, eine Fünfzehnjährige nach Rom, mit offenkundigen körperlichen Problemen in Form von Deformationen des linken Beins und beider Füße, weswegen sie klobige orthopädische Schuhe tragen musste. Das Mädchen arbeitete in dem Haus, in dem meine Großmutter – diesmal mütterlicherseits, ja – einen Hutladen führte, Via dei Prefetti 35, als Dienstmagd bei einem alten Witwer. Alle wussten, dass er das junge Mädchen vergewaltigte. Erst mischte sich niemand ein, aber eines Tages nahm meine Großmutter das Mädchen und holte es zu sich. Sie war die Kinderfrau meiner Mutter und blieb das auch für mich und meinen Bruder. Weder in ihren Gutenachtgeschichten noch später bei den alltäglichen Gesprächen mit uns als fast Erwachsenen erwähnte sie jemals den Mann, der sie missbraucht hatte. Als er starb, bedachte der Alte sie mit einem Geldbetrag, den sie annahm).

Eine kürzlich erschienene Zeitungsmeldung überlagert sich mit diesen Ereignissen wegen ähnlicher Umstände, auch ähnlicher Opfer; eine sechzigjährige Frau, an einer leichten geistigen Behinderung leidend, Provinz Treviso.

Ihr Schwager hat sie zu sich auf den Hof gelockt und dort in seine Gewalt gebracht. Im Hühnerstall eingesperrt, wird sie geschlagen und vergewaltigt. Bei Wasser und Brot gehalten. Auf der Erde in ihren eigenen und den Exkrementen der Hühner liegen gelassen. Der Peiniger nimmt derweil ihre Postbankkarte an sich und hebt ihre Invalidenrente ab, vierhundert Euro. Bevor das Opfer fliehen kann, bevor die Frau eines Nachts all ihren Mut zusammennimmt, getrieben vom Gedanken an den fernen Sohn, dem sie – wie sie den Ermittlungsbeamten berichten wird – unter Androhung von Gewalt die Nachricht »Ich gehe nach Rumänien, such mich nicht« schreiben musste, wenige Tage davor schneidet der Mann ihr die Haare mit einer Geflügelschere ab.

Wie ein Mann, sagt sie und bricht in Tränen aus, als sie sich nach der Flucht in einem Spiegel sieht. Sie beschließt daraufhin, eine wollene Kappe zu tragen.

Ich bin fast gestorben, wird sie den Ermittlungsbeamten sagen und meint den Haarschnitt – der schlimmste Moment.

Nicht die Gewalt, nicht die Schläge. Oder die Exkremente, der Hunger, die Kälte.

So funktioniert der menschliche Verstand.

Er funktioniert bei jedem von uns anders, je nach Wahrnehmung und auch körperlichen Charakteristika. Die gleiche Erfahrung hat so viele Versionen, wie es Menschen gibt, die sie gemacht haben.

Man findet Schmerz und Glück, wo andere sie nicht finden. Sogar die Freude sitzt je nach Person in unterschiedlichen Bereichen, Gefühlsspalten. Freude ist von den menschlichen Gefühlen vielleicht das größte Rätsel.

So erkannte meine Großmutter väterlicherseits, die an Alzheimer erkrankt war, am Ende niemanden mehr. Wer immer sie besuchte, wurde mit dem Vater verwechselt. *Babbo*, sagte sie. Und beim Abschied: Geh nicht weg. Der Vater war der einzige Mensch, nach dem sie verlangte.

BUCH EINS

1

Wenn ich gefragt werde, was man fühlt, wenn man berühmt ist, und ich »nichts« antworte, ist das gelogen. Ihr könnt euch die Benommenheit, den Rausch angesichts eines Beifall klatschenden Publikums nicht vorstellen. Auf einer Bühne, hinter einem Lesepult, an einem Tisch, vor einem Mikrofon wie heute Abend.

Ich glaube nicht, dass ich die Beste bin, sage ich. Ein ganz normaler Mensch, eine Frau wie viele andere. Ich lächle, senke den Kopf. Ich habe großes Vertrauen in die Menschheit, das ja, fahre ich fort, alles hängt von uns ab, Gutes säen heißt Gutes ernten – und jetzt deklamiere ich wirklich, während die Lichter hinter der Fernsehkamera mein Gesicht beleuchten und ich zu einer konturlosen Gestalt werde. Und ich schaue geradeaus, direkt auf euch, die ihr mich von zu Hause aus sehen werdet, ihr alle auf der anderen Seite des Bildschirms.

Bleiben wir bei diesem Augenblick im Dezember 2018. Wer bin ich, dort im Gemeindesaal vor einem Publikum und der Kamera des lokalen TV-Senders, dessen Aufnahmen später ins Netz gestellt werden.

Dank des Fernsehens habe ich entdeckt, dass ich schön geworden bin. Das war ich nie, davon erzählt der Roman, dem ich meine Berühmtheit verdanke und in dem ein verwirrter Mensch, der sich großartig und innig geliebt fühlt, auf die Wirklichkeit stößt – ich selbst als Teenager, ich selbst als Kind.

Auf dem Bildschirm sehe ich ein anderes Ich, das alle Unzulänglichkeit überwunden hat. Dünn geworden, das Haar dunkelblond auf Wunsch des Friseurs, für einen strahlenderen Teint. Meine Zähne sind zwar weiß, aber wie wäre es trotzdem mit einer Zahnaufhellung? Noch weißer. Und dann? Was ist zu tun, um in diesem perfekten Zustand zu verbleiben? Botox.

Eben das bin ich in erster Linie: ein Erfolgsmensch.

Ich gehe zum Friseur. Kaufe Kleider, Schuhe. Erkundige mich nach eventuellen Preisnachlässen: Wenn jemand Prominentes (jemand, der zu öffentlichen Veranstaltungen geht und eher nicht einzeln, eher in einer Gruppe fotografiert wird), wenn also diese Person beschließt, sich exklusiv von einem bestimmten Label einkleiden zu lassen, steht ihr dann nicht ein Fünfzig-Prozent-Nachlass oder gar ein Sponsoring zu?

Ich reise. Ich lese in allen Städten Italiens, so wie heute Abend in diesem Gemeindesaal, wo jemand aus dem Publikum ruft: Du bist großartig!

Vor einer Fernsehkamera, hinter einem Lesepult schweifen die Gedanken bisweilen ab, hin zu Leuten, die mich nicht verstanden haben. Dann tauchen die fünfundzwanzig jugendlichen Gesichter auf, blaue Augen, Zahnspangen, perfekte Zähne, Sommersprossen, hohle Wangen, volle Wangen, sonnengebleichte Haare, knielange Röcke, schlanke Beine, Goffredo-Mameli-Gymnasium, Parioli, Rom. Unter dem Basketballkorb im Schulhof zeigt das Klassenfoto uns fünfundzwanzig Gestalten, die sich von Jahr zu Jahr – wieder nehmen wir die Fotos, ordnen sie chronologisch – verändern, Erwachsenenform annehmen.

Dreißig Jahre gehen ins Land, und das Mädchen auf dem Foto oben links wechselt den Platz. Eine zentripetale Kraft treibt sie ins Zentrum, alles Licht auf sie, ihr anderen in den Schatten.

Wie wird man Schriftstellerin?, fragt jemand aus dem Publikum. Verzicht, Einsatzbereitschaft, erwidere ich – und die Fernsehkamera nimmt alles auf. Ich füge hinzu: Gepaart mit ein bisschen Egoismus, zu dem der Beruf einen oft zwingt, die Familie zum Beispiel, klar hätte ich mehr Zeit mit meiner Tochter verbringen können, und darin, nur darin bin ich ehrlich.

Danach lüge ich wieder. Was für eine überraschende Stadt, ich will wiederkommen, ich werde wiederkommen, verspreche ich ins Blaue hinein.

Alles geheuchelt, nur möglichst bald raus hier.

Jetzt überquere ich, angetan mit dem zu dünnen Mantel, am späten Abend die bei diesen Minusgraden menschenleere Piazza und wickle den Schal um mich, den der Wind immer wieder löst. Jetzt bin ich im Hotelzimmer, Blick durchs Fenster, auf das Tal mit dem Schimmer in der Ferne, vielleicht ein Sportplatz, von dem das Geschrei von Jugendlichen kommt. Wahrscheinlich trainieren sie gerade. Wenn ihr mich nur sehen könntet, liebe Leser, liebe Leserinnen, wenn ihr mich hier in meinem Fleecepyjama sehen könntet, würdet ihr mich dann immer noch lieben?

Mit dem Erfolg musste ich Menschen auf Abstand halten.

Verwandte und Freunde, die mich plötzlich bedrängten.

Leute, die ich noch nie gesehen hatte und die behaupteten, Cousins zweiten Grades, Onkel zu sein. Unbekannte gratulieren mir, welch bewegende Geschichte, mit der sie sich identifizieren, und am Ende sagen sie: Ich möchte dir meine eigene Kindheit erzählen.

Alte Schulkameraden. Ja, die Jungs vom Goffredo-Mameli-Gymnasium sind zurück.

In Betten, unter erregten Männern, sehe ich sie, sie alle, die mich nicht geliebt und mir fragilem Wesen damit ein Mal aufgebrannt haben. Sind demnach nicht diese Jungen, diese früheren Klassenkameraden, schuld an meiner Untreue, daran, dass ich angefangen habe, meinen Mann zu betrügen? Hängt es etwa nicht von der Adoleszenz ab, wie du als Erwachsene bist?

»Ich habe gehört, es schneit.« Nachricht auf dem Telefon.

Das Geschrei der Jugendlichen in der Ferne ist verstummt, ich, unter der Bettdecke eingerollt, antworte: »Momentan kein Schnee.«

Am liebsten würde ich hinzufügen: Komm und hol mich. Abgesehen vom Absender, meine ich jeden um mich besorgten Menschen, Mann, Frau, Tochter, Liebhaber: Wir sind noch jung, so jung. Diese ganze verschwendete Zärtlichkeit, diese ganze Zärtlichkeit, die hier drunter verpufft. Nimm mich mit (und hier stelle ich mir einen Mann vor).

Ihr könnt ruhig denken, diese Geschichte hätte an dem Tag begonnen, an dem der verheiratete Liebhaber im Bett fragte: Würdest du deinen Mann für mich verlassen? Denkt es ruhig, ihr täuscht euch.

2

Tageslicht erhellt den Schrottplatz – Frühe. Von wegen grenzenloses Tal, Geschrei von Jugendlichen. In dieser Trostlosigkeit ist das einzige Geräusch das Aufeinanderkrachen von Blech.

Und nein, es hat nicht geschneit. Kein Schnee in Cagliari. Ihr werdet euch fragen, warum die berühmte Schriftstellerin, die von Modedesignern ausgestattete Dunkelblonde, nicht in New York, nicht in Paris, sondern in Cagliari ist.

In den letzten Jahren – drei seit Erscheinen des Buches, um genau zu sein – bin ich, entgegen meinem sesshaften Naturell, kreuz und quer durch Italien gereist, um nur ja in aller Munde zu bleiben. Dass ich in aller Munde war, bestätigte die Zahl der Anrufe, die ich nicht entgegennahm, das mit Einladungen vollgestopfte Mailpostfach. Alles Menschen aus meiner Vergangenheit, wiederhole, betone ich. Na gut, von den früheren Mitschülerinnen war nur eine aufgetaucht, das genügte. Diese eine hätte ich mir schon zurechtgebogen, das hätte für alle gegolten.

Im Oktober – jetzt ist wohlgemerkt Dezember – trat Federica (sie ist eine reale Person, weshalb ich ihren Nachnamen nicht nennen werde) mit einer langen Nachricht wieder in mein Leben. Sie schilderte ihre Freude darüber, mich wiedergefunden zu haben, und dass sie all die Jahre an mich gedacht habe. Den Stolz, als sie von meinem Erfolg gelesen und gesehen habe, wie bedeutend ich geworden sei, übrigens habe sie schon immer gewusst, dass ich etwas Besonderes sei.

Kurze Erwähnung der verstorbenen Mutter, des Vaters, der verfolge, was ich in den Zeitungen schriebe – stolz auch er! Er gehe auf die neunzig zu, allerhand Beschwerden, sein Leben sei nicht leicht gewesen.

Wenn ich zwanzig wäre. Wenn der Erfolg mit zwanzig gekommen wäre, hätte ich mich betrunken, Drogen genommen, Jungs enttäuscht, sie kurzzeitig dazu benutzt, meine Eitelkeit zu pflegen. Junge Männer wären mir nachgelaufen. Alle hätten mich gewollt.

Aber ich bin siebenundvierzig, und Männer, die mir Avancen machen, sind in den Fünfzigern und mit greisen, wenn nicht toten Eltern beschäftigt. Leute mit entzündeten Ellenbogen, mit blockiertem Rücken, Erwachsene, die unzufrieden sind, getrennt, ein zweites Leben wollen, Kinder noch mit fünfzig. Unter Psychopharmaka, gestresst wie ich, die Blut verliert. Zyklusstörungen, denke ich, als ich den Fleck sehe. Was soll's, das bisschen Blut, mir würde es nie einfallen, den Verlauf meines Zyklus schriftlich festzuhalten, es soll euch genügen, zu wissen, dass ich den Zyklusbeginn nie notiert habe. Jedes Mal überrascht, hinterlasse ich Flecken auf Laken, auf Stühlen. Im Rückblick höre ich wieder meine Mutter: Wie ein Tier, sagt sie. Wir sprechen allerdings von einer einfachen Frau, trotz Medizinstudiums – apropos Blut, in ihren Adern fließt gewöhnliches Blut: Sie wirft keine Essensreste weg, ihr Bett macht sie selber. In diese Zeit, die Zeit am Gymnasium, fiel auch der Umzug nach Rom, und ich schämte mich in Grund und Boden. Warum musste ausgerechnet meine Mutter so unzulänglich, so völlig anders sein als die anderen Mütter, dass ich sogar sagte: Meine Freundinnen kommen, bleib im Schlafzimmer.

Du hast keinen Pelzmantel (du hast einen, ziehst ihn aber nicht an), du trägst keinen Schmuck, den hast du wirklich nicht, du hast ihn verkauft, wie ich nach deinem Tod feststellen sollte. Und mit dieser Zahnlücke, du lässt die herausgefallenen Zähne partout nicht ersetzen, du hast kein Geld, sagst du, mit dieser Zahnlücke – überflüssig, zu schwören, es sei ein Versehen gewesen, das war Absicht – wirst du eines Tages den beiden Mädchen, die nach mir fragen, die Tür öffnen und mit extra weit aufgerissenem Mund antworten: Sie ist nicht da.

Eine der beiden heißt Federica, und sie wird herumerzählen, du, Mama, seist eine Pennerin.

Mit Federica habe ich also mehrere Rechnungen offen, und sie ist es, von der im Oktober die Nachricht kommt.

Das alles ist jetzt zwei Monate her, und ich hatte vor, mir mit der Antwort Zeit zu lassen, vielleicht erst noch weitere Versuche ihrerseits ins Leere laufen zu lassen. Fühlst du dich links liegen gelassen, liebe Freundin?

Eine Gewissensprüfung ergibt, dass mein ganzes Leben im Lichte von Rachegelüsten gesehen werden muss. Jede Beziehung innerhalb und außerhalb der Familie gestaltet sich nach zu rächendem Unrecht. Was ist übrigens der Roman, der mir Ruhm eingebracht hat, anderes als eine Rache an meinen verstorbenen Eltern? Und an mir selbst – wenn ihr Kritiker mit euren Verrissen wenigstens Metaphern lesen könntet, gebt euch mal Mühe.

Es ist ja nicht alles Metapher. Der Schrottplatz, auf den mein Zimmer hinausgeht, ist keine Metapher, auch nicht diese Stadt, Cagliari, auch ich nicht, die ich gerade erst aufgewacht bin und meine Siebensachen zusammensammle, die in den Rollkoffer sollen. Geschweige denn die Person, die mir dauernd schreibt.

»Soll ich dich am Flughafen abholen?«

»Ich habe ein Interview«, antworte ich.

Als bekannte Schriftstellerin arbeite ich mit verschiedenen Blättern zusammen, besonders mit einer landesweit erscheinenden Tageszeitung, für die ich Prominente wie Schauspieler und Intellektuelle interviewe. Oft sind es die Prominenten selbst, die mich anfragen.

Ich habe es geschafft – so spreche ich zu meinen früheren Mitschülern in einem inneren Monolog, der seit Jahren abläuft, in einem Tagtraum, der sie mir zurückholt, die Reichen, die Hochmütigen.

Diese Gefüge domestizierter Hormone, nichts in ihnen war außer Kontrolle, nicht mal die Essgelüste, ebenso wenig sonstiges Begehren, sodass sie sich sogar untereinander begehrten, zum instinktiven Schutz der eigenen Sippe.

Ich rede mit euch, immerzu mit euch, Fantasie, Traum – manchmal träume ich von euch kleinen Egoisten, wie gefährlich ihr wart in eurer Unfähigkeit, die Folgen eures Handelns abzusehen, euer unbekümmertes Verhalten, unbeschwertes Lachen.

Jemand könnte dagegenhalten, man müsste doch nach so vielen Jahren keinen Groll mehr hegen.

Aber da straffe ich – wieder in der Fantasie – die Schultern, räuspere mich, sage Nein. Das vergisst man nicht, sage ich. Wie soll ich diesen Moment auslöschen, ich als Klassensprecherkandidatin gegen zwei Außenseiterinnen (Ciriello aus Neapel, Curcio Diabetikerin), sicher, die Wahl zu gewinnen, und auf der Tafel erscheint neben meinem Namen kein einziges x?

Wann hätte die Erinnerung verblassen sollen, ich auf der Freitreppe der Villa aus dem sechzehnten Jahrhundert, im langen Kleid, um die Gäste zu empfangen, mit denen ich meinen achtzehnten Geburtstag feiern will, und niemand kommt, wann hätte diese Wunde verheilen sollen? (In Wirklichkeit kamen ein paar, fünfzehn, zwanzig Leute von zweihundert Eingeladenen, die Villa war praktisch leer, und ich im Park, in den Salons, fett.)

3

Es gibt ein Foto, auf dem bin ich mit Federica, Livia, Simona. Hinter uns Massimo und ein kleiner Blonder, dessen Namen ich nicht mehr weiß.

Wir sind sechzehn Jahre alt, Livia siebzehn. Das muss einen Monat vor ihrem Verschwinden gewesen sein, das letzte Foto von Livia vor ihrem Verschwinden.

Aber bleiben wir bei mir, der Person links von Federica.

Wer bin ich damals? Eine Jugendliche aus der Provinz, die nach der Trennung der Eltern in die Stadt gezogen ist. Vater Dorfprominenz (Anwalt, Arzt, ist nicht wichtig), Mutter Nichtstuerin.

Wer bin ich in der Schule des Wohnviertels, in die lauter Akademikerkinder gehen? Wer sonst als ein dickes, trauriges, verängstigtes, gehemmtes, verspottetes Mädchen, das schreien könnte vor Wut: Ich lauf in die Schule und knall alle ab, Mama! Wenn es damals Internet gegeben hätte, wenn Mobbing unter Schülern eine Straftat gewesen wäre, wäre ich im Jugendgefängnis gelandet oder in einer Erziehungsanstalt, anstatt dieser unglückliche Mensch zu sein, der den Hörer aufnimmt, eine Nummer wählt, sagt: »Du kennst mich nicht, ich liebe dich.« Oder auch: »Ihr Sohn nimmt Drogen.« Anonyme Anrufe. Beleidigungen, Liebeserklärungen durch den Telefonhörer.

Und eine Zeit lang ist der Mensch an meiner Seite Federica.

Ich schämte mich für unsere Wohnung (wir lebten mit meiner Großmutter wie arme Leute aus dem Süden), daher ging ich zu ihr.

Federica lag in ihrem Zimmer auf dem blauen Teppich und seufzte: Manchmal würde ich am liebsten ans andere Ende der Welt abhauen, nach Alaska zum Beispiel.

Tage, Monate. Wir immer im Zimmer.

War das die Jugend? In den Filmen war von etwas anderem die Rede: Was ist mit dem Sex im Auto? Mit den leichtfertigen Selbstmordversuchen der Verliebten? Den schachtelweise geschluckten Xanax und den geritzten Armen? Was ist mit den Lebensgefahren, den Vergewaltigungen in Unterführungen, den Belästigungen in der Familie, der Pille danach (die es damals noch nicht gab)? Was ist mit den ganzen Drogen, die ihr uns versprochen habt? Wann tauchen in unserer Geschichte Männer auf?

So räsonierten zwei übergewichtige junge Mädchen, die unter dem Alleinsein litten. Zwei übergewichtige, aber zupackende junge Mädchen, in die auf ebendiesem Teppich, auf dem sie herumliegen und jammern, aber neues Leben kommt: Wenn unser Leben schlecht läuft, dann soll es auch bei den anderen schlecht laufen.

Also rein in Livias Zimmer, die eine von vielen Briefkarten geschnappt, auf der steht, wo die Party stattfindet.

Im Telefonbuch die Nummer des Clubs suchen.

Hörer in die Hand, Nummer wählen: »Es gibt einen Bombenanschlag, evakuiert das Lokal.«

Auf dem blauen Teppich Augen zu, fantasieren: Menschentrauben drängen sich am Ausgang, alles schreit durcheinander. Wer stolpert, stürzt. Hilfe, flehen dünne Kinderstimmchen, und wir lassen uns auf dem blauen Teppich treiben und freuen uns, dass wir euch entlarvt haben, ihr kleinen Angsthasen.

Das sind die Katastrophenszenen, die in unseren ebenso sadistischen wie harmlosen Überlegungen umso mehr Gestalt annehmen, als nichts, die ganze Teenagerzeit über rein gar nichts passiert, während immer weiter Partys stattfinden, zu denen wir nicht eingeladen sind.

Unsere Versuche der Rebellion lösen sich in Luft auf (wäre Columbine schon passiert, hätte es schon eine Urform gegeben, dann wäre sie Anstoß genug gewesen für uns Frustrierte, die wir kurz davor waren, zu explodieren, gebt uns eine Pistole, einen Sprengsatz).

Arme verschränken auf dem blauen Teppich, uns gleich fühlen, wenigstens wir beide. Auf die gleiche Weise ausgegrenzt.

Doch wir sind verschieden, Federica – möchte ich immer sagen, wenn ich an die Zukunft denke –, du wirst kein Ausgeschlossensein kennenlernen, denn du bist Tochter von Freunden, von Freunden von Freunden, wenn nicht gar von Verwandten; du kommst in die Clubs rein, vor allem in den Jagdclub, zu dem mir der Zutritt verwehrt ist, und du setzt dich dort auf Sofas, und auch wenn du schweigst – du erlaubst dir zu schweigen! –, bleibst du eine von ihnen. In meiner Fantasie springe ich auf: Tu nicht so, als ob du ich wärst – Zeigefinger ausgestreckt –, du mit deiner Mutter, die alle Zähne hat, nicht wie meine, die etruskische Schmuckstücke verkaufen muss, weil mein Vater ihr kein Geld gibt und uns in die Armut treibt, plötzlich in die Armut, was weißt du schon von Elend, Entbehrung, unsicherer Zukunft, Federica.

Auf dem Teppich in deinem Zimmer will ich du sein, gib mir die Hand.

Wir waren bestimmt im selben Stückchen Menschsein, als die Tür aufsprang und Livia hereinstürzte.

In Gegenwart des blonden Wesens verstummen wir – und das ist die lebendigste Erinnerung an die Zeit der Freundschaft mit Federica, an die Tage, die ich bei ihr verbracht habe. Der plötzliche Auftritt ihrer Schwester.

Die Tür springt nach der Party auf, die wir vergeblich sabotiert haben (nachdem wir den Sprengsatz verworfen hatten, optierten wir für ein dezentes »Guten Abend, die Mama des Geburtstagskindes ist gestorben, können Sie das dem Mädchen ausrichten?«).

Um genau zu sein, springt die Tür erst am nächsten Morgen auf, und Livia erscheint und befiehlt uns, sie nicht zu stören, sie sei erst in den frühen Morgenstunden nach Hause gekommen, doch da klingelt das Telefon, und sie, sehr blond, sehr müde, sagt: Ich bin für niemanden da.

Für gar niemanden?, fragt Federica.

Aber Livia ist schon in ihr Zimmer verschwunden,

Sonnentage, Sternennächte, Liebesgeschichten, was soll ihr schon Schlimmes widerfahren.

Hallo, sagt Federica.

Hier ist Massimo, ist Livia da?

Lange Beine, schmale Taille, es hatte keinen Tanzkurs und keine Sportstunden gebraucht, um diesen perfekten Körper zu formen. Alles Natur, inklusive Busen.

Da ist sie noch in diesem anmutigen Körper. Livia.

Perfekter Busen, sagten wir. Keine Watte, keine Socken – wir stopften unsere BHs mit Socken aus. Die fleischige Vorwölbung, die bei jeder Bewegung hüpfte, war für sie, für die Welt, so echt, wie sie schmerzhaft war für uns, die wir gerade erst erblühten, mit unseren kleinen Brüsten, asymmetrisch bei mir, so asymmetrisch, dass sie Verkleidung erforderten, dicke Strickjacken. Im Entstehen begriffene Geschöpfe, schiefe, auf Richtigstellung hoffende Wesen (wenn sich das mit dem Wachstum nicht ausgleiche – hatte der Endokrinologe gesagt –, müsse man operieren. Und ich, nackt, versuche, mich mit den Armen zu bedecken, starre auf den Boden, damit ich dieses missgebildete Ding nicht im Spiegel sehe).

Wir, die mit dem Brandmal.

Das waren wir, verglichen mit Livia, und ihr Müll erinnerte uns immer nur an den Unterschied. Blonde Haare im Waschbecken, herumliegende Tampons, wo wir Mädchen Binden gewohnt waren, des Gerüchtes wegen: Tampons entjungfern.

Wir mussten nur das gemeinsame Bad oder ihr Zimmer betreten. Zwischen ihren Sachen herumgehen, nach etwas greifen, das sie berührt hatte, um uns daran zu erinnern, dass wir zweitrangige Gestalten waren; wenn jemand einen Film gedreht hätte, wären wir in Livias tollem Leben die Statistinnen gewesen. Stellen wir uns vor, die Hauptdarstellerin rennt einen Strand entlang, sitzt auf einer Schaukel, Haare im Wind, oder dreht auf einem Eislaufplatz Pirouetten.

Damals hätte niemand vermutet, was wirklich passieren würde, dass es eine letzte Szene geben könnte. Und falls sich damals doch jemand das Ende von Livias Jugend ausgemalt hätte, wäre es eine Hochzeit gewesen. Tauben, Rosenblätter.

Doch nein: In dieser Geschichte, in dieser wahren Geschichte, fällt kein Blütenblatt, keine Taube fliegt davon als Start in ein neues Leben.

In meiner ganz persönlichen postumen Rekonstruktion, wie ich das immer nannte, wenn mich jemand nach jener Nacht fragte, erscheint Livia im letzten Bild in strahlend hellem Licht. Wer weiß, was es für die anderen war. Welches Bild Schwester, Eltern, Freunde von ihr bewahrten. Es wird für niemanden das Gleiche gewesen sein.

Ich schließe die Augen, seit damals ist Livia immer, wenn ich die Augen schließe, im Licht und im nächsten Moment nicht mehr. Eine Mahnung, dass die schönen Dinge von kurzer Dauer sind, denken wir nur an die Schmetterlinge, nehmen wir die Schmetterlinge.

An ihrem letzten Tag als Schmetterling verlässt Livia das Licht. Sie verlässt das Licht und hüllt sich in ihr Handtuch.

Federica sagt, die Probleme mit Massimo müsse sie selber klären, sie sei nicht ihre Sekretärin.

Livia seufzt. Und verschwindet.

4

Livia ignorierte den Dermatologen, der ihr die künstliche Bräune verboten hatte, und ließ sich eine Sonnenbank schenken. Ihre Haut sei zart, die schädlichen UV-Strahlen würden womöglich den Alterungsprozess beschleunigen. Wolle sie etwa wie eine Dreißigjährige aussehen? Wenn sie lange jung bleiben wolle, dürfe sie sich nur wenig der Sonne aussetzen und, wenn überhaupt, mit komplettem Schutz.

Nun klang das Wort Alterungsprozess damals wie Mondlandung oder Atomkrieg. Mithin schlug Livia die Warnung in den Wind. Und außerdem: Weißt du, was es bedeutet, die Einzige an der ganzen Schule zu sein, die dieses Ding besitzt? Manche hatten das Modell fürs Gesicht, aber keinesfalls die Bank, die gab es nur in Kosmetikstudios. Die Freundinnen bettelten darum, sie benutzen zu dürfen, sie erlaubte es. Selten, sie wollte die Einzige sein, die zu jeder Jahreszeit gebräunt war.

Doch wenn ihre Schönheit überhaupt jemals in Gefahr war, dann in Wahrheit nur durch die Sonnenbank, die auf eine Stunde, dreißig Minuten, zwanzig, noch einmal zehn, nur noch zehn Minuten eingestellt war.

Oft verbrannte sie sich die Haut, die sich dann schälte und das rohe Fleisch bloßlegte, worüber die Mutter sich aufregte: Du verunstaltest dich.

Im Rückblick war das eine Vorwegnahme der Zukunft.

Livia, die mit ihrem Glück spielte, die sich ruinierte und schöner wiederauflebte, auf ewig schön, Livia, die durchs Feuer ging, dabei waren wir doch vom gleichen Feuer gezeichnet (nach einem weiteren Jahr hatte sich die Brust immer noch nicht angeglichen, im Gegenteil: Die rechte war gewachsen. Was soll ich machen?, schrie ich meine Mutter an. Ich bin eine Missgeburt, was für den Jahrmarkt!).

Wenn ich an Livia denke, die Male, die ich in diesen Jahren an sie gedacht habe, sehe ich sie aus der Sonnenbank auftauchen, in dieser Szene, die für mich die letzte ist.

Die Gedanken laufen zurück, noch weiter zurück, jeder Gegenstand leuchtet.

Federica reißt die Tür des Zimmers auf. Massimo ist da, vermeldet sie.

Sag ihm, ich bin nicht da.

Ich hab ihm schon gesagt, dass du da bist.

Die Sonnenbank verströmt Licht wie eine Raumkapsel.

Jetzt komm schon!

Die Klappe hebt sich, und in dem lumineszierenden Schimmer zeichnet sich Livia ab. In der Erinnerung – ich bin da, hinter Federica – ist sie nackt, oben und unten, wo ein blonder Busch sitzt (ein weiterer Beleg für die Regel, dass die Kinder von Reichen blond sind; hier sind die gelungensten Kinder von Reichen auch zwischen den Beinen blond).

An ihrem letzten Tag als Schmetterling erhebt Livia sich also von der Sonnenbank, nimmt das Handtuch, umhüllt sich mit gelangweilter Geste. Sie seufzt. In meiner Erinnerung verliert sich ihre Spur direkt nach diesem Augenblick. Welches Ende hat sie genommen, werden sich viele fragen. Was ist dem blonden Mädchen zugestoßen. Wir weinen, wir beten.

5

Wir verlassen die Vergangenheit und kehren in die Gegenwart zurück, zu der bekannten Schriftstellerin, die, aus Cagliari gelandet, ein Taxi zum Ort des Interviews nimmt, Fünf-Sterne-Hotel, Altstadt. Verweilen wir bei der ernsten Person, die auf die Interviewpartnerin wartet, welche sich, als sie kommt, für die Verspätung entschuldigt, vierzig Minuten Verspätung, und sie erwidert, kein Problem, die augenblickliche Antipathie überspielend, man kann es auch Unduldsamkeit nennen, erweitert auf die Kategorie – nicht der Schauspieler, sondern der jungen Leute, dieser arroganten jungen Leute mit ihrem plötzlichen Erfolg, die glauben, ihnen gehörte die Welt.

Gemeinsamkeiten mit der Figur, die Sie spielen?, frage ich die junge, blutjunge Schauspielerin, die von Nahem noch jünger ist und so klein. In ihr rosa Pelzjäckchen gehüllt, knöpft sie den Kragen des Pelzes zu und sagt: Mir ist kalt, ich friere leicht.

Dann tu dir mal was um die Beine, denke ich. Im Winter mit nackten Beinen und Minirock durch die Gegend laufen, würde ich gern lospoltern, aber ich sage nichts, sie ist nicht meine Tochter.

Ich setze mein Interview fort, mache mit banalen Fragen weiter – das Gefühl, sich auf dem großen Bildschirm zu sehen? –, auf die banale Antworten folgen, die ich auch alleine hätte niederschreiben können, ich wäre imstande gewesen, Wort für Wort alles zu berichten, was die Schauspielerin sagt, das Treffen hätte ich mir sparen können, die Vorhersehbarkeit der Gedanken, der mit Mittelmaß gepaarte Größenwahn dieser jungen Frau mit ihrem flüchtigen Erfolg, denn das ist alles von kurzer Dauer, und sie wird in Vergessenheit geraten. Junge Leute mit der Lust am Schein, Schauspieler, Sängerinnen. Zum Glück ist Anita anders, Anita hatte immer schon höhere Ambitionen. Die Komplimente, die sie als kleines Mädchen bekam: die geborene Schauspielerin. Und was für eine Stimme. Ja, meine Tochter hat eine tiefe Stimme, eine Altstimme, vielleicht, wenn sie gewollt hätte. Und dann mit meinen Kontakten und denen des Vaters. Doch sie hat den mühsamen Weg gewählt. Was willst du mal werden? Kinderärztin, antwortete sie. Im Lauf der Jahre: Kinderärztin, Lehrerin, Staatsanwältin, Tierärztin – ihre Tierliebe.

Meine Tochter hätte das Mädchen im rosa Pelzjäckchen werden können, und sie ist es nicht.

Diese junge Frau, die meine Fragen beantwortet – wie fühlt man sich, wenn man mit dreiundzwanzig berühmt ist?* – und dabei nach einem Kissen greift und es sich

---

* *Was ist das für ein Gefühl, mit dreiundzwanzig Jahren berühmt zu sein?*
Ich bin es gewohnt, ich habe früh mit dem Beruf angefangen, als kleines Mädchen schon.
Das heißt?
Mattel suchte ein Mädchen, das Barbie in Fleisch und Blut darstellen sollte. Es gab ein weltweites Casting.

auf den Schoß legt, und ich sehe sie – in Hotelzimmern –, ich sehe sie nach Männern greifen. In Betten Männerköpfe packen und an sich ziehen, herrisch. Aufstehen, nackt herumlaufen, sich eine Zigarette anstecken, obwohl sie nicht raucht – stelle ich während des Interviews fest –, aber in meiner Vorstellung geht sie auf die Terrasse, steckt sich eine Zigarette an. Und es ist nicht meine Tochter, zum Glück ist dieses rosa Wesen nicht meine Tochter – verschmelzen wir es mit dem Pelz, es wird eins mit dem Pelz –, das zwischen zwei Fragen kundtut, nicht gefrühstückt zu haben. Manchmal vergesse ich zu essen, sagt sie, dann muss sie mich dran erinnern, und deutet auf die Pressefrau. Das ist nicht meine Tochter, dieses Geschöpf, das ich frage, ob es vielleicht ein Tramezzino möchte, irgendetwas, und es schüttelt den Kopf.

Im Taxi entwerfe ich einen Anruf bei der Zeitung, bei dem ich klipp und klar sage: Nie wieder. Gebt mir Philosophen, Intellektuelle, Leute meines Niveaus – kurzer Hinweis auf die eigene Anerkennung durch Preise und Übersetzungen im Ausland.

Und?

Ich weiß noch, wie der Firmenchef mich gesehen hat, da war ich sieben oder acht. Er sieht mich und sagt: Das ist sie.

Und danach?

Ich war dann von sieben bis vierzehn Jahren Barbie. Dadurch, dass ich kleiner wirke, konnte ich über einen sehr langen Zeitraum Barbie sein.

(Anm.: Auszug aus dem Interview, das ich der schlechten Aufnahme wegen – an dieser Stelle entfernt sich die Stimme, es muss der Moment gewesen sein, als sie das Kissen nimmt – immer wieder nachhören muss.)

Anstelle der Zeitung rufe ich Anita an und weiß schon, dass sie nicht drangehen wird.

Zu beschäftigt mit ihren Angelegenheiten, das Londoner Leben, dessen Details der Vater kennt, ihm vertraut sie sich an. Und nicht erst jetzt, schon als Kind. Auf Streit aus bei mir, zugänglich bei ihm. Sie fand, dass ich es ihm gegenüber an Respekt fehlen lasse (sprich: Ich habe ihn betrogen. Ich merkte es an den Blicken, an irgendeinem dahingeworfenen Satz – wo warst du, Mama? Den ganzen Tag verschwunden – vorwurfsvolles Lächeln). Sie nahm den Vater sehr entschieden in Schutz, in ihren Augen war ich es, die ihn verlassen hat. Wir gehen mal über das Detail hinweg, dass die Geschichte anders gelaufen ist.

Und so muss ich heute ihn anrufen, um Neuigkeiten von unserer Tochter zu erfahren, die es schafft, wochenlang nicht ans Telefon zu gehen und WhatsApp-Bitten – melde dich – zu ignorieren. Blaues Häkchen, keine Antwort. Und ich flehe: Sag mir nur, dass es dir gut geht.

Der Vater rechtfertigt sie: Sie studiert, sie hat keine Minute. Klar fragt sie nach dir! Warum sollte sie sauer sein, du bist ja paranoid, hat er mir schon vorgeworfen. Auch jetzt, als er beim dritten Mal Klingeln drangeht, ist er so wie immer: freundlich, aufmerksam. Alles in Ordnung, sagt er, sie ist gestern am späten Abend angekommen.

Angekommen?

Er begreift, dass Anita mir den Besuch verheimlicht hat, und beeilt sich, sie zu verteidigen: Sie wollte dich nicht stören, sie wusste, dass du weg warst.

Ich beschwere mich über ihre Achtlosigkeit mir gegenüber, die vollkommene Gleichgültigkeit.

Was habe ich falsch gemacht, frage ich.

Der Vater spielt die Sache weiter herunter: Sie ist auf der Durchreise.

Draußen vor dem Fenster drängeln sich die Autos, der römische Verkehr.

Meine Tochter ist in der Stadt, und der Vater hat sich nicht um Treffen bemüht. Sie hatte keine Lust? Es wäre seine Aufgabe gewesen, sie dazu zu zwingen. Schluss mit dem sanften Druck, Schluss mit den Rechtfertigungen, sie ist zwanzig Jahre alt. Weißt du, was ich mit zwanzig gemacht habe?, sage ich, auf Wunder was für Verpflichtungen und Opfer anspielend, ich mit zwanzig – während ich dem Taxifahrer das neue Ziel mitteile. Ich fahre bei meinem Ex vor und zahle und steige aus und gehe, den Koffer mit den kaputten Rollen hinter mir herschleifend, an die Haustür.

Es ist die Szene der Ehefrau, die ihren Mann in flagranti erwischt. Ist das nicht auch Untreue? Kann es nicht sein, dass, wenn man die Protagonisten vertauscht, dies genauso als Übergriff wahrgenommen wird?

Väter, die Ehefrauen betrügen, betrügen Töchter.

Töchter, die sich wie zurückgewiesene Ehefrauen fühlen.

Väter und Töchter, wie Liebespaare zum Schaden von Müttern Verbündete.

Wer sind die Mütter? Und die Töchter?

Wären die Rollen nicht mehrdeutig fließend, hätten wir glückliche Familien.

Doch wir sind hier, ich bin hier. Und drohe via Sprechanlage: Lasst mich rein, oder ich rufe die Polizei. Und er antwortet: Sie ist wirklich nicht da.

Dann sag mir, wo sie ist.

Sie ist zu einer Freundin und wollte dann direkt zum Flughafen.

Mach auf.

Die Tür schnappt auf. Fahrstuhl, dritter Stock. Mir doch egal, dass es nicht meine Wohnung ist, dass seine Freundin vielleicht da ist, was sie dann auch ist, mir doch egal, wenn ich eine Anzeige wegen Hausfriedensbruchs kriege. Zeigt mich an. Zeigt mich an, schreit es in mir, als ich in die Zimmer gehe, ich schaue sogar in die Schränke und kontrolliere unter den Betten (dies ist eine Geschichte von verschwundenen jungen Menschen. Nach denen in Schränken, unter Betten gesucht wird. Irgendwann wird nach einem von ihnen in einem Vogelkäfig gesucht. Sinnlos öffnet jemand, der nach ihm sucht, den kleinen Käfig. Und dieser Moment wird der Tiefpunkt sein, in diesem Augenblick werden alle Mädchen und alle Jungen geschrumpft, zu einer abstrakten Vorstellung geworden sein. Oder alle Eltern so alt, dass sie nicht auf die Proportionen achten, alle Eltern suchen irgendwann in dieser Geschichte etwas winzig Kleines).

Ich suche derweil Anita. Von Zimmer zu Zimmer, bis ich Blicke auf mir spüre.

Ich würde meinem Ex und seiner Freundin gern Vorwürfe machen, das ist eure Schuld, die Schuld auf sie ausdehnen, sie muss auf jeden Fall Mitwisserin sein, eine massive Front gegen mich als unzumutbare, abwesende, cholerische, zu Depressionen neigende, aggressive Mutter (wetten, er hat ihr erzählt, dass ich die Kleine mal an den Armen gepackt habe, damit sie aufhört zu weinen, meine Fingernägel habe ich reingegraben). Generell gefühlskalt, sadistisch, zu wem auch immer, Test: Wärst du bereit, vor Gericht zu schwören, dass du dich nicht schon mal an anderer Leute Unglück erfreut hast? Dass du kein wohliges Gefühl hattest bei der Nachricht, X habe ihren Job verloren, Y sei bei der Zeitung rausgeworfen worden? Ein Gefühl, mit heiler Haut davongekommen zu sein: nicht ich.

Hatte ich in den Jahren von Frustration, Suche nach Erfolg, sogar des Erfolgs – zum Beweis, dass nicht die Bedingungen uns ändern, bleiben wir im Glück wie im Unglück unverändert missgünstig –, hatte ich in diesen Jahren mir nicht gewünscht, zu Gott gebetet, obwohl ich an seiner Existenz zweifle (wenn er existiert, warum belohnt er mich dann nicht?), gebetet, dass die Schriftstellerin, die mir so ähnlich war, sterben möge? Und wenn das mit dem Tod gar nicht ging, ein Verriss, ein klammheimliches In-Vergessenheit-Geraten, Herr.

Ganz normale Gedanken, viel normaler, als die Leute zuzugeben bereit sind, schade, dass ich diejenige bin, die verurteilt wird, immer ich. Wie billig – würde ich meinem Ex und seiner Freundin am liebsten sagen, stellvertretend für die vielen Menschen, die über mich gerichtet haben, und die Verantwortung für meine schlechte Beziehung zu Anita auf sie abwälzen, sie beschimpfen, wo wart ihr, was habt ihr dazu beigetragen.

Ich senke den Blick. Sie hasst mich, flüstere ich.

Er entgegnet: Nein, das tut sie nicht, dann das übliche Gerede, das Alter, eine kritische Zeit. Die Freundin – ruhig, klug im Gegensatz zu mir – legt mir jetzt die Hand auf die Schulter. Anita liebt dich abgöttisch, sagt sie.

Und ich schaue sie an – was hat diese Frau, was ich nicht habe? –, ich schaue sie an, während ihre Hand als Trost liegen bleibt, ich schaue sie an und möchte sagen: Nutte. Nutte, zu ihr, die meinen Mann, den ich seit Jahren betrog, mit dreiundfünfzig Jahren in sich verliebt gemacht hat, zu ihr, die berufstätig und wirtschaftlich abgesichert ist, sodass man ihr nicht nachsagen kann, sie wäre aus Eigennutz mit ihm zusammen, im Unterschied zu mir, mir hat seine Verwandtschaft das vorgeworfen – Emporkömmling, sagten sie über mich. Verfluchte Nutte, zu ihr, die in einer (in meinen Augen heute) fast perfekten Ehe meinen Platz eingenommen hat.

Früher Nachmittag, bürgerliche Einrichtung: Ratet mal, wer hier Vater, Mutter, Kind ist.

Plötzlich die Erkenntnis, dass ich mich lächerlich gemacht habe. Was werden sie von mir denken. Was wird sie sagen, sobald ich aus der Tür bin. Die Ärmste, wird sie sagen.

Eine Anwandlung von Stolz, ich bin Schriftstellerin. Ich könnte die unzähligen Briefe vorzeigen, die ich erhalte, die ich erhalten habe, aufzählen, wie viele Leute zu mir gekommen sind, um mir die Hand zu schütteln. Großartig, sagten sie. Es hat ein Jahr gegeben, in dem jeder wusste, wer ich war. Ich werde riesengroß – ich, ich, ein Wunschbild-Ich bläht sich auf –, straffe die Schultern. Ich sei hier in der Nähe verabredet, sage ich.

Mein Ex bietet mir an, mich hinzubringen. Ich lehne ab, nur ein paar Schritte von hier.

Dann mache ich mich davon, hinter mir der Koffer mit den kaputten Rollen, ein Klotz am Bein, wie wenn man ein Kind hinter sich herzieht, das nicht mitwill.

6

Ich bin nicht verabredet, und Federica wohnt auch nicht ein paar Straßen weiter. Sie habe ich angerufen, als ich das Haus meines Ex verließ, sie habe ich gefragt: Kann ich kommen?

Keine Erklärung meinerseits, keine Frage ihrerseits. Willkommen in der Vertrautheit. Im Verständnis, das keine Worte braucht. Die Schwesterlichkeit, die ausschließlich während der Teenagerzeit entsteht und die trotz aller Distanz, trotz dreißig Jahren Abstand in den Zellen, im Körper fortdauert, so wie die Jugend im Kopf, siehe Alzheimer. Man braucht sich nur die Leute anzuschauen, die an Alzheimer leiden – ich kannte das Verhalten von meiner Großmutter väterlicherseits: Sie verlieren ihr Kurzzeitgedächtnis, bestehen bleibt das Langzeitgedächtnis, nicht selten wird die Vergangenheit zur Gegenwart – *Babbo*, flehte meine Großmutter. Die Vergangenheit wird zur Gegenwart, wie in diesen Straßen, die jetzt die Straßen mit sechzehn sind. Die Glyzinien.

Nach dreißig Jahren Funkstille zwischen uns, die wir uns aus den Augen verloren haben, erscheint also vor zwei Monaten ihr Name in meinem Postfach. Nach dreißig Jahren tauchten dieser Vor- und Nachname wieder auf (den Nachnamen, ich sage es noch einmal, werde ich nicht nennen, weil es sich um eine reale Person handelt).

Nach der ersten Mail und meiner Absicht, sie auf Distanz zu halten, sie rasch abzuservieren, sie zu demütigen, hat sich der Plan irgendwann geändert. Wie sich die neue Annäherung im Einzelnen abgespielt hat, werde ich nicht erzählen, dieses Sichwiederfinden als Erwachsene, nachdem wir uns in unserer Jugend getrennt hatten.

Innerhalb von zwei Monaten kehrt Federica in mein Leben zurück, als Dauerpräsenz. Sie war es, die mir in der Nacht in Cagliari schrieb, sich Sorgen machte: Schneit es? Und sie fragte mich heute Morgen, um wie viel Uhr ich fliege, erbot sich, zum Flughafen zu kommen, und ich erwiderte: Ich habe ein Interview. Es war das mit der jungen Schauspielerin. Denn ich kann es nicht leugnen, die wiederauflebende wie unerwartete Vertrautheit führt zu einem Wechselbad von Freude und Widerwillen. Ich überlege hin und her – was habe ich mit dieser Frau und ihrem bequemen Leben gemein, mit diesem Menschen, der sich nie plagen musste.

Anfangs war es Genugtuung. Sie schrieb: Ich habe geweint, als ich dein Buch las. Ich fragte mich: Ist sie, die alte Mitschülerin, etwa die Einzige, die mich verstanden hat? Sollte das jetzt die Wiedergutmachung sein, die ich mir so gewünscht habe? Also antwortete ich: Dann treffen wir uns mal. Und wir trafen uns. In einer Bar, wo mir als Erstes ihr Busen auffiel, hat sie ihn sich am Ende doch noch machen lassen, wann das wohl war. Ich stellte sie mir vor, wie sie mit zwanzig solche Flausen hatte, und die Eltern taten ihr den Gefallen. Fünfzehn Millionen

Lire (das weiß ich so genau, weil ich mich mehrfach erkundigt habe. Den vielen Ärzten, die ich in der Hoffnung konsultiert habe, einer würde sich angesichts des ungewöhnlichen Falles erbarmen und mir einen guten Preis machen, hätten fünf Millionen doch reichen können, wenn es denn fünf gewesen wären).

Ich malte mir aus, wie sie mit zwanzig neue Brüste bekam. Wie sie eng anliegende, tief ausgeschnittene Kleider trug. Sich vor den Jungs auszog, und ich?

Was habe ich in der Zwischenzeit getan, ich versuche, unsere Leben parallel nebeneinanderzulegen.

Ich konnte nicht auf die plastische Chirurgie zurückgreifen, dabei hätte ich sie wirklich nötig gehabt – der Groll flammte wieder auf. Wo war ich, was dachte ich. In wen warst du unglücklich verliebt, du Landei, in der Zeit, als deine Freundin mit ihrem neuen Busen prahlte?

Die Raupe, die zum Schmetterling wird. Nehmen wir noch einmal den Schmetterling als Maß für ein glückliches Leben. Fünfzehn Millionen Lire haben mich daran gehindert, ein Schmetterling zu werden, ein toter Vater, der nur ein spärliches Erbe hinterlassen hat, eine Mutter mit einer solchen Zukunftsangst, dass sie das Wenige, das vorhanden war, verkaufte und den Erlös bei der Bank anlegte, dreißig Jahre Laufzeit, für die Zeit, wenn wir selbst Familie haben sollten, ich und mein Bruder, denn es galt als abgemacht, dass wir nicht fähig waren, irgendwas aus eigener Kraft aufzubauen, und so katapultierte man uns unvorbereitet in die Zukunft.

Fünfzehn Millionen Lire betrug der Abstand zwischen mir und der Liebe.

Am Anfang war es Federica gegenüber also Genugtuung, dann Revanche. Also eine Kehrtwende, bei der ich besser abschneide, denn ich habe Zugang zu elitären Orten. Erst gestern sei ich im Parlament gewesen, um ein paar Freunde zu treffen, sagte ich aus dem Nichts heraus. Ich könnte auch, wenn ich wollte, ich will aber nicht, in den Clubs ein und aus zu gehen, zu denen mir der Zutritt früher verwehrt war (erinnern wir uns hier an Lavinias Achtzehnten im Jagdclub, zu dem – hatte sich die Ärmste gerechtfertigt – nur Adlige Zutritt hatten. Großzügig hatte sie daher eine Woche vor dem Fest, dem Ball, wie sie das nennen, eine Woche vor dem Ball also hatten sie uns Normale zu einem frugalen Empfang am späteren Abend bei sich zu Hause eingeladen).

In diesen Erinnerungen tauchte das Klassenfoto wieder auf, Schulhof, Basketballkorb. Das Bild kam wieder hoch, die exakte Aufstellung, ich die Letzte links. Die einzelnen Gesichter gewannen Konturen, ich kann sie alle aufzählen, Name und Nachname, dazu jedes Unrecht oder was ich als solches erlebt habe, Spott, Kränkungen, na, Lavinia? – ich konzentriere mich auf das Mädchen, das in der ersten Reihe hockt.

Seien wir ehrlich, auf einer Rangliste nach Vergehen steht Federica nicht ganz oben. An erster Stelle steht Lavinia. Angesichts der Jahre direkt nach dem Gerede, meine Mutter sei eine Pennerin, der Jahre der Freundschaft, rutscht Federica immer weiter ab, bis sie fast die Letzte ist, die Letzte, wäre da nicht das Gefühl der Unzulänglichkeit gewesen, das ich beim Betreten ihrer Wohnung immer spürte, während sie immer wieder sagte:

Wir sind gleich. Wenn wir gleich gewesen wären – möchte ich noch mal sagen, und noch mal, ein Echo, das von ihrem Zimmer ausgeht und dreißig Jahre durchquert –, wenn wir gleich wären, hätten wir heute alle beide neue Titten.

Dann hallten ihre Worte über den Roman wider, gegen die Beleidigungen von Verwandten, von Lesern. Sie dröhnten: Das hätte ich ja nie gedacht!, schrieb Federica in dieser ersten Mail. (Um euch die Schritte zu erklären, die zum heutigen Tag geführt haben, zu mir, die ich auf der Suche nach Trost zu ihr gehe.) Dabei glaubte ich, dein Problem sei das Übergewicht, schrieb sie mit solcher Inbrunst, dass ich sicher war, eine Tragödie erlebt zu haben, so viel Schmerz in meiner Kindheit/Teenagerzeit, so viel Gewalt, die ihr Leser nicht verstanden habt (Flash der Kommentare im Netz: »So ein eigenes Schwimmbad hätte ich auch gern!«, »Die Szene mit dem Bruder, der sie lebendig im Garten begräbt, ist nicht glaubhaft.«). Nun, angesichts der Beleidigungen und Kommentare von Lesern und Verwandten – die Verwandten dürfen wir nicht vergessen, auf die kommen wir später noch zurück, oder vielleicht auch nicht, es lohnt sich nicht – war ich nur für diesen einen Menschen aus der Vergangenheit die unverstandene Jugendliche. Niemand sonst als Federica zerfließt beim Lesen des Romans – sie hat ihn noch mal gelesen und liest ihn immer wieder, sagt sie – vor Zärtlichkeit für die Sechzehnjährige, die ich war. Auf jeder Seite – schrieb sie in der Mail – wollte ich dich umarmen. Dich bei mir haben und fest umarmen.

Und das hat meine Abrechnungspläne ins Wanken gebracht. Das hat mich dazu bewogen, Federica zu treffen, sie in mein Leben hineinzulassen.

Bar, Restaurants. Bei einer Buchvorstellung, einer Lesung, sie im Publikum. Jedes Mal fährt sie von Genua nach Rom. Sie begleitet mich zum Taxi, wir gehen ein paar Schritte. Wie allein ich war, und es war mir nicht mal bewusst, ich machte mir vor, das Problem wäre die Nacht, eine Frau ohne Ehemann in einer großen Wohnung, die Tochter weit weg, mal angenommen, ein Typ mit bösen Absichten. Mal angenommen, nachts, ein Typ mit bösen Absichten. Ich vertraute darauf, dass es reichte, den Schlüssel zweimal umzudrehen. Wie allein ich war, Tag und Nacht. In meiner Zeit als berühmte Schriftstellerin, als ich Bühnen betrete und verlasse, Sessel vor Fernsehkameras einnehme, an Mikrofonen sitze, der Zeit von Applaus, Abreisen, Zurückkommen. In der ich den Rollkoffer packe und auspacke. Ich sitze auf dem Bett und denke an meine Tochter. Ich hätte sie gern bei mir, denke ich.

Ich schicke ihr eine Nachricht, die sie nicht beantwortet. In der Nachricht steht: »Brauchst du Geld, Liebes?«

Zwei Monate reichten aus, um auf die Wege der Teenagerzeit zurückzukehren, auf der Flucht aus der Welt zu dem einzigen Menschen, bei dem ich Verständnis finde, denn wieder ist Federica die Einzige, die sich in mich hineinversetzen kann.

In diesen drei Monaten von Oktober bis Dezember

war ich nie bei ihr zu Hause, nennt es Zeitmangel, Faulheit, nennt es Angst.

Vergangenheit und Gegenwart überlagern sich, Glyzinien, Ecke. Wie oft ich um diese Ecke gegangen bin.

Zwischen den Glyzinien das Blassrosa des Hauses, zusammen mit den Erinnerungen. Wir beim Rollerbladen im Flur, zerkratzen das Parkett. Der Kopf, der im Garten des Alten gelandet ist. Apropos, was ist eigentlich aus dem Alten vom Erdgeschoss geworden. Dreißig Jahre.

Dreißig Jahre war ich nicht mehr hier.

In der Ferne dreht sich eine Gestalt um sich selbst. Die Arme hochgestreckt, an diesem kalten Nachmittag, im Dezember. Sie dreht sich und lässt dabei einen Luftballon fliegen, auf dem I LOVE YOU steht.

Das letzte Mal, dass ich sie gesehen habe – sie, die aus dem Licht der Sonnenbank auftaucht, aber war das wirklich das letzte Mal? Nicht lügen, Schriftstellerin, entscheide dich, was war das letzte Bild des blonden Mädchens, schreib es auf, gib es zu.

An diesem Wintertag vor dem Tor des rosa Hauses verliert die Gestalt das Gleichgewicht, wankt, stürzt nicht.

Schau mal, wer da ist. Federica deutet mit der Hand.

Die andere kneift die Augen zusammen, um mich besser sehen zu können: Wer bist du?

Kaum hat die Schwester meinen Namen gesagt, wirft Livia mir die Arme um den Hals.

Ich habe das Gefühl, dass sie nicht weiß, wen sie umarmt, sie drückt sehr fest, so fest, dass sie den Luftballon loslässt. Nein, schreit sie. Verzweiflung in der Stimme und in den zum Himmel gestreckten Händen. Nein, wiederholt sie und versucht hochzuspringen, als wäre es möglich, ihn zurückzuholen, dabei müsste man bei dieser Entfernung fliegen. In welchem Alter begreifen wir, dass wir nicht fliegen können? Wann genau ist der Moment, in dem wir entdecken, dass Fliegen ein Privileg der Vögel und der Schmetterlinge ist? (Wieder der Schmetterling.)

Ich hab ihn mit meinem eigenen Geld gekauft, krächzt sie, Arme in die Luft gestreckt.

Der Luftballon längst weit weg, die Aufschrift nicht zu erkennen.

Jetzt schauen wir alle drei nach oben. Zu dem kleinen Punkt, der in die Höhe steigt, kleiner wird, für mich, für Federica im Geist eine andere Form annimmt, nicht für Livia, die immer wieder sagt: Mein Luftballon.

Und dann sagt sie: Hoffentlich fliegt er zu einem hübschen Jungen.

Jetzt fragt ihr euch bestimmt, wie aus diesem besonderen Geschöpf, Schwarm eines ganzen Viertels, dem verbotenen Traum von mindestens drei Männergenerationen, eine fünfzigjährige behinderte Frau geworden ist.

Ihr fragt euch bestimmt, wie und warum.

7

Anfang der Achtzigerjahre erzählte man sich, in den Umkleiden eines bekannten Bekleidungsgeschäftes, Via del Corso, Rom, verschwänden die Mädchen. Eine Falltür öffnete sich, und – wusch. Für den Mädchenhandel bestimmt, wurden die Unglücklichen nach Arabien oder in die Türkei verkauft, und man hörte nie wieder etwas von ihnen. Weitverbreitete Meinung – Großstadtlegende oder nicht –, dass Mirella Gregori oder die bekanntere Emanuela Orlandi dieses Ende genommen hätten. Rein in den Laden, Jeans anprobieren, Falltür.

Mal ehrlich: Wie viele von euch wären nur zu gern das Mädchen auf den Plakaten mit den langen schwarzen Haaren und dem Stirnband gewesen. Seien wir ehrlich, wie viele von uns haben angefangen, ein Stirnband zu tragen, mal aus Frottee, mal aus Stoff. Hippies, vermisst.

Und wie viele – schauen wir uns in die Augen, Mädchen der Achtzigerjahre, geben wir es zu –, wie viele haben sich ausgemalt, sie wären Entführern in die Hände gefallen, die erst brutal, dann verliebt waren (bis über die Ohren in uns verknallt!) und uns am Ende gehen ließen, und wir, immer wir – hübsch hässlich, blond brünett, reich arm; das Begehrtwerden, unsere gesellschaftliche Wasserwaage –, wir kehrten unter dem Applaus der Menge nach Hause zurück. Wir kehrten zu Vätern zurück, die uns bis dahin ignoriert hatten, zu Müttern, die einzig und allein mit sich selbst beschäftigt waren (leichtlebig oder depressiv, jedenfalls sprechen wir von geballter Selbstsucht, die wiederum unser Gleichsein erzeugte. Wiederum ähnlicher, als wir es selbst empfanden).

Wir kehrten zurück.

Ab dem Augenblick waren wir beliebt, alle wollten mit uns ausgehen, rivalisierten um unsere Freundschaft, erboten sich, uns nicht allein zu lassen, damit die Erinnerungen an die Gefangenschaft nicht wieder hochkamen.

Umgekehrt – Emanuela kehrte nicht zurück –, wie viele von uns haben sich zu einem späteren Zeitpunkt in das Kellerloch geträumt, gefesselt, gefangen. Verkauft, getötet. Sind zu der Überzeugung gekommen, dass unser Zuhause am Ende doch nicht so schlecht ist, ebenso unsere Familie, der am wenigsten gefährliche Ort (eine weitere Gewissheit, die bald zerbröckeln sollte).

Das ist zwar Livias Geschichte, aber in der Tiefe, in einem umfassenden Sinn ist es die Geschichte der Mädchen dieser Generation. Es ist die Geschichte von Emanuela Orlandi, die wir auch nach sechs, sieben Jahren, dann acht, neun, noch im Kopf hatten. Der heldenhafte Teil in uns, der sich den Entführern entgegenstellte – im dunklen Winkel unserer Fantasie; denken wir uns die Fantasie als Höhle. In dem Winkel die heldenhafte, allmählich immer dünnhäutigere Emanuela. Komm her, sagten wir stillschweigend bei uns zu diesem verschollenen Teil. Nicht weinen.

Nachmittags vor dem Fernseher.

Auf dem Bildschirm Emanuelas Foto, der fünfte Jahrestag, die Familie bittet darum, sie nicht zu vergessen, sagt die Stimme des Journalisten.

Jetzt reicht's, fährt Livia jemanden – nicht uns – an, ein unsichtbares drittes Mädchen, Emanuela, ein Konzept. Die Summe aus uns allen.

Sie schnaubt und verlangt nach der Fernbedienung. Gibt es nicht irgendwas Lustigeres?

Während wir uns nach einem festen Freund sehnen, hat Livia die Nase voll. Wenn es stimmt, was sie uns die seltenen Male, die sie zu Hause ist, hinter vorgehaltener Hand erzählt, hatte sie mit siebzehn schon alle Arten sexueller Erfahrungen gemacht.

Ich will andere Emotionen, sagte sie.

Nämlich?

Etwas, das nur mir passiert.

Eines Abends sollte sie uns erzählen, sie sei in den berühmten Laden gegangen, habe aufs Geratewohl nach Klamotten gegriffen und sich in der Umkleide eingeschlossen. Sie verrät uns, sie habe die Augen zugemacht und darauf gewartet, dass sich unter ihren Füßen die Falltür öffnete.

In diesen Jahren schlich sich bei den Mädchen der Wunsch ein, jemand zu werden. Auch Livia begnügte sich nicht mit den Grenzen der Schule, obgleich sie sich aufs ganze Viertel ausdehnten, wer kannte nicht die Blondine, die es sich von hinten machen ließ. Das war auch uns zu Ohren gekommen, wir waren schockiert und schworen, nie und nimmer, dabei hofften wir tief in unseren verwirrten Herzen, unseren Schwur so bald wie möglich zu brechen.

Auf der Straße erkannt werden, seufzte Livia.

Im Nachhinein – Livias ganze Jugend muss im Nachhinein erklärt werden – hat sie den Mann, der vor der Schule Flyer verteilte, wohl als Chance betrachtet.

Er suchte eine Hauptdarstellerin für einen Film. Kommt zum Casting, sagte er, die Welt des Kinos steht euch offen. Die einen schüchtern, die anderen frech, alle nahmen sie den Flyer. Die Idee deines Gesichtes auf einer Kinoleinwand, und im Publikum die Jungs, die nicht in dich verliebt waren.

Schmach für so viele, kollektiver Absturz. Geteilte Enttäuschung, als der Blick des Mannes an einem Punkt oberhalb unserer Köpfe hängen bleibt, und dieser Punkt heißt Livia.

Der Mann hält sie anscheinend für die Richtige. Wie vom Blitz getroffen, wie es jedem erging, der ihrer ansichtig wurde (vielleicht empfanden wir das auch nur so in unserer Verzweiflung, kein Wunder bei dieser Demütigung, in der Jugend ist kein Platz für Mittelwege, wir mussten als Ausschuss herhalten).

Der Mann zieht also an uns allen vorbei und steuert auf Livia zu.

Er redet auf sie ein, erregt sich, legt die Hände wie zum Gebet zusammen. Hebt eine Hand und zeichnet einen Kreis. Einen Lichtkreis, in dessen Zentrum – wir stellen uns seine Worte vor – sie stehen könnte, sie zur Königin wird.

Von hier unten, von unserer Warte aus betrachtet,

scheint Livia desinteressiert, und wir denken schon, dass sie sich gleich von ihm abwenden wird, wie sie das mit Männern, egal, welchen Alters, zu tun pflegt.

Unverhofft, was dann folgt: Sie entfernen sich gemeinsam, er hört nicht auf zu reden, vielleicht stellt er ihr Amerika, Hollywood in Aussicht.

Sie wird denken: Schmieriger Alter. Bestimmt denkt sie das, jetzt kommt gleich die Demütigung, gleich ist es so weit, und wir genießen das Theater.

Aufgepasst, ihr Mädchen der Achtziger-/Neunzigerjahre, achtet auf genau diesen Moment: Livia, die Beste von uns, steigt zu dem Unbekannten ins Auto ein. Blauer Renault, sollte ich später bezeugen.

(Damals gab es nicht diese Regel, dass man sich nicht von Unbekannten im Auto mitnehmen ließ. Man stieg bei jedem ein und aus. Wie Emanuela, die zum letzten Mal in einem grünen BMW gesehen wurde.)

Zwecklos, Livia die nächsten Tage nach dem Film zu fragen, ob sie beim Casting war, wie der Typ hieß? Sympathisch?

Sie geht zu Hause ein und aus, genau wie vorher. Sie hält sich an keine Uhrzeit, schlägt Türen. Sagt: Du kannst mich mal. Du scherst dich einen Dreck um die anderen, protestiert die Schwester. Ein Minimum an Respekt gegenüber deinen Mitmenschen, siehe Simona, argumentiert Federica und meint den Zank zwischen den beiden, Livias Schuld, sie hat auf einer Party mit dem Freund der Cousine rumgeknutscht und sich dann herausgeredet: Er hat angefangen. Die Version bekräftigte sie selbst noch angesichts von Simonas Tränen, die bei ihr überhaupt kein Mitleid erregten.

In Anbetracht von Livias Wurstigkeit, die wir zu spüren bekamen, ihres Egoismus und der vollkommenen Gleichgültigkeit gegenüber ihren Mitmenschen glauben wir nicht an die Hörigkeit, von der in der Folge oft die Rede war. Der Mann, der Unbekannte, habe sie hörig gemacht, wird behauptet.

Unter anderem diese Hypothesen: Er wollte sie ausbeuten. Sie als Prostituierte/Bettlerin auf die Straße schicken.

Er hat sie unter Drogen gesetzt.

Mädchenhandel, Organhandel.

Wir aber kennen die Person und wissen, dass sie sich niemals dem Willen eines anderen beugen, geschweige denn sich jemandem zum Gebrauch überlassen würde, da die halbe Welt sich doch ihr beugt, angefangen bei Massimo, mit dem sie seit drei Monaten zusammen ist und der parallel zum Auftauchen des Mannes vor der Schule wieder abgelegt wird. Eben wegen dieses Mannes, wie auch später noch vermutet wurde, denn dieser Mann wurde für Livias Unglück verantwortlich gemacht – erster Gedanke der Mutter. Wäre dieser Mensch nicht in Livias Leben getreten, wäre sie mit Massimo zusammengeblieben, nichts wäre passiert, alle wären wir jetzt in Sicherheit, wird die Mutter immer wieder sagen (eine vorübergehende Version, wie wir später sehen werden, die dann zuungunsten eines weiteren Schuldigen wieder gekippt wird).

Zugegebenermaßen hatte Livia bis dahin kurze Affären, und Massimo ist da keine Ausnahme, sie behauptet selber, sie sei *(wörtlich)* nicht hundertprozentig verliebt, manchmal ja, manchmal nein.

Und Massimo, im wahren Leben ein sportlicher Achtzehnjähriger aus gutem Hause, mit vielen Freunden, beliebt innerhalb der Schulmauern und nicht nur dort, nun ja, in Livias Magnetfeld ist er zu einem verknallten Jungen geschrumpft, jederzeit bereit, um Entschuldigung zu bitten, obwohl er nichts falsch gemacht hat, bereit, vier-, fünfmal anzurufen, bis sie sich herablässt, dranzugehen. Was willst du?, fragt sie genervt am Telefon.

Müssten wir den Wendepunkt in Livias Leben festlegen, so wäre das ohne Zweifel das Casting (aber dann: Gab es das überhaupt?), dem wir damals ästhetische Veränderungen wie das Abmagern – die Mutter bringt sie sogar zu einem Arzt – zuschreiben, Abmagern und unter den Achseln Büschel, die mit dem Beginn der Hitze unter den ärmellosen T-Shirts hervorsprießen, Andeutung auf einen ganz anderen Busch. Wie es wohl war, sich in dem anderen zu verlieren? Wir stellen uns Horden von Männern vor, die sich das fragen. (Damals war alles sexueller Reiz: der Träger eines BHs, der Saum eines Höschens. Junge Prostituierte in unseren nicht aus eigener Entscheidung, von Geburt an puritanischen Augen – wieder dieses Brandmal.)

Zu wenig, könnte jemand bezüglich der beschriebenen Veränderungen einwenden, zu wenig, um von Rebellion zu sprechen. Livia erhebt sich gegen die Familie? Massimo geht sie unterdessen aus dem Weg. Erzählt uns im

Vertrauen, sich trennen zu wollen. Er ist blöd, sagt sie. Er hat keine Würde.

Wir glauben, dass es von dem Casting kommt, das sie weiterhin mit keinem Wort erwähnt und das den Traum von Größe genährt haben muss. Sie schließt halb die Augen: Alle werden sich an mich erinnern.

Aber anderen im Gedächtnis zu bleiben, das wünschten sich alle. Die Generation, die nicht vergessen werden wollte (warum hast du, Schriftstellerin, zu schreiben begonnen? Welche Spur wolltest du hinterlassen? Welche Botschaft an euch, die ihr später kommt? Aber dann: Bist du überhaupt in der Lage, eine Botschaft zu hinterlassen?).

Massimo ruft immer öfter an, immer verzweifelter, je mehr Livia sich verleugnen lässt. Sosehr sie ihn auch zu einem Sensibelchen degradiert, in der Öffentlichkeit bleibt er ein Sieger, Tennis, Basketball, wird fertig mit der Niederlage, als die sich Livias Rückzug herauskristallisiert.

Okay, sie hat ihm den Laufpass gegeben, dann soll sie wenigstens den Mut haben, ihm das ins Gesicht zu sagen, verlangt er und geht, nachdem das Argument nicht fruchtet, zu ökonomischen Argumenten über: Gib mir meine Geschenke zurück.

Also wir, an einem Nachmittag Anfang Frühling, die Rucksäcke vollgestopft mit Sachen, darunter ein dicker Teddybär, den ich, bevor ich ihn einpacke, betrachte, an die Brust drücke, weil Verliebte sich Plüschtiere schenken und mir noch nie jemand.

Also suchen wir den gekränkten Mann auf und bringen ihm seine Geschenke zurück. Wir tauchen auf bei ihm, der auf ein letztes Erscheinen der Geliebten hofft, aber nein.

Jetzt halten wir die Zeit an, dehnen den Augenblick, lassen ihn jede nur mögliche Form annehmen.

In unserem Schattendasein wäre uns nie in den Sinn gekommen, wir könnten uns jemals mit einem männlichen Exemplar à la Massimo wiederfinden. Die Hoffnung ist, dass uns jemand dabei sieht, dass wir, von Mund zu Mund, im Kurs steigen: von den Rändern bis fast ins Zentrum. Nein, ins Zentrum nicht, bleiben wir realistisch.

Glatte Haare – das machen wir uns gegenseitig mit dem Glätteisen –, Federicas Augen schwarz geschminkt, meine mit blauen Kontaktlinsen, vom Hals an abwärts unförmig. Vom Hals an abwärts weite Jacken, Strickjacken.

Wir rempeln gegen Stühle, stolpern auf den Tisch zu. Schließen die Augen, denken uns die Pubertät als Puppentheater mit abgetrennten Köpfen. Nehmen wir an, sie ist ein Puppentheater mit abgetrennten Köpfen.

In den Fantasien im Nachhinein, der zwanghaften Überarbeitung dieses Augenblicks als Schlussstrich unter die Ausgrenzung und Beginn der sozialen Integration, nun ja, in diesen Fantasien lasse ich Federica weg, ich betrete und verlasse die Bar allein. Glattes Haar, Locken, Absätze, Minirock, Leggings, dünn, magersüchtig, blaue Augen. Massimo sagt: Deine Augen leuchten.

Genau in dem Moment – real, überarbeitet, verdreht, jedenfalls blaue Augen, meine wahre Identität sind die künstlich blauen Augen, sogar wenn ich keine Kontaktlinsen trage, sogar mit braunen Augen, mein wahres Ich hat einen himmelblauen Blick –, genau in dem Moment vollzieht sich die Transformation. Hier wird das Mädchen vom Dorf städtisch, aristokratisch (eilte ich von der Bar zum Club, ließe man mich ein, das ist deine Zeit, die Zeit vor Mitternacht, Aschenputtel vom Land).

Die Aufmerksamkeit der Leute auf mir/auf uns. Spürst du sie, Federica? Wir kehren in die Realität zurück, wir werden wieder zwei. Spürst du die Elektrizität des besonderen Augenblicks, der ewig dauern und uns immun machen könnte?

Irgendwo in der Welt schlagen Schmetterlinge mit den Flügeln, blühen Blumen auf.

Ein Rehkitz stürzt verletzt.

Irgendwo in der Welt schlägt es Mitternacht, und Massimo verkündet: Livia ist schwanger.

Grelles Licht auf ihr, Dunkelheit auf uns.

Versteht ihr, warum sie mich nicht sehen will?

Die Schwangerschaft ist der Grund, warum sie ihn verlassen hat, als wäre das seine Schuld, beschwert er sich, wenn es fifty-fifty steht, sagt er, wer wollte es denn ohne Kondom machen?

8

Die Ereignisse überstürzen sich, fragt uns nicht, wie, wir sind unwissend, ahnungslos, jungfräulichst, wir kapieren nichts. Hypothese Nr. 1: Um sich zu rächen, geht Massimo zu Livias Vater und erzählt ihm, seine Tochter sei schwanger. Hypothese Nr. 2: Für eine Abtreibung braucht es die Erlaubnis eines Elternteils, was Livia dazu zwingt, sich dem Vater anzuvertrauen, der es dann der Mutter erzählt (in dieser Familie sind die Kräfteverhältnisse umgekehrt). Hypothese Nr. 3: Imelda belauscht ein Telefongespräch zwischen Livia und Simona, in dem es um die Abtreibung geht, und läuft gleich zu den Eltern (lang ist es her, dass die Filipinos kein Italienisch verstanden).

Wie auch immer, Livia reist ab. Es ist Mai, sie verlässt vorzeitig die Schule, was ihr Zeugnis nicht beeinträchtigt, wird versetzt (man stelle sich vor, das wäre dem Mädchen vom Land passiert, aber halten wir uns damit nicht auf).

Im Sommer kommt Federica zu mir ans Meer, wir verlieren uns in Tagträumen, um die Informationslücken betreffs Livia zu füllen.

Sie ist im Internat, sagen die Eltern, da werden deiner Schwester die Flausen ausgetrieben. Nie ein Wort über die Schwangerschaft, sodass uns schon Zweifel kommen: Es könnte sein, dass Massimo sie erfunden hat. Wir schwanken zwischen Wahrheit und Lüge.

Was, wenn es wahr ist, besprechen wir bei einem Sonnenbad.

Meinst du, es tut weh?

Ungefähr wie Blinddarm.

Was heißt das?

Leichtes Stechen.

Wir setzen uns derweil zum Ziel, blond zu werden, noch blonder. Federica behauptet, wenn man die Haare mit Bier begießt, hellen sie auf. Wir kaufen Bierdosen und verstecken sie unter dem Bett.

Juli, August, der September kommt, zusammen mit Livia, die die Wohnung betritt, kein Nicken, kein Wort. Türenschlagen.

Die Mutter schüttelt den Kopf: Schlimmer als vorher. Und gibt uns damit zu verstehen, dass die Monate im Internat nichts genützt haben – die offizielle Version bleibt das Internat.

Und sie hat recht: Wir stellen selbst fest, dass Livia genauso ist wie vorher, abgesehen von den enthaarten Achseln.

Doch neben dem Schweigen, der Abschottung mit voll aufgedrehtem Walkman auf den Ohren, ahnen wir Leid. Was fehlt dir, Livia?, drängt es uns zu fragen, und wir fragen nicht. Was bedrückt dich, was treibt dich um, woran erinnerst du dich, was verlangst du? Den Film, das Kind? Hat es jemals ein Kind gegeben? Wenn ja: Junge oder Mädchen? Wer war der Mensch, auf den du verzichtet hast.

Ungeachtet der Wut, die das blonde Mädchen in mir auslöst – und hier spreche ich im Singular, denn ihre Schwester zu sein, muss mehr bedeuten, mehr Zärtlichkeit, mehr Gewalt –, möchte ich sie schütteln. Hey, sage ich und zerre sie aus ihrer Sonnenbank, schau dich um. Okay, vielleicht hast du einen Film verpasst, ein Kind verloren, hast du eine Idee davon, wie viele Filme und wie viele Kinder du noch vor dir hast? Hast du eine klitzekleine Idee von den Erfahrungen, die dich erwarten? Und dann, zornig: Kannst du dir vage vorstellen, dass ich mir gewünscht habe, du zu sein? Deine Haare, deine Beine.

Was hätte ich nicht getan, um einen Tag sie zu sein, gebt mir einen einzigen Tag, ein Tag genügt. Wie hättest du dich verhalten, Mädelchen aus der Maremma?

So schnell konnte die Antwort gar nicht kommen, dass du schon nicht mehr sie sein wolltest.

Wolken ballen sich wie Betonblöcke, der Wind reißt Papierfetzen hoch, Plastiktüten. Die Sonne wird kalt. Aus dem von Blitzen durchzuckten Himmel schüttet es. In der durchscheinenden Dunkelheit der Frühlingsabende. Der Sommer verdunstet. Aufwirbelnde Laubhaufen. Büsche, an denen der Wind zerrt. Die Tage werden länger. Der Sommer kommt zurück. Die Sonne knallt senkrecht auf unsere blonden Köpfe.

Niemand will mehr Livia sein.

Das gleiche Schicksal wie Emanuela, einen Augenblick vorher wünschten sich Tausende von uns an ihren Platz, einen Augenblick später niemand mehr.

Das ist die Geschichte von Livia, von Emanuela, von allen Mädchen, die durch die Falltür gestürzt sind. Wie leicht konnte man damals verschwinden.

In der Zeit vor Livias Verschwinden hatte es zwischen uns eine friedliche, fast unbeschwerte Phase gegeben. Wollt ihr die anprobieren?, fragt sie in der Zimmertür. Sie spricht von der Jeans, und Federica stürzt sich drauf, versucht, sie anzuziehen, schade, dass sie an den Knöcheln hängen bleibt, da nützt alles Ziehen nichts. Ich bin zu dick, jammert sie und zieht und zerrt. Sie schaut auf das Etikett, 8–9 Jahre steht da, und sie begreift nicht. Die Schwester nimmt die Jeans rasch wieder an sich. Ihr seid schön so, sagt sie. Und auch: Wenn ich ein Mann wäre, würde ich mich in euch verlieben.

(Es lohnt sich der Hinweis, dass die magersüchtigen jungen Mädchen bei Benetton damals 0–12 kauften. Das war eine Art Ziel.)

Im Nachhinein, beim Gedanken daran, wie Livia schnell mit den Wimpern klimperte, wie sie den Atem anhielt, wird mir klar sein, dass sie Angst hatte.

Wie wir verließ auch sie in dieser Zeit nicht das Haus. Während sie von den Eltern daran gehindert wurde, hinderte uns niemand daran. Vielleicht weinte auch sie in ihrem Zimmer, vielleicht schrieb sie Tagebuch.

In unseren stand wie im vorigen und in noch früheren Jahren: ARSCHLOCH in Lila. FETTKLOSS in Rosa.

Wer sind wir, die wir durch keine Falltür gestürzt sind.

Schließ die Augen und geh zurück, achtzehn, siebzehn. Du bist sechzehn Jahre alt, Schriftstellerin.

9

Ich erkannte mich in meiner Familie nicht wieder. Mutter, Großmutter, Bruder.

Ich erkannte mich nicht wieder in der Bescheidenheit im ersten Stock des Hauses an der Via dei Monti Parioli. In dem Mangel an Pracht – und sei sie auch Schein, lasst sie scheinen!

Gebt mir einen Pelz, einen Schwan, ein x-beliebiges Zeichen der Distinguiertheit. Einen Molotowcocktail, mit dem ich ein Blutbad anrichten kann. Wenn ich schon nicht an erster Stelle stehe, habe ich immerhin die Chance, zu beseitigen, wer mich minderwertig macht, eine auf gut Glück. Blutbad in der Schule, bei dem eine einzige Person stirbt, Lavinia (wenn ich wählen muss – meine Verwüstungsfantasien sind noch ein wenig zaghaft, noch sehe ich mich nicht mit einem Haufen Leichen –, dann wähle ich sie).

Da ich die Identifikation mit meinen Familienangehörigen ablehne, verbringe ich mehr Zeit bei Federica als bei mir zu Hause. Ich bleibe zum Übernachten, Gespräche im Dunkeln: Kriegt man echt gelbe Zähne, wenn man ihn in den Mund nimmt? Pläne: mit dem Finger im Hals kotzen lernen.

Auf der Liege mich wälzend: Weißt du, was ich jetzt gern hätte? Ein Tier für mich allein, irgendein Tierkind.

Winter, Frühling. Wolken verdecken den Mond. Die Sonne scheint matt. Der Himmel verblasst weißlich. Er ballt sich schwarz zusammen. In der durchscheinenden Dunkelheit. Der Sommer verdunstet.

In Federicas Zimmer verrinnen die Nächte, meine Teenagerzeit. Wir schlafen ein, ohne uns Gute Nacht zu wünschen, als würden wir Hand in Hand den Schlaf antreten. In diesem Alter werden Albträume lebhafter, und sie wiederholen sich in Form von Hauptszenen, die aus dem Unbewussten aufsteigen. Psychologen und Psychotherapeuten – wir sind eine Generation von psychoanalysierten Ex-Jugendlichen – werden euch sagen, dass Episoden aus der Kindheit, und seien sie unbedeutend, ins Gedächtnis eingeprägt bleiben und dann in Form von Symbolen wieder auftauchen können. Sie können sich sogar identisch wiederholen und uns in der Ungewissheit lassen, ob sie reale Geschehnisse sind oder nicht.

In einem meiner wiederkehrenden Träume geht es um die Vaterfigur. Er ist über mir und hat mich an den Handgelenken gepackt, ich will schreien, habe keine Stimme. Die Überzeugung, dass er mir etwas angetan hat, ist zu real und detailliert, als dass sie simple Vorstellung sein könnte. Der Selbsterhaltungstrieb sorgt dafür, dass das Gedächtnis schmerzhafte Erinnerungen löscht, und die kommen im Schlaf unvermutet hoch. Also ja, mein Vater hat meinen kindlichen, heranwachsenden Körper missbraucht – Kinderschänder, Triebtäter. Die Familiengeschichte wiederholt sich, er ist mein Großvater, ich meine Großmutter. Mein Vater hat mich missbraucht. Es muss passiert sein, sagen wir, es ist passiert. *I love you, daddy* (falls doch nicht, verurteilt mich nicht, liebe Leserinnen, liebe Leser. Sogar Freud bezichtigt den Vater der inzestuösen Verführung, besinnt sich dann eines anderen und erklärt, er halte die Theorie nicht mehr für gültig, stattdessen das Gegenteil: die eigene sexuelle Anziehung hin zum Erzeuger).

Ich will damit nur sagen, dass in dieser Zeit Wirklichkeit und Träume ineinander übergehen, und was sich daraus ergibt, ist bis zu einem gewissen Grad real. Besser gesagt, Fehlendes wird durch bildhafte Zugaben kompensiert, Fantasien werden in der Wiederholung real, zu optischen Täuschungen, echten Erfindungen. Ich bin keine glaubwürdige Person.

Aber zurück zu jener Nacht. Mondlos, Vollmond. Der Wind biegt die Baumwipfel, kein Lüftchen weht, auf der Straße ein Strauch, der aussieht wie ein Skelett.

Wir alle werden, je nach zeitlichem Abstand und Intensität, später versuchen, das Geschehene zu rekonstruieren, und so einen eigenen Platz darin finden, fast, als sei unser Dabeisein unerlässlich gewesen.

In Anbetracht des anschließenden Wettstreits um eine Rolle war das Glück ausnahmsweise auf meiner Seite.

In dieser Nacht bin ich, die ich im Gegensatz zu Federica einen leichten Schlaf habe, in ebendiesem Haus. Ich könnte daher die einzige Zeugin sein. Angenommen, in einer Familie schlafen – im wahrsten Sinn des Wortes schlafen – alle, nur ich bin wach.

Ich wälze mich hin und her, sehe Dinge, belebte Gestalten – ein Zustand, der, wie ich als Erwachsene herausfinde, bei Heranwachsenden mit der Traumaktivität, mit der Großhirnrinde und so weiter zusammenhängt (wir kommen zu dem Schluss, dass das Erwachsenwerden sehr anstrengend ist). Am liebsten würde ich Federica wecken, sie anbetteln – komm, wir reden ein bisschen.

Aber ich stehe auf.

Ich erinnere mich nicht, in die Küche gegangen zu sein, aber es könnte sein. Es könnte sein, dass ich den Kühlschrank geöffnet, mir einen Apfel genommen habe, bevor ich durch die leere Wohnung gewandert bin.

Es könnte sein, dass ich mich im Wohnzimmer auf dem Sofa zusammengekuschelt und die Lichter der Stadt betrachtet habe, oder dass ich plötzlich stehen geblieben bin, wenige Meter vor der großen Fenstertür, hinter der sich eine Gestalt abzeichnete. Was hat dich erschreckt, Jungfrau vom Lande? Ein Tiger, ein Löwe – in diese Wohnung konnten durchaus gefährliche Tiere eindringen. Ich erinnere mich an ein Brüllen.

Geh zurück, Schriftstellerin, geh zurück zu der dunklen Nacht deiner Jugend, steckt dort vielleicht der Schlüssel zu allem? Wer bist du, was jagt dir einen solchen Schrecken ein? Zähl mal, wie oft in deinen Büchern eine blonde Puppe vorkommt. Eine flüchtige Gestalt, du selbst, taucht auf und sagt: Es ist deine Schuld.

Du bist das Mädchen jenseits des Fensters, du, eine andere, ihr zusammen, ein einziger Sommer hat euch alle blond gemacht, in fließenden Nuancen von Livia zu dir, und dann Simona und Federica. Selbstmordjungfrauen, wobei bei den einen Jungfrau, bei den anderen Selbstmord nicht passt.

Ihr seid das, weder Jungfrauen noch Selbstmörderinnen, das rosa Nachthemd weht euch um den Körper. Ein leichter Wind geht, Zitronenbaum.

Diesen Mädchen könntest du die Hand reichen.

10

Wo ist sie, fragt eine Stimme, während das Licht angeht. Wo habt ihr sie versteckt?

Die Mutter im Morgenmantel rüttelt die Tochter, die Mühe hat, aufzuwachen. Sag mir, wo sie ist.

Wer?, nuschelt Federica.

Pyjama, elektrisierte Haare, wir stehen auf, und die Mutter fragt in einem fort, wo die Tochter sei.

Sie zieht Federica die Bettdecke weg, als könnte sich jemand darunter verstecken, jemand von Livias Größe. Sie bückt sich, schaut unters Bett. Dann der Schrank, sie geht geradewegs zum Schrank, öffnet ihn, wühlt zwischen den aufgehängten Kleidern, auch dort: als ob das möglich wäre.

Federica fragt, ob sie schon im roten Bad nachgesehen habe. Ich habe überall gesucht, antwortet sie. Und packt die jüngere Tochter am Arm und rennt aus dem Zimmer und hinein in Livias Zimmer, wo die rosa Lampe neben dem ungemachten Bett ein schwaches Licht verströmt. Das macht sie mit Absicht, sie ist sauer auf mich.

Federica weicht zurück, als sei das ihre Schuld, und tatsächlich ist die Mutter böse auf sie, sie dreht sich um und schaut sie an, als sähe sie Federica in einem neuen Licht, sagt: Was hast du ihr angetan? Und fleht: Sag, wo du sie hingebracht hast.

Das alles geschieht zwischen 7:10 und 7:40 am Morgen des 23. Oktober 1988. Ich habe versucht, mich an die Fakten zu halten, oder wenigstens an die Erinnerung, denn seit dem Tag sind viele Jahre vergangen, und ich habe mich nie mit Federica über diese Geschichte auseinandergesetzt, die tabu bleiben sollte. Doch im Rahmen einer Fernrekonstruktion habe ich versucht, zu berichten, was geschah, bevor der Körper gefunden wurde. Denn es gab einen Körper, einen Körper, der, während die Familie in heller Aufregung war, in einem verwilderten Garten im Gebüsch lag.

Doch das wusste zu dem Zeitpunkt niemand.

Der Mutter gehen vielmehr ganz andere Vermutungen durch den Kopf, abgehauen, gekidnappt. Die große Tochter wurde entführt, Mädchenhandel, ein Mädchen wie sie … blond, blaue Augen.

Wir müssen die Polizei rufen, sagt sie und steht mitten im Salon, es geht um Stunden, ihr wisst doch, was die mit den Mädchen machen, sie bringen sie ins Ausland. Verstecken sie im Kofferraum und fahren über die Grenze.

Der Vater, am Boden zerstört, sagt: Ja. Er ist so am Boden, wie sie in heller Aufregung ist, sie kann nicht stillhalten, muss mit Livias Freunden reden, vielleicht weiß jemand was, irgendjemand muss doch was wissen.

Sie verschwindet im Flur, um mit dem Taschenkalender der Tochter in den Händen wiederzukommen, sie sucht einen Namen heraus, nimmt den Hörer in die Hand, wählt die Nummer und hört am anderen Ende der Leitung, dass Massimo in der Schule ist – ach ja, es ist

Schule, Verlust des Zeitgefühls. Also fragen, ob Livia zufällig da ist, ob sie bei ihnen übernachtet hat, flehen – ohne dem Gesprächspartner Raum für eine Antwort zu lassen –, flehen: Es wird alles gut, solange sie nur zurückkommt.

Von allen macht sich sicher die Mutter die größten Sorgen. Der Vater, Kopf in den Händen, ist zu keiner Regung fähig. Ebenso Federica, in einer Ecke, sie würde am liebsten verschwinden – auch sie, nur sie, je mehr Stunden vergehen und es von der Schwester nichts Neues gibt, desto größer wird das Schuldgefühl, es wird riesengroß, warum nicht sie an ihrer Stelle.

Stellen wir uns einen Mann mit Kapuze vor, der nachts ins Haus eindringt (obwohl es keine Einbruchsspuren gibt), stellen wir uns diesen Mann vor, der die Absicht hat, eine der Töchter zu entführen, und sich nur deshalb für die ältere entscheidet, weil sie allein im Zimmer ist. Ich bin es, meine Anwesenheit, die Federica rettet. Instinktiv fassen wir uns bei den Händen. Sie drückt, klammert sich fest, um nicht abzustürzen, wohin – unter die Erde, Falltür.

Nach und nach erhärtet sich die Idee der Entführung. Die Mutter, laut denkend, wir waren unvorsichtig, sagt sie, wir hätten lieber einen Kleinwagen kaufen sollen. Und auch: Sie, die jeden Tag zum Friseur geht, ganz zu schweigen von den Pelzmänteln. Es sind nicht die Zeiten für Pelzmäntel, für Schmuck, zählt sie auf.

Und bei der Aufzählung der Privilegien denke ich,

dass mich niemand rauben kann, es ist ein Jammer. Gebt mir ein Diadem, einen Schwan.

Die Mutter verschwindet wieder im Flur, kommt angekleidet wieder, im Pelzmantel (ja, im Pelzmantel). Sie gehe jetzt in die Schule und spreche mit den Mitschülern, verkündet sie. Im Hinausgehen ermahnt sie ihren Mann, sich nicht von der Stelle zu rühren.

Warum nicht?

Sie könnten anrufen.

In der Tat ruft jemand an. Es kommen Anrufe, die der Vater mit Schärfe beantwortet.

(Die Friseurin erinnert an den Termin der Signora, vielleicht habe sie ihn vergessen. Und dann – der nächste Anruf, in dieser Wohnung klingelt oft das Telefon – teilt der Hausmeister des Ferienhauses am Meer mit, er habe eine kaputte Fensterscheibe entdeckt, oben in der Mansarde, gut möglich, dass das eine Möwe war, und der Vater deutet es unsinnig, verzweifelt, als Indiz: Die Tochter könnte sich dort versteckt haben, durchs Fenster eingedrungen, dritter Stock – könnte sie das? Nein, das könnte sie nicht, kein Mensch auf der Welt könnte das. Trotzdem nötigt er, der Vater, jenseits aller Vernunft, den Hausmeister dazu, jeden Raum zu inspizieren, jeden Winkel, auf der Suche wonach? Er will nicht zu viele Informationen geben, verraten, dass Livia verschwunden ist, auf der Suche wonach, Ingegnere? Kontrollieren, ob Wertgegenstände fehlen.)

Inzwischen platzt die Mutter in die Schule, lässt die Schüler aus den Klassenzimmern holen (das sagt viel darüber aus, was in diesen Jahren in den Schulen los war, wie leicht man sie betrat, verließ, auftauchte und verschwand).

Als Erstes knöpft sie sich Massimo vor. Und wie Federica beschuldigt sie auch ihn. Fragt, wo er Livia versteckt hat, sie kämen sich ja so schlau vor, so erwachsen. Er solle sofort sagen, wo er sie festhalte.

Seit ihrem Verschwinden hat die Tochter verschiedene Formen angenommen: mal Puppe, die man woandershin tun kann, mal kleiner Gegenstand, den man in einem Kästchen unter dem Kissen verstecken kann.

Was habt ihr angestellt, fährt die Mutter im Gang vor Schülern und Lehrern fort. Massimo schwört, er habe seit Wochen nichts von Livia gehört, sie grüße ihn nicht mehr, alle könnten das bezeugen, Federica allen voran wisse, wie oft er angerufen und Livia sich habe verleugnen lassen. Seit Monaten wisse er nichts von ihr, wohin sie gehe, wen sie treffe, auch wenn er mit Sicherheit sagen könne, dass sie mit Erwachsenen von außerhalb unterwegs sei, nicht mit Leuten aus der Schule. Jemand habe sie ein Hotel im Zentrum betreten sehen, dieser Jemand sei aber nicht hundertprozentig sicher, dass sie es war. Sie oder jemand, der ihr sehr ähnlich sah.

Und mit wachsender Wut: Das werden sie büßen. Die bring ich um, ich schwör's, ich bring sie um, woraufhin die Mutter glaubte, er kenne die Schuldigen.

Sag mir den Namen, fleht sie.

Aber er stößt nur wilde Drohungen ins Leere aus, schwört, er werde sie finden, er mache sich jetzt gleich auf die Suche, die Freunde versuchen, ihn festzuhalten.

Er entwindet sich ihnen, lasst mich los. In Hemdsärmeln läuft er zur Treppe, verschwindet.

Auf der anderen Seite des Viertels wir. Ratlos, konfus, verlogene Jungfrauen, eine verlogener als die andere. Wir gehen zurück in Livias Zimmer, wo immer noch die Lampe brennt, das Bett ungemacht ist, bloß dass jetzt Licht durchs Fenster kommt, es ist Tag.

Wir wühlen auf der Suche nach Anhaltspunkten in ihren Sachen. Plüschtiere – wisst ihr noch? Verehrer schenken Plüschtiere. Kleider, Slips. BHs in allen Farben, einer rot. Stellen wir uns die Nacht vor Heiligabend vor. Stellen wir uns die Blondine vor, langsame Gesten (lief *9 ½ Wochen* schon?), stellen wir sie uns mit offenem Haar vor, den Blick auf den Mann auf dem Bett gerichtet. Fröhliche Weihnachten.

Dieses bildschöne Phantom streift durchs Zimmer, durchs Viertel. Wenn sie sie nicht mehr finden, denke ich, bleibt sie uns so in Erinnerung. Nackt auch für diejenigen, die sie nie gesehen haben, ich habe sie gesehen. Nackt, weil man sie sich immer so vorgestellt hat.

Viel später, endlich in Sicherheit, viel später, zu Hause, ziehe ich das T-Shirt aus, streife den BH ab, ein elastisches Teil aus der Apotheke, vermeide den Blick in den Spiegel, eine Ewigkeit, dass ich mich nicht anschaue. Ich nehme den anderen BH – falls mich jemand durchsucht, sage ich: Ich wollte eine Erinnerung, eine kleine Erinnerung an sie. Ich ziehe ihn an, mühe mich mit dem Häkchen. Geschafft. Rechts ist das Körbchen halb leer, links quillt es über. Auf der einen Seite Watte zum Ausstopfen, auf der anderen eine Hand zum Flachdrücken. Das sollte ich sein – ich hebe den Blick –, das Mädchen mit den gleich großen Brüsten, mit dem roten Büstenhalter. Mit der Hand auf dem Herzen. Operiert mich.

Aber spulen wir das Band zurück – ihr werdet noch entdecken, dass tatsächlich eine Aufnahme existiert –, spulen wir das Band zum Morgen des Verschwindens zurück.

Das Wohnzimmer voller Leute, Vater, Mutter, enge Freunde, Verwandte.

Stellen wir uns dagegen die kleine Menge vor, die meine Wohnung belegen würde. Familiendarstellung im Falle meines Verschwindens, eine Handvoll Verwandte mütterlicherseits marschiert durch meinen Kopf. Der Onkel Versicherungskaufmann, die Tante Italienischlehrerin an einer Fachoberschule. Im Wohnzimmer im ersten Stock des Hauses in der Via dei Monti Parioli 49/a, beige Sofas – Blick auf das Wohnhaus gegenüber.

Zurück zur Realität, zum Haus mit den großen Fenstern – Dächer, Himmel.

Die Mutter bittet darum, ein Foto von Livia herauszusuchen, sie will durch die Straßen gehen, es den Leuten zeigen. Sie flüstert taumelnd, sogleich gestützt von der Tante. In diesem Augenblick, genau in diesem Augenblick, bemerkt sie den Fleck auf dem Teppichboden.

Was ist das? Sie beugt sich hinunter, berührt ihn.

Wenn es eine Katze gäbe, einen Hund. Wenn man dieser Episode einen Sinn geben könnte, wenn sie ein Indiz sein könnte – der Entführer aus Unverschämtheit, Livia selbst?

Und plötzlich: Ein Gorilla?, sagt die Mutter. Und wenn ein Gorilla sie geholt hat, insistiert sie, während die Verwandtschaft verlegen schweigt.

Es kommt keine Antwort, die Ereignisse überstürzen sich, und gleich wird niemand mehr an den Fleck denken und daran, wer in der Nacht (gestern war er noch nicht da, versichert Imelda), wer in der Nacht wohl ins Haus eingedrungen ist und auf den Teppichboden gepisst hat.

Und ich, fremd, die Hand in der Hosentasche drückt den roten BH. Ich muss los, flüstere ich Federica zu.

Bleib, sagt sie und packt mich am Arm.

Ich weiß, was dieser Griff bedeutet, alles, was er bedeutet.

Einsamkeit, die drohende, unbekannte Zukunft, dieses Sichüberlagern, Verschmelzen, Summieren, um ein einziges Individuum zu bilden, das stark ist, weniger verängstigt, ein bisschen weniger verängstigt, weniger als wer. Als ich, als du. Als die Mädchen von der Falltür, als Livia, als das, was von Livia im Gebüsch des Gartens vor dem Erdgeschoss der rosa Villa übrig ist.

Durch die Fensterfront die Illusion von Frühling. Das Blau des Himmels, das Gelb der Zitronen. Das Orange von dem, was wie ein Schmetterling aussieht, aber – schauen wir genauer hin, schauen wir hin – ein Insektizidklecks ist.

Die Mutter klagt, rechnet mit dem Schlimmsten, diese Tochter, sagt sie, als hätte sie nur diese eine. Oder, da es noch eine andere gibt, als sei diese die bessere Frucht. Man müsste nur in Livias respektive Federicas Kleiderschrank schauen, um die Unterschiede festzustellen, mit Händen zu fühlen, welche von den beiden das Lieblingskind ist.

Der BH in der Hosentasche pocht.

Unser aller rotes Herz.

Als Leben in den Vater zurückkehrt, verkündet er, er wolle zur Polizei gehen, er halte es nicht aus, die üblichen vierundzwanzig Stunden abzuwarten. Erklären, dass es sich um einen Sonderfall handele, ein außergewöhnliches Mädchen, nach dem sofort gesucht werden müsse.

Die Mutter bricht in Tränen aus, bewundernswert, wie lange sie sich beherrscht hat, sie weint und sagt, diese Tochter habe sie schon immer zur Verzweiflung gebracht, das habe sie nur gemacht, um sie zu ärgern (wechselweise mit der Theorie der Entführung), Livia lebe in Konkurrenz mit ihr, vielleicht, weil sie sich ähnlich seien – es beginnt der Prozess der Identifikation –, wie ähnlich sie sich im Wesen und physisch seien, wie oft habe Livia ihre Klamotten stibitzt, sie hätten dieselbe Größe, weint die Mutter, und sie beweint sich selbst, es gibt einen Moment beim Verlust eines geliebten Menschen, in dem man sich selbst beweint. Für uns, die wir mit ihr verloren sind. Die Mutter weint, als es an der Tür klingelt, und sie springt auf, im festen Glauben, sie sei wieder da.

Wenige Sekunden, bis sie merkt, dass es sich nicht um Livia handelt, sondern um den General aus dem Erdgeschoss – der, der für uns der Alte ist.

Ab jetzt geht alles drunter und drüber.

Wir gehen hinter der Mutter, dem Vater, den Onkeln und Tanten die Treppe hinunter – vage Erinnerung an Gedränge.

Eine Stimme beruhigt: Der Krankenwagen ist unterwegs. Sie ist tot, sagt die Mutter, sagt mir die Wahrheit.

Wir gehen runter, stolpern, verlieren beinahe das Gleichgewicht, verlieren es nicht, Hand am Geländer, bis unten. Martinshorn in der Ferne. Im Entrée nebelhaft Personen, Körper versperren uns den Weg und schieben uns zurück, das Martinshorn näher, und Federica windet sich in den Armen von jemandem, schreit: Lasst mich. Und auch: Sie ist meine Schwester.

Sie hätten die kleine Schwester nehmen können. Stellen wir uns Federica im Gebüsch vor, stellen wir uns ein weniger besonderes Mädchen als Livia vor, Normgröße, Gewicht über dem Durchschnitt. Stellen wir uns einen gewöhnlichen Körper in der Vegetation eines Villengartens vor.

Wäre das nicht doch ein geringerer Verlust gewesen?

Jetzt allerdings ist es dieser gewöhnliche Körper, der überraschend kräftig durch die Menge schlüpft, sich mit Fäusten und Füßen den Weg bahnt – ich hinterher, zumindest kommt es mir so vor, an dieser Stelle der Geschichte sind wir ein einziges starkes Mädchen.

Im Atrium entwischt Federica, sie läuft in den Garten, rennt, aber der Vater stellt sich ihr in den Weg und hindert sie am Weiterlaufen.

Und sie, an seine Schultern geklammert, auf Zehenspitzen, keuchend, atemlos, sie schaut. Dort drüben zwischen den Büschen die Mutter, niedergesunken auf etwas, die Mutter kraftlos zusammengebrochen auf einer Katze, einem Hund oder was. Federica schiebt sich am Vater vorbei und läuft zur Mutter und sieht, worüber sie hingesunken ist. Über ihre Schwester, im Nachthemd.

Im rosa Nachthemd.

11

Laut Rekonstruktion zwischen drei und vier Uhr morgens. Am 23. Oktober. Temperatur zwölf Grad Celsius.

Die Fassade der Villa ist eines Neuanstrichs wegen eingerüstet, und Livia nutzt das Gerüst für einen Fluchtversuch. Ebenfalls laut Rekonstruktion stolpert sie (Gleichgewichtsstörung/Übelkeit/Schwindel), stürzt. Was sie rettet, ist die Markise des Patios der Erdgeschosswohnung, ohne die sie tot wäre (ab hier steigt der, den wir den Alten nennen, zur Figur des Retters auf).

Der Alte wird sagen, er habe nichts gehört. Kein Geräusch. Außer um fünf/sechs Uhr morgens ein Klagen, ein Stöhnen, das er für das Jaulen eines Tieres gehalten habe. Ein Affe, habe er gedacht.

Abgesehen von Knochenbrüchen – rechtes Bein, Oberschenkel, Schienbein – und Bänderriss am rechten Knie war laut ärztlichem Befund die Bewusstlosigkeit die schwerwiegendste Folge des Aufpralls.

Wenn Livia innere Verletzungen davongetragen hätte, wäre sie in dem Zeitraum zwischen dem Sturz und dem Auffinden gestorben.

Zum Beispiel bei inneren Blutungen.

Gesegnet die Markise, gesegnet der Alte.

Ebenfalls laut Rekonstruktion: Womöglich war sie wieder zu sich gekommen, hat aber, am Ende ihrer

Kräfte, nicht um Hilfe rufen können. Oder, fragt ihr euch alle, sie wollte nicht. Überlegt mal: Beschließt Livia zu sterben?

Das wird keine ausdrückliche und schon gar keine kollektive Frage sein. Sondern eine Gewissensfrage, ein Zweifel, der jeden von uns quälen wird. Ein Stachel, der die Erwachsenen vor der Zeit sterben lassen und uns zu Alten machen wird.

Doch das wird erst im Lauf der Zeit geschehen, im Augenblick sind wir zu nah dran.

Vorerst bahnen wir uns einen Weg durch die Glyzinien, laufen auf der feuchten Erde (jetzt erst sehe ich, dass Federica barfuß ist), treten auf etwas Spitzes, spüren keinen Schmerz, unsere Sinne sind außerhalb, ein paar Meter außerhalb unseres Körpers, schon mitten in der Vegetation. Wir wollen uns hinducken, uns niederlegen. Spüren, was man spürt, was sie in diesen Stunden gespürt haben muss, atmen, atmen, die Augen schließen. Uns zusammenkauern.

Was die Motive anbelangt, ist – nachdem Entführung ausscheidet – am ehesten zu vermuten, dass Livia eine Verabredung hatte und in Anbetracht des elterlichen Verbots das Gerüst benutzen wollte, weil sie, obwohl alle schliefen, sich nie und nimmer getraut hätte, durch die Haustür hinauszugehen, daran hinderte sie schon allein der Gedanke, Mutter/Vater könnten aufwachen und einen Streit vom Zaun brechen. Sie wollte raus.

Barfuß? Im Nachthemd?, wendet jemand ein.

Außer, sie stand unter Drogen, vermutet die Mutter.

In dem Bedürfnis, Dritten die Schuld zuzuschieben, die Wut an einer realen Person auszulassen. Und wenn jemand sie unter Drogen gesetzt hat? Wenn jemand sie gestoßen hat?

Verdacht, nach und nach Gewissheit.

Und wenn sich jemand über das Gerüst Zutritt verschafft hat? Typisch Livia, Jungs einzuladen und sich mit ihnen in ihr Zimmer zu verziehen. Typisch, wenige Meter von den Eltern Sex zu haben, hinter einer verschlossenen Tür. Wie könnte man diesen Sommer am Meer vergessen. Die Nacht vergessen, als die Mutter einen Unbekannten antraf, der in Unterhosen vor dem Kühlschrank stand und bei ihrem Anblick erklärte: Ich hatte Durst. Und Livia, geweckt und gescholten, antwortete doch tatsächlich: Ich kenne den nicht. Sie wollte in den Augen von Mama und Papa unschuldig sein.

Denn letztendlich verbirgt sich hinter dem unverschämten Benehmen eine ängstliche Livia. Sie redet viel, aber sie würde nichts anstellen.

Jedenfalls passt es nicht zu ihr, wegzulaufen, versichert die Mutter, das hätte sie von sich aus nicht gewagt (von ängstlich zu verantwortungsbewusst – es beginnt die Verwandlung der Tochter, die Manipulation des Charakters und der Identität, wie man es mit Verstorbenen macht, um das Andenken an sie zu verklären). Möglich, folgert die Mutter, dass sie mit einem Jungen verabredet war, und als er vorschlägt, abzuhauen, hat sie sich geweigert – immer gemäß dem sich verwandelnden Charakter der Tochter –, obwohl sie zuvor einverstanden gewesen war. Möglich, dass sie am Telefon – sie malt sich ein

Telefongespräch zwischen ihrer Tochter und dem Nichtsnutz aus – gesagt hat, ja, lass uns abhauen, und dass sie dann, als dies tatsächlich möglich war, einen Rückzieher gemacht hat. So drehen wir die Schleife zurück zu Livias Charakter, genauer gesagt zu dem, was die Mutter beschreibt: scheinbar rebellisch, in Wirklichkeit brav. Respektvolle, ängstliche Tochter, ein Familienmensch (das Heiligenbildchen ist fertig, jetzt kann sie sterben). Von Angesicht zu Angesicht mit dem gewissenlosen Kerl, der allerdings ein Rebell ist, was auch immer das heißt, hat Livia es sich anders überlegt, der lichte Augenblick, als sie begreift, dass es Wahnsinn ist, aber der Verrückte, der Junkie, er ist bestimmt ein Junkie, ist nicht einverstanden und versucht, sie umzustimmen, Streit, wahrscheinlich Handgreiflichkeiten, ein Stoß.

Massimo ist zu Hause und schläft, Zeugen bestätigen es, also zieht die Mutter den Mann vor der Schule aus dem Hut. Sie verlangt, ihn ausfindig zu machen, sagt: Er wollte sie entführen, er wollte ihr was antun. Sie hätte geendet wie Emanuela Orlandi.

Parallelen zum Fall Orlandi:

- Die Person wurde außerhalb der Schule mit dem Versprechen eines Jobs angesprochen (die Polizisten werden Bekannte und Freunde fragen, ob die Marke Avon genannt wurde).
- Die Person ist ein siebzehnjähriges Mädchen.

12

Am Tag vor der Hochzeit habe ich meinen Mann zum ersten Mal betrogen. Ein Abschied vom Jungsein. Wir heiraten, als die Kleine fünf ist. Aus rechtlichen Gründen, nicht aus Glauben an das Sakrament. Wir sind glücklich und gewillt, zusammenzubleiben. Es braucht keine Ehe, um eine Familie zu sein, beteuere ich. Da aber seine Verwandtschaft behauptet, ich sei hinter seinem Erbe her, und mich als Emporkömmling abstempelt, beschließt er, mich zu heiraten, zu meinem und zum Schutz unserer Tochter. Für den Fall, dass ihm etwas zustößt, für den Fall, dass wir allein zurückbleiben. Ich bin gerührt: Sag das nicht, auch nicht im Scherz.

Am Vorabend der Hochzeit gehe ich ihm fremd. Ein One-Night-Stand mit einem gemeinsamen Freund.

Als Ehefrau ändert sich das: Schluss mit den One-Night-Stands, diesem lieblosen Sichverschenken. Als Ehefrau lasse ich mich auf Beziehungen von vier, fünf Monaten ein, bei denen ich anfangs begeistert bin und dann allmählich verglimme.

Hier sind wir also bei dem verheirateten Mann, von dem ich nicht sagen werde, welcher Arbeit er nachgeht, es soll euch genügen, zu wissen, dass er ein viel beschäftigter Mann ist und reist. Oft verschwindet er, antwortet nicht auf zärtliche, drohende, schließlich händeringende

Nachrichten. Wir sehen uns einmal im Monat, manchmal weniger. Er liest nichts von mir, Artikel, Bücher. Ich bin verliebt, er auch.

Eines Tages fragt er mich im Bett: Würdest du deinen Mann für mich verlassen?

Nein.

(Und ich bin ehrlich, wenn nicht mein Mann mich verlassen, sich in eine andere verliebt hätte, ich hätte es nicht getan. Er war die Familie, die ich wollte.)

Meine Tochter, immer schon überzeugt, die schwächere Hälfte des Paares sei der Vater, gibt mir die Schuld an der Trennung. Seit drei Jahren, seit wir uns getrennt haben, versucht selbst der Vater, ihr zu erklären, dass es an ihm lag, er sei einem anderen Menschen begegnet, das komme vor. Mit einem Lächeln, das sagen soll, »darauf falle ich nicht herein«, entgegnet unsere Tochter: Lass es gut sein, ich kenne sie – und damit meint sie mich.

Sie schreit mich an, ich würde ihr Angst machen, ich sei nur am Geld interessiert, das wisse jeder (ein Dankeschön an die Verwandtschaft, die ihr diesen Floh ins Ohr gesetzt hat. Oder vielleicht ist das auch ein selbstständiger Gedanke, vielleicht kapiert die ganze Welt auf den ersten Blick, wer ich bin).

Es folgen Jahre voller Streit, pure Verachtung Anitas für mich, bedingungslose Liebe zum Vater – der es sich mit seiner neuen Freundin gutgehen lässt, einer ausgeglichenen Frau, diese Heiterkeit –, Jahre, in denen ich flehe: Entschuldige. Sie entgegnet: Leck mich, und verlässt jeden Raum, in dem wir zusammenkommen.

Vor einem Jahr dann die Entscheidung, nach London zu ziehen. Ich wage es nicht, mich dagegen auszusprechen, sosehr ich es auch will, manchmal, wenn wir uns im Flur begegnen, in der Küche aneinandergeraten, möchte ich sagen: Bleib.

In zwei Monaten wird sie zwanzig.

Apropos Gedächtnis, was es behält und was es gehen lässt. Apropos seine Willkür: Es stimmt nicht, dass wir aufgrund unseres Selbsterhaltungstriebes vergessen, was uns wehgetan hat, denn sonst würde es, wenn die Erinnerung daran zurückkehrt, auch den Schmerz wiederaufleben lassen (siehe meine Großmutter, die sich an eine einzige Erinnerung klammerte: *Babbo*. Zum Beispiel ich: Wenn wir uns das Gedächtnis noch mal als die dunkle Höhle vorstellen, in der wir Emanuela versteckt haben, was tut mein *Babbo* da? Welches Verbrechen begeht er? Lassen wir mal beiseite, dass ich ihn im wahren Leben *Papà* nenne, lassen wir mal beiseite, dass ich also in dieser genetischen Höhle die Rolle meiner Großmutter einnehme, was geht von meinem Vater aus? Missbrauch, Gewalt. Jemand streckt im Dunkeln die Hand aus, aber das könnte auch ich selbst sein).

Es ist also falsch, liebe Leserinnen, liebe Leser, es ist falsch, schmerzhafte Erinnerungen wegzuschaffen. Damit widerspreche ich der Schar von Psychoanalytikern, die versucht haben, mich zu lenken (zu manipulieren, werde ich im Leben irgendwann, so um die dreißig herum, sagen), heute sage ich, dass das Gedächtnis aufs Geratewohl funktioniert. Wie die Vorstellungskraft.

Es gibt jedoch einen schmerzhaften Tag, an den ich mich sehr genau erinnere, zumindest glaube ich das.

Der Tag der Abreise meiner Tochter. Der Wind, die unbequemen Schuhe.

Taxi:

Du lernst bestimmt interessante Leute kennen.

…

Junge Leute aus aller Welt.

…

Hast du deinen Mantel dabei?

Nein.

Ich hatte es dir doch noch gesagt.

Ich hab meinen Anorak.

Rede und Gegenrede, sie zum Seitenfenster gewandt, mit dem Rücken zu mir. Sie hat braunes Haar wie ich, nur feiner.

Seit ihrer Geburt quält mich der Gedanke, sie könnte dick werden. Mit vier hat sie ein Übergewicht von zwei Kilo – nach Ansicht des Kinderarztes. Ich beobachte, wie ihr Bauch dicker wird, dünner wird, kurze Phase der Erleichterung, eine Woche, zehn Tage, wieder dick. Sie geht immer weiter auf, in meiner Erinnerung geht das Mädchen immer weiter auf. Ich beschwere mich, dass sie zu viel Brot isst. Ich versuche, ihr die Regeln beizubringen: Obst, Gemüse. Schluss mit dem Popcorn, sage ich dem Kindermädchen.

Und auch: Willst du so dick werden wie ich? (Und ich erkläre ihr, dass ich das sage, damit sie anders wird als ihre Mutter, ich will sie anders.)

Sie wird meine Beine haben, denke ich, sie wird massig.

Die langen Beine anschauen, die aus den Shorts herausragen, die Sportschuhe, die trotz der klobigen Ausmaße den Fußgelenken und den Waden nichts von ihrer Schlankheit nehmen, im Gegenteil, noch die Feinheit betonen.

Von hinten die junge Frau mit ihren eins sechsundsiebzig (die Angst, sie könnte so klein werden wie ich) betrachten. Zusehen, wie sie auf die Sicherheitskontrolle zusteuert, sich anstellt, die persönlichen Gegenstände in die dafür vorgesehenen Schalen legt – wie viel du gereist bist, Mädchen von Welt –, durch den Metalldetektor geht, ohne ihn zum Piepsen zu bringen, im Gegensatz zu mir, wo er bei jeder Reise piepst.

Zu sehen, wie sie sich entfernt, erfüllt mich nicht mit Angst – sie wird belästigt, sie wird vergewaltigt –, sondern mit Stolz. Alter Ego im Einsatz, ich blende meine eigenen Zwanziger ein: Mach die von damals fertig. Demütige sie.

Bei Größe, Gewicht, Ausdauer meiner Tochter habe ich mich verschätzt. Ich war sicher, dass sie Liebesqualen und anderes erleiden würde, dass sie zum Gespött würde.

Sie als Kind im Haus von Freunden, ausgeschlossen von den gleichaltrigen Mädchen, die sie nicht ins Zimmer lassen, wo sich alle zusammen schminken.

Und weil sie sieben ist – nicht mehr diese vier, fünf, wo man weinen darf, lasst mich rein, die lassen mich nicht rein –, setzt sie sich auf die Sofakante, bereit, aufzuspringen, falls sie sie zu sich rufen sollten. Sie glättet ihr Kleid, hebt einen Bogen Buntpapier auf. Und ich nicht weit. Am liebsten würde ich in das Zimmer gehen, ihr Scheißzicken – schreien.

Aber sieben ist zu viel, um von der Mama in Schutz genommen zu werden. Daher beschränke ich mich darauf, das Mädchen auf dem Sofa schützend im Auge zu behalten, das Mädchen, das ich nicht der Phase der Machtspiele aussetzen will, die das Heranwachsen bedeutet. Es wird nicht die einzige verschlossene Tür bleiben. Schule, Schwimmbad, Hip-Hop, Strand, ein beliebiger Tag im August, an dem sie dem Blick eines Jungen begegnen wird.

Dieses Mädchen nimmt die Konturen von etwas an, das unweigerlich in dem Maß wird leiden müssen, in dem sie mir ähnelt. In ihr suche ich mich, finde ich mich.

Zeitsprung: Ungenaue Projektion.

Hoch aufgeschossen, die schmalen Augen von der Familie des Vaters. Dickköpfig, selbstständig, zugleich voller Zartgefühl für wehrlose Wesen – Kinder, Tiere, wieder väterliche DNA, wann rührt mich schon ein Kind/Tier, ich bin zu sehr auf meine eigene Zerbrechlichkeit konzentriert.

Also respektvoll dem Vater gegenüber, sagten wir, in dem sie einen gerechten Menschen sieht; mir gegenüber aggressiv. Im Streit sagt sie schon mal: Was hast du denn im Leben schon erreicht.

Das ist unsere Zeit – versuche ich es, ab vierzehn –,

wir gehen shoppen, komm mit zum Friseur, lassen wir uns die gleichen Frisuren machen! Und bei dem Versuch, sie zu kaufen, eingedenk vergangener Zeiten – wie einfach das war, weißt du noch, die Puppen? –, schlug ich den gleichen Ablauf vor: Ich möchte dir was Kostbares schenken, einen Anhänger oder so was.

Wie ich es auch anstelle, es ist unmöglich, mit diesem erst heranwachsenden, dann erwachsenen Menschen in Kontakt zu treten.

Immer wieder fragt sie, wo ich war, als und als und noch mal als – die Gelegenheiten aufzählend, bei denen ich weg und statt meiner das Kindermädchen da war.

Punkt für Punkt gestehe ich ein: Ich war nicht da. Schließlich blaffe ich: Na gut, ich war eine schlechte Mutter.

Na gut, eines Tages sagte ich: Komm, wir messen uns, und ich stellte dich an die Wand und zog mit dem Bleistift einen Strich, und dann habe ich dich nie mehr gemessen, und du bist und bleibst auf der Zimmerwand fünfundachtzig Zentimeter groß. Aber wenn du wüsstest, wie sehr ich diese fünfundachtzig Zentimeter geliebt habe, wie ich sie an mich gedrückt habe, alle fünfundachtzig, im Bett.

Und dann, im weiteren Schuldeingeständnis: Beim Abschluss deines ersten Pfadfinderlagers (genannt »Flug«, weil du zu den Marienkäfern gehörtest), als Pater Christian (hieß er Pater Christian?), als Pater Christian von der Kanzel herab sagte, ihr Marienkäfer seid im Ganzen siebenhundertneunundachtzig Minuten in Gottesbetrachtung versunken gewesen, siebenhundertneunundachtzig

Minuten bei zwanzig Marienkäfern, da dachte ich: Was tue ich diesem Kind an, wo habe ich es da hingeschickt.

Na gut, ich mache weiter – ich fragte das Kindermädchen jedes Mal nach deiner Schuhgröße, und jedes Mal Staunen: sechsundzwanzig? zweiunddreißig? Schon vierunddreißig?

Trotzdem, sechsundzwanzig, zweiunddreißig, vierunddreißig, ich überschüttete dich mit Schuhen. Ballerinas, Glitzerschuhe, Blinkschuhe, Turnschuhe, du öffnetest den Schrank und wurdest überflutet von den Farben deiner tausend Schuhe. Wer hatte dir die geschenkt?

Na und?, gibst du im Taxi zurück, am Flughafen, an welchem Ort auch immer wir gestritten haben. Die Orte verblassen, im Vordergrund wir. Du hast kurze Haare.

In dieser Lebensphase, drei Jahre nach der Trennung, sechs Monate nach Anitas Abreise, ist Federica wieder aufgetaucht. In dieser einsamen Zeit, in der ich rechtmäßig geschieden bin, meine einzige Tochter mich verachtet, der Liebhaber verschwunden ist, ein anderer, nicht der, der gefragt hat, ob ich meinen Mann verlassen würde. In dieser Phase taucht Federica auf und sorgt dafür, dass ich mich nicht so ausgegrenzt fühle. Sie rückt die Generationen wieder zurecht: Liste der früheren Schulkameraden, wer ist geschieden, wer zum zweiten Mal verheiratet. Viele sind in die Fußstapfen der Väter getreten, Anwälte, Notare. Vernichten erst Kanzleien und Vermögen, und jetzt verkaufen sie Häuser, Grundstücke, sagt sie. Ich sei von allen diejenige, die es zu was gebracht hat. Die Einzige, die Erfolg hat. Es zähle wenig, dass auch ich geschieden bin, das hänge nicht vom eigenen Willen ab, versichert sie, eine Frage des Schicksals. Und sie spricht mit der Sachkenntnis der geschiedenen Ehefrau, genau wie ich, aber nein, ich sei besser, die beruflichen Ziele.

Schreibst du gerade an etwas?, fragt sie. Ich antworte: Ja. Manchmal liefere ich Details: Ich würde Material sammeln, ein Sachbuch. Wegen der Zeitung käme ich nur langsam voran, ich sei das Aushängeschild, das weibliche Aushängeschild – schraube ich herunter –, weswegen ich mich nicht voll und ganz dem Buchprojekt widmen könne. Weißt du, ich diskutiere meine Artikel nicht mit den Redakteuren, sondern mit dem Herausgeber persönlich, er verehrt mich.

Wenn ich da an vor dreißig Jahren denke, meint Federica.

Unser Dasein als Statistinnen ließ für alle Zeiten Nebenrollen vorausahnen, auf dem blauen Teppich nichts weiter als Träume – wir werden küssen. Dabei haben wir es trotz des unheilvollen Starts geschafft. Ich besser, womit die Gewissheit widerlegt wäre, dass sie, Federica, die Privilegierte ist.

Mal ehrlich, was habe ich – sie schaffte es, vier, fünf Kilo abzunehmen, ihr schenkte ihre Mama das Abendkleid –, was habe ich schon gebetet: Mach, dass sie zunimmt, dass das Kleid zerreißt, verbrennt, ich könnte es mit meinen eigenen Händen tun, gebt mir ein Feuerzeug, einen Molotowcocktail.

Im Geiste durchlaufe ich noch mal die Phasen unserer Freundschaft: eine fortwährende Kippbewegung, bei der die eine im Leid der jeweils anderen sich oben befand.

Dreißig Jahre gehen ins Land, jetzt sind wir hier. Dreißig Jahre gehen ins Land, jetzt bin ich auf dem Weg zu ihr. Traurig, weil Anita mich immer noch zurückweist, sie kommt nach Rom und sagt kein Wort, was habe ich dir getan, möchte ich fragen, während ich die Wege meiner Jugend entlanglaufe, dreißig Jahre zurück, ich werde immer kleiner, gleichaltrig mit meiner Tochter, die plötzlich eine der vielen Privilegierten ist und mich meidet, mich nicht zu den Partys einlädt. Anita wie Lavinia, im Jagdclub.

Dreißig Jahre vor, dieselben Straßen, Glyzinien, nachdem ich Anita bei ihrem Vater gesucht habe, in den Zimmern, unter den Betten. Meine Tochter. Heraufbeschworen, ersehnt, abwesend, anstelle von.

In Wirklichkeit habe ich sie schon vorher gesucht, spul das Band zurück, Schriftstellerin: bei dem Interview mit der Schauspielerin, die nach dem Kissen greift und es sich auf den Schoß legt wie eine Puppe, ihr Schild. Vor diesem verfrorenen Geschöpf, dem du am liebsten die Beine zugedeckt hättest, und du hast deinen Schal angeboten. Mir ist nur obenrum kalt, sagte sie ablehnend. Und du hättest dieses Obenrum am liebsten in den Arm genommen.

Dann hätten dir fünfundachtzig Zentimeter in den Armen gelegen. Alle Zentimeter der Mädchen in deinen Armen.

Das begreife ich erst jetzt. Nachdem ich Anita gesucht habe, nachdem ich die Türen geöffnet und sie nicht gefunden habe, nachdem ich mir lächerlich, albern, unsäglich albern vorgekommen bin, nachdem ich geflohen bin und am Ort der unschuldigen Vergangenheit Zuflucht gefunden habe – zwischen den Glyzinien das Blassrosa! –, der sichere Ort, der sich dann als bedrohlich herausstellt, so bedrohlich – pass auf mit Erinnerungen, dumme Schriftstellerin –, der Ort der Schuld, Fleisch geworden in der Gestalt auf der Straße.

Es ist deine Schuld, ertönt die Stimme der Vergangenheit, der blonde Kopf, die Puppe.

Die Fünfzigjährige auf der Straße dreht Pirouetten, der Luftballon entkommt ihr. I LOVE YOU. Jugend fliegt, Unschuld fliegt.

Hoffentlich fliegt er zu einem hübschen Jungen.

13

Wir fragen uns erneut, wie und warum aus diesem wunderschönen Mädchen, Schwarm eines ganzen Stadtviertels, verbotener Traum von mindestens drei Generationen Männern, eine geistig behinderte Frau geworden ist.

Kehren wir in den Garten zurück, zu Livias Körper im Gebüsch.

Nach zwanzig Tagen im Koma wacht Livia als Achtzehnjährige auf, ihr Geburtstag ist in die Zeit gefallen, wie auch ihre Haare abgefallen sind, so viele Dinge fallen in dieser Geschichte.

Die Haare wegen der Operation abrasiert, Fachbegriff Kraniotomie, den Federica wie ein Mantra vor sich hin sagt, ein Nagel, der den Kopf durchbohrt, als wollte sie ausgleichen, was die Schwester ertragen musste.

Abgesehen von der Narbe am Kopf, sieht Livia – wenn man sie im Schlaf betrachtet – genauso aus wie vorher. Eine Puppe, ein Engel. Für die Eltern ihre wundervolle kleine Tochter. Wenn sie einfach weiterschlafen könnte (das wird der nächste und vorübergehende Gedanke sein, das kurze Aufflackern einer durchbrennenden Glühbirne: Wenn sie weitergeschlafen hätte).

Nach zwanzig Tagen wacht Livia auf. Verwirrt, mit Sprachstörungen, Nachwirkungen des Komas, denkt die

Familie. Die vorübergehende Desorientiertheit von jemandem, der aus einem Zustand nah am Tod zurückgekehrt ist, von jemandem, der Mama sagt, das erste Wort, nachdem sie die Augen geöffnet hat.

Heisere Stimme, Blick auf der Suche nach einem Halt, denn er verweilt beim Wort Mama nicht bei der Mutter, sodass Vater und Mutter befürchten, sie würde niemanden erkennen, bis ihr Blick an der Schwester hängen bleibt. Du bist fett geworden, sagt sie.

Vater und Mutter lächeln. Kein Hirnschaden.

Es gibt Veränderungen. Die neue Livia ist aufgedunsen, langsam. Das gehört jedoch zum posttraumatischen Verlauf, auf Anraten der Ärzte eine Zeit lang Reha, zwei, drei Wochen werden ausreichen, damit das Bein wieder richtig gebraucht werden kann. Das größte Problem ist in der Tat das Laufen. Die Brüche seien wieder zusammengefügt, und Livia werde wieder gehen können. Leider sei die Verbindung Kopf-Körper abgerissen, erklärt der Arzt. Mit Körper ist das geschädigte Bein gemeint. Im Augenblick ist es, als wäre es amputiert. So kommt es vor, dass Federica, von den Eltern unbemerkt, hineinkneift und, wenn keine Reaktion zu sehen ist, aus dem Kneifen Streicheln wird, schließlich nur Berühren. Manchmal legt sie abends, beim Fernsehen auf dem Sofa, die Hand auf das Phantombein der Schwester. Stellt euch siamesische Zwillinge vor, stellt euch die Stelle des Körpers vor, an der sie zusammengewachsen sind.

Anders die Mutter, die, anstatt wegen der möglichen Hirnschäden bekümmert zu sein, ihre Sorge auf das brünett nachwachsende Haar verlagert. Sie plant einen Friseurbesuch gleich morgen, sofort, es scheint das Dringendste zu sein, dass Livia wieder blond wird.

Mit den dunklen Haaren wirkt sie so anders, behauptet sie, als die anderen sie betreten ansehen.

Sie hat zeitweilige Erinnerungslücken, versichert sie, wenn sie den leeren Blick der Tochter auffängt.

Wie heißt du?, fragt Livia zum dritten Mal die Filipina, die mit ihrem Essen hereingekommen ist.

Wie heißen Sie?, fragt sie die Cousine, die zu Besuch gekommen ist. Den Menschen, der ihre Hand genommen und geweint hat.

Simona, antwortet Federica, der es den Boden unter den Füßen wegzieht, auch ihr. Weil Simona nicht irgendeine Cousine ist, sondern die einzige Cousine, praktisch die Schwester, die gemeinsamen Sommer im Haus auf dem Land, sie als kleine Mädchen, kommt, wir pflücken Mohnblumen! Wir fangen Schmetterlinge. Wie lange lebt ein Schmetterling?

Abends im Bett stellt Federica sich vor, wie die Ärzte ein Loch in Livias Kopf machen, und was aus dem Loch herauskommt. Mohnblüten, Schmetterlinge. Wenn sie im Frühling den ersten Schmetterling sieht, bittet sie: Flieg nicht weg.

Die Reha beginnt. Eine Privatklinik am anderen Ende der Stadt, was wegen des Verkehrs eine Stunde hin, eine Stunde zurück bedeutet. Die Eltern verdrängen das Problem stur, haben ihr normales Leben wieder aufgenommen und sich, wenn das überhaupt möglich war, noch mehr Verpflichtungen auferlegt, und da Livia sich weigert, zu Fremden ins Auto zu steigen – anfangs hatte man an einen Fahrer gedacht –, muss Federica sie begleiten, sie verliert ganze Nachmittage, lernt nachts, lernt nicht, kommt müde, unvorbereitet in die Schule (wie verständnisvoll die Lehrer, die ein Auge zudrücken und sie mit einem Befriedigend oder besser belohnen. Ich weiß nicht, ob sie ebenso verständnisvoll gewesen wären, wenn es sich um mich gehandelt hätte. Um mich, Tochter eines Niemands. Und eine Erinnerung fügt sich an, als nach dem Tod der Eltern und des kleinen Bruders eines Mädchens aus der Zehnten Klasse, Autounfall, in den Klassen ein Rundbrief umgeht, in dem Camilla Beileid ausgesprochen wird. Ich frage, und das ist keine Forderung, nur Neugier: Warum gibt es beim Tod meines Vaters keinen Rundbrief?*).

Federica begleitet Livia im Taxi zur Reha und ist bei den Behandlungen dabei, sie berichtet mir von Stürzen, Misserfolgen, dem rechten Bein, das nicht auf Reize reagiert.

Manche Übungen finden im Schwimmbad statt. Stellt euch das Schwimmbad eines Reha-Zentrums vor. Stellt euch im Vergleich die Schwimmbäder vor, die die Schwestern gewohnt sind. Federica sitzt auf der Bank, Geruch

---

* Erst im Lauf der Jahre begriff ich den Unterschied. Die dramatische Bedeutung des ersten Vorfalls gegenüber dem zweiten, auch wenn es sich um meinen Vater handelte. Erst viele Jahre später dachte ich an Camilla zurück, daran, was es bedeutete, als Fünfzehnjährige zum Waisenkind zu werden. Plötzlich allein auf der Welt. Und da, als ich schon erwachsen war, fragte ich mich, wo sie wohl ist, was sie wohl macht. Hast du Kinder bekommen, Camilla?

von Desinfektionsmittel, Fliesenboden wie in einer öffentlichen Toilette, und sieht die Schwester, die am Beckenrand klebt, sieht, wie sie sich gegen Schwimmbretter und die Hände des Therapeuten sperrt. Tag für Tag betrachtet sie die regredierte Schwester. Stoß dich ab, möchte sie sagen, schreien, schwimm (es war Livia, die Federica das Schwimmen beigebracht hat). Ich bitte dich, flüstert sie im Stillen, die Augen fest auf diesen Menschen in einer Ecke des Beckens geheftet, diesen Menschen, der nicht ihre Schwester sein kann, ihre Schwester taucht unter, schlägt Purzelbäume. Stoß dich ab, bittet Federica im Schwimmbad des Reha-Zentrums.

Tage, Wochen klammert sie sich am Rand fest, bis Federica einschreitet. An diesem Morgen erscheinen sie im Reha-Zentrum und liefern eine Show ab, nennen wir es ruhig Show.

Vorangegangen sind diesem Augenblick nachmittagelange Proben. Zu Hause hat Federica ihrer Schwester geholfen, sich auszuziehen und den Badeanzug anzuziehen, und sie dazu gebracht, zu tun, was sie verlangte. Es brauchte eine Weile, bis Livia die Augen schloss und die Arme hob, um sich das rote Ding über den Kopf ziehen zu lassen, wie sie es nannte, denn sie wusste das Wort dafür nicht – vor dem Unfall hatte sie es gewusst. Dann überredete Federica sie, sich auf den Boden zu legen, und sagte: Jetzt kick die Füße in die Luft. Auf dem blauen Teppich ein Mädchen, das konzentriert die Füße in die Luft kickt, dabei unkoordiniert mit dem Körper von einer Seite auf die andere schwankt (doch nicht diese

Szene wird Federica über die Jahre in Erinnerung bleiben, nicht dies wird das Bild der Demenz sein).

Und dann der Morgen, an dem die Schwestern auftreten.

In Gegenwart von Physiotherapeuten und Alten – die Livia jung erscheinen müssen, unterschiedsloses Publikum, sie hat ihr Publikum zurückgewonnen –, zieht Livia den roten Schwimmring über, sie hat den Namen gelernt, taucht ins Wasser, lässt sich treiben. Lässt sich treiben, wenn auch nahe an den Stufen. Lässt sich treiben, dreht plötzlich Pirouetten, kleine Drehung, halbe Drehung.

Drei Monate genügen. Am Anfang musste Livia sich noch auf jemanden stützen, wurde ein Rollstuhl gemietet, mit dem sie sich in der Wohnung fortbewegen konnte, und schaut sie euch jetzt an: Es ist der Tag, an dem sie mit ausgebreiteten Armen quer durchs Wohnzimmer geht, einen Fuß vor den anderen, wie auf einem Seil, das im Leeren hängt, der Tag, an dem die Eltern und die Schwester ängstlich und zugleich voller Hoffnung zuschauen, der Tag, an dem Livia am anderen Ende des imaginären Seils die Fenstertür erreicht, und der Vater sich über die Augen wischt und die Mutter Beifall klatscht.

14

An dieser Stelle der Geschichte, nämlich der Erkundung meiner Teenagerzeit anhand der von Federica und Livia (Nuancen ein und desselben Mädchens von Emanuela Orlandi über Livia zu mir, von der Vermissten zur Fetten, oder ganz anders, ein einziges Mädchen, das allmählich verblasst), an dieser Stelle gerät alles aus den Fugen. Konfus sind wir, entdecken wir, was sind wir nur geworden, Konstellation ohne Mond, mikroskopisch kleine Sterne als Tupfen am dunklen Himmel. Irgendetwas stimmt nicht.

Es ist Zeit, den Bericht zu korrigieren, liebe Leser, liebe Leserinnen. Schweren Herzens die Manipulation einzugestehen.

Ich sagte, dass Federica und ich uns nach Jahren der Freundschaft getrennt haben, unterschiedliche Wege, wobei ich zu verstehen gab, dass der gesellschaftliche Unterschied entgegengesetzte Milieus für uns vorgesehen hatte, eine Anspielung auf meine Mühen und ihre Privilegien. Damit präsentiere ich noch mal die Aufstellung: Die Jungen und Mädchen vom Schulhof, immun gegen Schmerz, auserwählt, ich dagegen kleinbürgerlich, ich muss meine Zukunft erst noch aufbauen. Ich machte euch glauben, ich wäre aus gesellschaftlichen Gründen ausgegrenzt worden, ich erzählte von der Ablehnung durch eine blasierte Welt, die die Schwachen abdrängt. Ich musste euch beweisen, dass es Kasten gibt, diese grausamen Kasten grenzen aus, sie scheren sich nicht um Gefühle wie zwischen Federica und mir, denn zwischen uns gab es Verbundenheit, Schwesterlichkeit, ein Alter Ego, in dem wir uns in Fettsucht und Magersucht spiegeln konnten.

Meerblauer Teppich, Pool. Wir beten, Hand in Hand.

Wir beten miteinander, bis zu Livias Unfall.

Umkehr, Wahrheit: Ich bin diejenige, die auf Abstand geht. Ich bin das minderwertige Wesen, das geblieben ist, solange es vorteilhaft war, für die Schwester, die Cousine gehalten zu werden. Solange es den Anschein hatte, als sei diese im selben Umfeld geboren und aufgewachsen. Namhafte Vorfahren, Kleider, Clubs, in die sie unverfroren ging (in Wirklichkeit war sie da gar nicht, erst als Erwachsene). Solange ihr Glanz auf mich abstrahlte und ich mir im Spiegel fast blond entgegenblickte – ich war zwischen ihnen nicht fehl am Platz, dunklere Nuance des gleichen Blonds. Maßstabsgerecht: Livia, Federica, Simona, ich. Solange es mir von Nutzen war, zwischen ihnen eingebettet zu sein, blieb ich.

Der Himmel übersät mit trümmerartigen Wolken. Der Wind biegt die Wipfel. Das Meer glitzert in der gleißenden Sonne. Die Blumen blühen auf. Der Sommer verdunstet.

Nach dem Unfall bin ich im Spiegel wieder brünett. Das Licht, das uns erhellt hat, ist erloschen, wir alle sind erloschen, falls wir jemals Sterne waren.

Das galt nicht nur für Livia.

Im Nachhinein: Ebendies ist das Problem mit der Identifikation.

Nach dem Unfall wird alles schwierig. Das Missbehagen, das ich beim Betreten dieser Wohnung spüre. Sich in der Nähe eines Familienmitglieds aufzuhalten, gar nicht mal die unmittelbare Begegnung mit dem, was kaputt ist, es genügt die Nähe. Federica, Mutter, Vater. Ich. Wer bin ich.

Auch wenn ich zu einem Stadtkind geworden bin, frage ich mich wieder, wer ich bin.

Mit Livia stürzen wir alle ab. Und ich entziehe mich, ich will nicht wieder ausgestoßen werden.

Besser der erste Stock in der Via dei Monti Parioli, beige Sofas. Vater gewalttätig, Mutter depressiv. Besser ich als die faule Frucht, die verwelkte Rose.

Das Problem stellt sich heute, in der romanhaften Neuordnung der Fakten, wo der Rückzug von Federica und Livia im entscheidenden Augenblick keinen Platz hat.

Okay, Vater ein Unhold, pädophil. Vater ein Unhold, Mutter beengend, ich als Teenager bestes Spottobjekt für die feinen Reichen, perfekt das Bild des Koalarucksacks, das die Unzulänglichkeit noch unterstreicht, inakzeptabel jedoch ich, die ich die Freundin verstoße. Ich falle aus dem Rahmen. Schamgefühle oder gar Abscheu vor Schaden/Krankheit, mit denen ich nicht in Berührung kommen will. In einer idealen Autobiografie ist kein Platz für Untaten. Die Niedertracht entfällt auf die anderen. Ich bin das Opfer. Die Vergessene, die es am Ende schafft. Meine Geschichte ist eine Geschichte des Aufstands, Jesus Christus, verleugnet und auferstanden.

Doch leider geht die Geschichte in der Version ich am Kruzifix nicht auf, die Einzelteile passen nicht zusammen.

Aus Liebe zur Literatur also, aus Respekt vor der Glaubhaftigkeit, nicht zuletzt aus Faulheit (mühsam, die Passagen dazwischen zu erfinden, in denen ich gemieden und dann dreißig Jahre später gesucht werde, weil berühmt), muss ich beichten und diese Erzählung korrigieren. Ich, ganz allein ich, habe mit Vorbedacht und bei vollem Bewusstsein die Beziehung zu Federica abgebrochen – ungenau der Ausdruck »wir sind uns fremd geworden«. Ich habe sie einfach nicht mehr angerufen. Nicht mehr sehen, nicht mehr treffen wollen. Ich habe meiner Mutter, Telefonhörer in der Hand, buchstabierend zu verstehen gegeben: Sag ihr, ich bin weggefahren.

Dennoch, wenn sie auftaucht, wenn ich sie am Gartentor der Via dei Monti Parioli 49/a antreffe, entziehe ich mich ihr nicht. Schlecht ja, aber nicht feige. Eine, die das Herz auf der Zunge trägt, die keine Angst vor der Wahrheit hat – ich, wie ich mich mir selbst und der Welt zeige.

So antwortet die mutige junge Frau auf die Frage der Freundin: Was habe ich dir getan, warum meidest du mich? – und ihre Antwort gilt allen vom Schulhof, und sie blickt ihnen herausfordernd in die leeren blauen, grünen Augen, millionenfach schönen Augen –, und sagt stolz: Ich fühle mich anders.

Oberflächliches Geplänkel, allmählich konkreter – Familie, Zukunft –, und der Spross aus der Maremma kommt zum finalen Stoß, der völlig überflüssig ist angesichts der Kapitulation des Gegenübers: Bitte lass uns Freundinnen bleiben.

Der Spross versinkt in diesem Zustand vollkommener Zerbrechlichkeit der anderen und sagt: Ich muss meine Abschlussarbeit schreiben, reisen.

Im Glauben, der Grund für die Unstimmigkeit seien die unterschiedlichen Studiengänge, erwidert Federica: Ich schreibe mich für Literaturwissenschaften ein.

Darauf präzisiert die Freundin: Es ist eine Frage der Möglichkeiten. Du, deine Schwester.

Meine Schwester was?

Ich bin nämlich gesund, zischt das Mädchen vom Land und offenbart damit ihr wahres Naturell, die bisher maskierte Identität. Gesund, wiederholt sie.

Ab da war ich der schlechte Mensch, der ich bin. Oder, was wahrscheinlicher ist, ich wurde wieder zu der schlechten Kreatur, die ich immer schon war.

Fern von mir, Krankheit. Armut, Krieg, Hungersnot, Waisenkinddasein, Witwenschaft. Den eigenen Weg weitergehen, vorbei an den Bettlern, die dich aufzuhalten versuchen. Krüppel, Alte (hättest du, Schriftstellerin, nur besser aufgepasst, hättest du gemerkt, dass es mit den Jahren immer mehr Alte gab, hättest du nur genauer hingeschaut, hättest du gedacht, dass diese Alten deine Eltern sein könnten, dann wärst du vielleicht stehen geblieben und hättest eine Münze in ihre Plastikbecher geworfen).

Der Mangel an Empathie, das fehlende Mitleid gegenüber den Nächsten, besonders wenn sie schwach sind, gehört zu meinem Charakter. Wenn ich mich beschreiben soll: intelligent, gefühlskalt.

Und doch schürft etwas in mir, weniger auf emotionaler Ebene, mehr wie eine Art Reiz. Aus der Vergangenheit kehren Bilder aus der Nähe zum Schaden zurück, eine Art von Vertrautheit und zugleich das Gefühl, verschont worden zu sein. Eine Erfahrung, die Entscheidungen bedingt. Damit erkläre ich mir mein wachsendes Interesse an Krankheiten, insbesondere chronischen. Mein letzter Vorschlag an die Zeitung: Magersucht und wie sie sich in den vergangenen Jahren verändert hat. Antwort des Chefredakteurs: Das Thema ist ein alter Hut (hatte ich meine Artikel nicht mit dem Herausgeber persönlich diskutiert? Wenn nur jemand hinter all meinen Behauptungen stünde).

Ich hake nach, vielleicht traut er es mir nicht zu? Vielleicht hat er die Reportage vom letzten Jahr mit ihren Millionen von Retweets vergessen, Millionen im übertragenen Sinn. Hat er vielleicht verdrängt, welche Arbeit ich im Zentrum für Schlafstörungen an der Bellaria-Klinik in Bologna geleistet habe? Die Feldstudie über vier Tage im Kontakt mit medizinischem Personal und Patienten. Die gesammelten Aussagen. Die Sensibilität, mit der ich die Bettlägerigen zum Reden gebracht habe, sodass sogar der Professor – Chefarzt, Koryphäe – sagte, noch nie habe jemand mit so viel Verständnis von der Krankheit berichtet. Danke, sagte er. Also alles vergessen, Chefredakteur?

In meinem Zweifel schicke ich ihm die alte Reportage noch mal. Ich lese noch mal einzelne Passagen und beglückwünsche mich im Stillen. Nein, auch beim erneuten Lesen identifiziere ich mich nicht mit den Kranken, ich identifiziere mich nicht, und das ist nicht richtig.

»Ich kann nicht lachen, weinen, mich verlieben«, sagt Rosanna, neunundzwanzig Jahre alt. Noch nie einen festen Freund gehabt, »wer will schon eine wie mich?« Und *eine wie mich* bedeutet, dass sie umkippt, wenn eine Emotion in ihr hochsteigt.

Bei einem Gelächter, oder wenn sie in Tränen ausbricht, geben Rosannas Muskeln nach. Sie bricht zusammen. Totale Lähmung, während deren es ihr unmöglich ist, sich zu bewegen, zu sprechen, doch sie hört. So hört sie, was die Leute ringsum sagen, sie ist tot, sagt jemand, und sie will schreien: Ich lebe. Und auch: Lasst mich nicht allein.

Als studierte Medizinerin und angehende Fachärztin für Thoraxchirurgie verbringt Rosanna einen großen Teil ihrer Zeit in der Klinik, »wenn ich nicht diesen Job gemacht hätte, wenn ich, was weiß ich, Lehrerin geworden wäre, hätte ich es vielleicht gar nicht gemerkt«. Der Schlafentzug aufgrund des Arbeitsrhythmus macht die Störungen offensichtlich (sie erinnert sich zurück, dass es die Anzeichen früher schon gab. Als Kind schläft sie ein, kaum dass sie im Auto sitzt, als Teenager raucht sie, um wach zu bleiben).

Der Anfang der Schlafstörungen ist die Schlaflähmung. Eines Nachts spürt Rosanna eine Präsenz auf der Brust. Ein echter Mensch, mit Herzschlag und Körpergewicht, versichert sie, der sie daran hindert, sich zu bewegen, und ihr Schreckliches über den Tod zuflüstert.

Es hilft nichts, in die Kirche zur Beichte zu gehen, es passiert wieder. Und wieder will sie sagen: Lasst mich nicht allein.

Deshalb hat sie Hans bekommen, »ein Schäferhund beschützt seinen Besitzer, vor allem, wenn es eine Frau ist«. Hans weiß, was er tun muss, wenn sie umkippt. Sollte sie vergessen, das Gas abzudrehen, bellt er. Rosanna geht inzwischen nur noch selten aus, und ihre Freunde – denen sie nichts von der Krankheit erzählt hat – glauben, es liege an dem Hund, mit dem Welpen habe sie ihre Gewohnheiten verändert.

»Ich habe das Gefühl, alles zu verlieren«, sagt sie, »außer dem Spaziergang mit Hans.« Und über ihn: »Manchmal schlafe ich ein, während ich ihm den Ball zuwerfe.«

Wenn man bedenkt, dass sie als Kind herumrannte, kletterte, auf der Wiese Rad und Purzelbäume schlug. Auf dem Land geboren und aufgewachsen, war sie immer unterwegs und erkundete die Umgebung, nichts machte ihr Angst, Tiere eingeschlossen, wie eines Tages der Löwe im Wald (es war ein Löwe, schwört sie. Oder vielleicht ein Symptom der kommenden Krankheit).

Sie fühlte sich allmächtig. Stattdessen: nicht lachen, weinen, sich verlieben können, »kein Geschlechtsverkehr«. Aus Scham, sie geniert sich. Aber vor allem aus Angst.

Angst, einen anderen Menschen in Gefahr zu bringen. So fragt sie, nachdem sie die Diagnose erhalten hat: »Kann ich weiter als Ärztin arbeiten?«

Und da ist die Angst vor dem Scheintod. Als sie nach Narkolepsie/Kataplexie googelte, stieß sie auf den ersten bekannten Fall der Geschichte, Anfang neunzehntes Jahrhundert, eine für tot erklärte Frau, die im Sarg wieder aufgewacht ist.

15

Während der Jahre, in denen Federica sich von der Familie löst, gehöre ich schon lange nicht mehr zu ihrer Welt, höchstens als Erinnerung.

Sie hat gerade erst Giorgio kennengelernt und beschlossen, zu ihm zu ziehen. Er sei anders gewesen als andere, sagt sie.

Federica erzählt, Livia ist traurig wieder ins Haus gegangen, nachdem der Luftballon weg war, und wir beide gehen in Richtung Park. Auf einer Bank ein paar Meter weiter der Mann, der Luftballons verkauft. Sie dürfe nicht vergessen, Livia einen mitzubringen.

An diesem oder einem anderen Tag erklärt sie mir auf der Bank, am Tisch in einer Bar, was die Loslösung von den Eltern bedeutet hat, und die Rolle, die Livias Unfall bei allen ihren späteren Entscheidungen gespielt hat. Überhaupt Livia, der Mensch, der aus ihr geworden ist.

Sie sagt, ja, sie habe bald wieder laufen können, der Gleichgewichtssinn sei allerdings nicht stabil gewesen.

Wenn sie stolperte, fiel sie hin.

Sie blieb verwirrt liegen, als müsste sie nachdenken, um sich wieder zu orientieren, wo war sie? In ihrem Zimmer.

Federica streckte die Hand aus, um ihr aufzuhelfen,

und die Last, die sie hochzog, war die Last der ganzen Familie. Zusammen mit Livia waren sie alle regrediert.

Kannst du dir vorstellen, was es bedeutet, deine Mutter wegen eines Flecks auf dem Kleid zu tadeln und ihr zu sagen, sie soll sich umziehen? Und dein Vater? Dieser Vater, der gerade noch reiste, Schach spielte, und jetzt musst du ihn auf der Straße am Arm ziehen: Pass auf die Autos auf.

Nicht zu sehen, dass die Tochter geschädigt war, hatte zur Folge, sich genauso klein zu machen wie sie.

Giorgio sei eine Flucht gewesen, räumt Federica ein.

Sie lebte damals in einer Wohnung unweit der Universität, siebzig Quadratmeter, die sie sich mit einem Freund teilte. Sie weiß noch, wie sie ihn zum ersten Mal besucht hat, wie ihr weich ums Herz wurde. Socken und Unterhosen zum Trocknen auf der Stuhllehne. Sie sei losgegangen und habe ihm einen Wäscheständer gekauft, noch Jahre hätten sie darüber gelacht, das erste Geschenk ein Wäscheständer.

Mich verzauberte die Intelligenz, sagt sie, einer der intelligentesten Menschen, den ich je getroffen habe. Jetzt stell dir die Reaktion meiner Eltern vor. Zu früh, ihr kennt euch kaum, und er aus dem Süden. Sie sagen sogar, dass ich keine Lira von ihnen bekomme, meine Mutter fürchtet, dass ich mich um den Haushalt kümmern muss, Klo putzen, wo ich eine Haushälterin gewohnt bin. Wer weiß, wozu ich mich entschieden hätte, wenn sie hätten eingestehen können, was sie wirklich fürchteten. Sie konnten sich übrigens niemals mit Worten ausdrücken, da kamen sie an ihre Grenzen. Federica hatte gar der Verdacht beschlichen, dass sie nicht einmal in der Lage waren, die Veränderungen wahrzunehmen.

So blieb Livia weiterhin die besondere, nur ein bisschen aufmüpfige Tochter. Sie konnte sich noch so sehr danebenbenehmen, nie verloren sie die Fassung. Bei Tisch kaute sie und spuckte wieder aus, sagte, sie habe vergessen, welche Farbe das hatte, was sie sich in den Mund gesteckt hatte, und wollte es noch mal sehen. Und anderes absurdes Zeugs, jeden Tag, tausendmal am Tag. Irgendwann platzt Federica. Jahre, bis sie implodiert.

Heute gibt sie zu, dass das Zusammenziehen mit Giorgio eine Provokation sein sollte, sie wollte ihre Eltern zu einer Reaktion zwingen. Anstatt über Geld zu reden, hätten sie sagen können: Was ist dann mit deiner Schwester? Was ist mit deiner Schwester, wenn du weggehst.

Nach dem Unfall wälzen die Eltern die ältere Schwester auf die jüngere ab, das weiß ich noch.

Ich glaube, es war ein Trost, sich uns als Einheit vorzustellen, denkt Federica laut nach. Das habe ich verstanden, als ich Mutter wurde, vor allem beim zweiten Kind. Denken, dass sie zu zweit sind, nachts, im selben Zimmer.

Mein Vater kam nach Hause und fragte: Die Mädchen?

Der Gedanke, dass wir zusammen waren, dass eine die andere behütete.

Falsch, nur ich behütete.

Wenn sie wegfuhren, und sie fuhren häufig weg, wandte die Mutter sich an Livia. Koch was Feines für deine Schwester, sagte sie. Verstehst du? Sie hat das Essen und das Laufen verlernt, anfangs konnte sie nicht einmal allein aufs Klo gehen, und sie bat sie, zu kochen.

Federica lässt all das hinter sich und zieht zu Giorgio, gegen den Widerstand der Eltern. Es handelt sich gar nicht so sehr um Widerstand, sondern eher um Drohungen, die die Sechzehnjährige auf dem blauen Teppich, Augen zu, beeindrucken würden. Nicht aber die Frau, die ich für das exakte Produkt *dieser* Familie, inklusive operierter Brüste, gehalten habe und die sich langsam als etwas anderes entpuppt. Wahrscheinlich war das mit den Brüsten nach den Schwangerschaften. Vielleicht auf Drängen ihres Mannes oder sein Geschenk, um sie zu motivieren, ihr aus der Wochenbettdepression herauszuhelfen. Ich vermute noble Beweggründe. Oder Eitelkeit. Ein Zugeständnis bei einem Leben des Verzichts. Denn Federicas Leben war nicht so einfach, wie ich glaubte (beugen wir uns mal über eine überraschende Bilanz: Ich bin diejenige, die die Jungen und Mädchen vom Schulhof um Entschuldigung bitten muss).

Nach der Heirat und Giorgios Einstellung in einem multinationalen Lebensmittelkonzern zieht Federica nach Genua – hier, natürlich mit den gebührenden Unterschieden, tauschen wir Rollen. Ich werde zur Städterin, sie wird zur Provinzlerin, wir fragen also, wem der Einlass in die Clubs heute verwehrt ist, der Einlass in selbigen

Club* –, kurzes Zögern, Antwort: Mir, weiterhin mir. Es bleibt dabei, dass die Geburt gewinnt, die vier Viertel blaues Blut (mit dreißig Jahren Abstand Lavinias Worte: Aber hast du da echt gar nichts? Vielleicht zwei Viertel, oder wenigstens eins?).

Federica zieht also nach Genua, wo sie, abgesehen vom Uniabschluss, nach Arbeit sucht. Ihr ist klar, dass sie zurückstecken muss, zumindest am Anfang. Sie, die Sechzehnjährige auf dem blauen Teppich, ausgerechnet sie fügt sich.

Erster Job in einem Reisebüro. In der Zwischenzeit

---

* Die Wahrheit ist, dass ich einmal – ein einziges Mal – den Jagdclub betrete. Schon erwachsen, noch unbekannte Autorin, Freelancerin, unter dem Vorwand, den Fürsten *** interviewen zu wollen, der den verbotenen und heiß ersehnten Ort als Treffpunkt vorgeschlagen hat (erst später erfahre ich, dass der Fürst gezwungen ist, den Familiensitz zu vermieten, und in zwei kleinen Zimmern lebt, deren er sich schämt, daher der Club als Treffpunkt). Interview (zu dessen Veröffentlichung es nicht kommt, da von allen Zeitungen abgelehnt, Grund: Wer interessiert sich schon für den armen Kerl) folgt, bzw. Ende des Interviews folgt.

Denken Sie mit Wehmut an die alte Welt?

Im Lauf der Jahre wurde mir aus ***, dem Gut meiner Kindheit, dem Ort, wo ich aufgewachsen bin, immer wieder tiefe Zuneigung erwiesen. Ich weiß noch, wie an Weihnachten mal das Telefon klingelte, und eine ferne Stimme sagte: »Fürst, ich will schon seit so vielen Jahren mit Ihnen sprechen.« Die Tochter des Gutsverwalters. »Erinnern Sie sich noch an Otello?« Sie teilt mir mit, dass mein Großvater, als Otello gestorben war, ihm einen Huf hat abtrennen und vergolden lassen. Nach so vielen Jahren will ihn mir diese einfache Frau zurückgeben. »Einundsechzig Jahre habe ich ihn für Sie aufbewahrt«, sagt sie am Telefon, und ich konnte die Tränen nicht zurückhalten, sehen Sie? »Auch jetzt, wenn ich das erzähle, auch jetzt noch bin ich gerührt.«

Was rührt Sie?

Ich weiß nicht, ob das Bürgertum, das heute über unsere Vermögen verfügt, jemals eine solche Loyalität wird vermitteln können.

verschickt sie Lebensläufe, geht zu Vorstellungsgesprächen (mal ganz ehrlich, hätte ich jemals erwartet, dass sie so eine tatkräftige Frau werden würde?).

Zweiter Job in einer Anwaltskanzlei, bis zu ihrer Schwangerschaft.

Bei Leonardos Geburt ist sie vierundzwanzig.

Das Kind scheint die Familie noch mehr von ihr zu entfremden, vor allem Livia, die ihr abhandenkommt. Früher rief sie täglich an, jetzt geht sie nicht mal mehr ans Telefon.

Mein Mutterwerden hat für sie Leid bedeutet, sagt Federica. Leonardos Geburt hat ihr wohl klargemacht, dass sie keine Kinder haben würde. Livia wird jedenfalls schlagartig klar, dass sie anders ist.

Und ich, die ich Freud gelesen habe, korrigiere im Geiste: Livia dachte nicht an die Unmöglichkeit, Mutter zu werden, sie fühlte sich verraten. Nicht sie war mehr das kleine Geschöpf, um das Federica sich kümmern musste. Oder, überlege ich eine zweite Möglichkeit, sie empfand die Schwester als Erwachsene, als jemanden, mit dem sie nichts mehr teilte – aus ihrer Sicht als Teenager: auf der einen Seite die Erwachsenen, auf der anderen die sich freistrampelnden Jugendlichen.

Zum Glück ist die Distanzierung nur von kurzer Dauer. Als Leonardo ein Jahr alt ist, telefonieren die Schwestern wieder miteinander.

Federica fährt mit den Kindern nach Rom, inzwischen ist Michele geboren, für den die ganze Familie ins Krankenhaus eilt. Als Livia ihn sieht, fährt ihre Hand überrascht an die Brust. Wie viel wiegt er?, fragt sie.

Sie versteht die Antwort ihrer Schwester falsch und murmelt: Zweihundert Gramm.

(Ein Riss in Livias Gehirn: Durch den Schaden ist die Fähigkeit zu rechnen beeinträchtigt, genauer gesagt, die Fähigkeit zum Konkreten. Mit Abstraktem dagegen hat sie keinerlei Schwierigkeiten: ein Kreis, das Licht.)

Die Jahre vergehen. Leonardo sechs, Michele vier.

Überraschung! Die Tante kommt zu Besuch.

Die Kinder glücklich. Die Tante, die auf dem Bett herumhüpft, die Tante, die aus voller Kehle schreit, genau das ist Livia für die beiden.

Weniger begeistert Giorgio, für den ist die Schwägerin eine Herausforderung, er kann ihre Reaktionen nicht vorhersehen, ganz davon zu schweigen, dass es der erste Besuch nach dem Tod der Mutter ist. Und Livia reist zum ersten Mal allein.

Daran ist nichts alarmierend, beruhigt Federica ihn.

Wenn du vier und sechs Jahre wärst, entgegnet er, und wenn so eine komische Person zu dir nach Hause käme.

Federica wird nervös.

Sie wirft ihrem Mann vor, er argumentiere wie die Leute, die Livia ausgegrenzt haben und denen zufolge sie eingesperrt gehört.

Klammer (unmöglich, keine Überlegungen hinzuzufügen, Federicas Erzählung nicht nach und nach zu korrigieren). Klammer meinerseits auf Grundlage der Erinnerungen, die glasklar auftauchen. Wäre Federica ehrlich gewesen, hätte sie erkannt, dass auch sie zu diesen Leuten gehörte oder zumindest gehört hatte.

Ich erinnerte sie an die Zeiten, als sie die Eltern bekniete, uns ohne Livia ausgehen zu lassen, sie könne nicht rund um die Uhr Babysitter spielen. Und hatte sie sich nicht manchmal gewünscht, Livia würde einfach verschwinden? Sie gestand mir: Ich wünschte, sie käme nie mehr zurück.

Und dann die Idee, die sie in einem Sommer ihrer Mutter vorschlug, nämlich sie in einer Klinik zu lassen, drei Monate nur, und sie dann wieder zu holen.

Lange Zeit, vielleicht auch zeitweise, hatte Federica den Eltern beigestanden. Mit sechzehn, siebzehn. Achtzehn, neunzehn. Zu jung, um das Kreuz zu tragen, das die Eltern ihr aufgebürdet hatten. Denn Vater und Mutter nehmen, als sie die anfängliche Stabilisierungsphase hinter sich haben, ihre Gewohnheiten, wie gesagt, wieder auf. Sie fahren weg, geben Abendessen.

Durch die andauernde erzwungene Nähe, auch nachts – die Schwestern schlafen im selben Zimmer, eigens angeschafftes Stockbett –, kennt Federica die neue Livia, es gibt Dinge über die ältere Schwester, die nur die jüngere weiß.

Wer weiß schon von den Nächten, in denen Livia weint und Mama ruft. Mama, immer leiser. Federica erschrickt am Anfang, dann gewöhnt sie sich daran. Schlaf jetzt – und dreht sich auf die andere Seite. Aber auch: Schluss jetzt!

Oder die Nächte – dazu bestimmt, aus Livias Kopf zu verschwinden, ihr Gedächtnis behält nichts –, die Nächte, in denen Federica zu ihr ins Bett schlüpft, sie festhält und wiegt und sagt: Du bist daheim.

In solchen Nächten jammert Livia: Mir ist kalt. Und Federica redet sich ein, dass sie träumt, sie liege im Gebüsch, die Schwester durchlebt die Stunden nach dem Sturz, sie stürzt jede Nacht, und jede Nacht läuft Federica zu ihr hinunter – physisch vom Bett, die Schritte nachholend, die sie in jener Nacht hätte tun müssen, hinunterlaufen, sie retten.

So kennt Federica ihre Schwester mit ihren innersten Ängsten, von denen Livia selbst keine Kenntnis und keine zukünftige Erinnerung hat.

Sie wird sich nicht daran erinnern können, wie sie im Dunkeln fragt: Kann man mit dem Mund schwanger werden?

Im Bett darüber kneift Federica fest die Augen zusammen und betet: Mach, dass sie stirbt. Ja, es hatte Augenblicke gegeben, in denen sie Livia den Tod wünschte.

Dieselbe Federica wirft Giorgio Jahre später vor, er sei unsensibel.

Am Ende erinnert sie ihn daran, dass ihre Schwester einen Unfall hatte (quasi zur Verteidigung der DNA, des Familiengens, noch etwas, das sie nicht eingestehen würde. Sie würde nicht zugeben, wie oft sie Leuten, die sie gerade erst kennengelernt hatte, gleich erklärte: Sie wurde nicht so geboren).

Der Tod der Mutter, erzählt sie, hat die Situation geändert. Sie habe sich verantwortlich gefühlt, wieder verantwortlich, nachdem sie erst abgehauen war – nun gut, sie erkennt an, dass es eine Flucht war.

Sie ist sich sogar Jahre später, die Kinder groß, die Trennung, nicht sicher, ob sie wirklich in Giorgio verliebt war. Eher in die Idee, etwas Eigenes zu erschaffen, ein Universum, das keine Verbindung zur Ursprungsfamilie hatte. Und dieser Wunsch hat alles verzerrt.

Im Park der Villa Borghese, auf der Bank, in einer Bar, am Telefon. Federica erzählt, wann genau alles, was ihr richtig erschienen ist, ins Wanken gerät. Sie hat ein Gefühl der Entfremdung gespürt und sich gefragt, ob es richtig war, vor den Eltern und der Schwester wegzulaufen. Plötzlich der umgekehrte Wunsch, zurück in die verratene Welt, sogar der Zweifel, ob die Eltern nicht doch recht hatten (wiederum Klammer auf meinerseits: Der Erhalt dieser Gesellschaftsschicht ist keine Strategie gegen die Zersplitterung von Vermögen, sondern etwas Tieferes – das verstehe ich jetzt erst, aus Federicas Worten –, ein Instinkt gegen die Angst vor dem Unbekannten, ein Naturgesetz wie das, das die Menschen daran hindert, sich mit Tieren zu paaren, außer in der griechischen Mythologie, aus der Ungeheuer geboren werden).

Livias Besuch bedeutet Stabwechsel, Federica nimmt die Last wieder auf sich, auch wenn sie es dem Vater gegenüber nicht wagen würde, die Schwester als Last zu bezeichnen.

Jetzt, da Mama tot ist, muss sie sich präsent zeigen. Sie plant, öfter nach Rom zu fahren, um den Vater zu entlasten. Der arme Mann, es zerreißt einem das Herz, zu sehen, wie er sich bückt, um Livias Schuhe vom Boden aufzuheben, ständig sammelt er Teile von seiner Tochter ein.

Federica ist heute, mit einer anderen Reife, zu der auch die Erfahrung des Elternseins gehört, der Meinung, dass Vater und Mutter Livia übertrieben beschützt haben. Hätten sie ihr einen Freiraum zum Experimentieren gelassen, hätten sie ihr nur ein Minimum an Selbstständigkeit zugestanden. Sie wäre erwachsen geworden, natürlich mit allen Einschränkungen. Sich zu entwickeln, ist keine Frage von Intelligenz, sondern von Erfahrung. Livia wurde um die Erfahrung gebracht, folgert Federica.

Und ich spüre innerlich ein Staunen, hat diese Frau doch mehr auf dem Kasten, als ich dachte? Sind wir auf unterschiedlichen Wegen – ich über Dostojewski und Freud, sie übers Büro – etwa zu ähnlichen Schlüssen gekommen?

Livia ist nicht erwachsen geworden, fährt Federica fort. Deshalb beschließt sie am Tag ihrer Ankunft in Genua, ihr eigenes Misstrauen zu bezwingen, die Angst, die sie Giorgio gegenüber leugnet. Meine Schwester – sie bekennt sich zu *meine* – könnte keiner Fliege etwas zuleide tun. Abends essen gehen, die Kinder bei der Tante lassen ist ein wichtiger Schritt für Livias geistige Entwicklung, für den sie die volle Verantwortung übernimmt. Sie werden fernsehen, auf den Betten herumturnen – und wenn der Ehemann skeptisch dreinschaut: Nimm dein Herz in die Hand.

16

Undeutliches Geschrei führt sie noch im Mantel ins Bad. Kurzes Zögern seitens Federicas, trau dich, schau hin, was deine Schwester angestellt hat – innere Stimme –, öffne diese Tür.

Schaum auf dem Boden. Nebel verwischt die Umrisse der Dinge, außer der Gestalt, die aus dem Dampf auftaucht und die Federica jetzt klar vor Augen hat, Leonardo. Er lebt, denkt sie, während Giorgio mit einem Satz an der Badewanne ist und sagt: Was macht ihr da.

Da seid ihr ja wieder, jubelt Livia.

Der zweite kleine Kopf kommt zum Vorschein, Michele, auch er lebendig – wieder Federicas Gedanke.

Dreh ab, sagt Giorgio und tastet nach dem Knauf des Whirlpools, und Michele sagt: Papa, und Giorgio verflucht die Badewanne, die Wohnung – in Wirklichkeit Livia, und der Kleine erschrickt bei dem aggressiven Ton und heult los. Nutzlos Federicas Versuche, die Gemüter zu besänftigen, beruhigt euch, sagt sie halbherzig – beruhigt euch –, und ihre Stimme wird dünner. Giorgio legt ihr den jüngeren Sohn in die Arme. Um noch mal die Wanne anzusteuern, den Nebel zu durchdringen.

Jetzt ist Leonardo an der Reihe. Livia zieht ihn an sich, lass ihn, protestiert sie, und in der Aufregung merkt sie nicht, dass sie das Kind unter Wasser drückt. Leonardos Kopf verschwindet. Wenige Sekunden, da packt der Vater ihn.

Leonardo taucht zu Federicas Erleichterung wieder auf, ja, was sie beim Anblick ihres älteren Sohnes fühlt, ist Erleichterung. Leonardo taucht auf, und er ist sechs Jahre alt.

Eine Assoziation von Bildern hat Federica zu seiner Geburt zurückgeführt, als sie – aufgrund einer weiteren Assoziation, diesmal von Ängsten – von einer irrationalen Furcht gepackt wurde, das Kind habe neurologische Probleme.

Sie wusste zwar, dass Livias Defizit nicht angeboren, keine genetische Veränderung war, natürlich wusste Federica das, aber sie schaffte es nicht, klar zu denken.

Die Nähe zur geistigen Behinderung wirkte ansteckend. Wie oft beobachtete sie Menschen und beurteilte die Schnelligkeit ihrer Reflexe, ihre Auffassungsgabe. Der Grad der Behinderung als Bewertungsmaßstab. Sie hatte sich in Giorgio verliebt, weil er überdurchschnittlich intelligent war, wie er mit seinem *summa cum laude* und seiner rasanten Karriere bewiesen hatte (mit neunundzwanzig war er Bereichsleiter, wer weiß, was er in Zukunft noch hätte werden können. Und was hätte er werden können? Nichts, damit war das Ende der Fahnenstange erreicht, daher der Frust).

Daher bestimmt Intelligenz, oder besser der Abstand zur Demenz, Federicas Blick auf die Kinder. Nicht so sehr beim zweiten, aber umso mehr beim ersten. Sicherlich hat der Erstgeborene als Lektion für den zweiten Sohn gedient, dem eine weniger wahnhafte Aufmerksamkeit zuteilwird. Umgekehrt, armer Leonardo.

Schon im Kreißsaal fragte Federica den Gynäkologen, ob das Baby gesund sei. Später den Kinderarzt und wieder später die Ärzte in der Notaufnahme, wo sie aufgrund mütterlicher Befürchtungen, nicht tatsächlicher Unfälle/Krankheiten des Kindes wegen oft landeten, und sie fragte die Schar von Spezialisten: Ist er normal? Mit der Zeit wurde die Frage ausführlicher, wofür es zwei Gründe geben konnte: Die Angst war zu einer spezifischen Zwangsvorstellung geworden, die sich auf ein einziges Detail konzentrierte; Federica hatte den Ablauf verfeinert, um von den Ärzten sofortige Beruhigung zu erfahren. Daher stellte sie im Lauf der Zeit nur noch eine einzige Frage: Ist sein Kopf nicht zu groß?

Leonardos erste Jahre waren Gegenstand einer gewissenhaften, wenn auch krankhaften Beobachtung, räumt Federica ein.

Reagierte er auf einen Lichtreiz? Auf Geräusche? Händeklatschen ein paar Zentimeter vom Ohr, Taschenlampe vor die Augen.

Und dann körperliche Reize, Hämmerchen an die Knie.

Ganz zu schweigen von der Fixierung auf die Wachstumsstatistik. Das erste Wort in welchem Monat. Krabbelmonat, Stehmonat. Erster Schritt.

Leonardo wächst, trotz aller Ängste. Lebhaft, gesellig. Federica entspannt sich.

Ihre Angst ist nicht an die Möglichkeit eines Unfalls

gekoppelt – was der Schwester zugestoßen ist, wiederholt sich, multipliziert sich, wird geliebten Menschen zum Schicksal, nein.

Nachdem geklärt ist, dass das Kind normal ist, verfliegt Federicas Bangen, die Mutter beruhigt sich.

Als Leonardo heranwächst, ist nur ein einziger echter Alarmzustand auszumachen. Etwa mit fünf, als Giorgio von einer Geschäftsreise zurückkommt. Beim Wiedersehen mit dem Vater zeigt er Freude, und als genügten die ihm zur Verfügung stehenden Gesten und Worte nicht, beginnt er, nachdem sein Repertoire an Sprüngen und Schreien erschöpft ist, sich um sich selbst zu drehen. Er dreht und dreht sich. Schluss jetzt, sagt Federica irgendwann und greift nach seinem Arm, aber er wehrt sich, sie hebt die Stimme: Schluss, habe ich gesagt – und packt ihn an den Schultern, wie um ihn zur Vernunft zu bringen.

Keine alarmierende Szene, wäre es nicht das exakte Abbild anderer Szenen – in Federicas Kopf Tausender anderer Szenen –, Livia auf der Terrasse, auf der Straße, im Schulflur, wohin sie im Jahr nach dem Unfall gegangen ist, sich um sich selbst drehend, in dem Rock, der sich hebt, in Federicas Erinnerung hebt sich immer ein Rock und gibt den Blick auf den Slip frei.

Wir können sagen, in Federicas Kopf hat Livia vom Schulflur bis heute, buchstäblich heute, gerade eben auf der Straße mit dem Luftballon, nie aufgehört, Pirouetten zu drehen.

Immer im Kreis, es wird Abend, Frühling, der Himmel

von grauen Wolken zerrissen, die Sonne hoch über den Köpfen, dichter Regen, Herbst, Jugend.

Wenn sie an ihre Schwester denkt, sieht Federica sie sich drehen. Livia dreht Pirouetten, und sie, Federica, fühlt sich schlecht, ein Unbehagen, in dem sich Schmerz, Verstörtheit, Verzweiflung niederschlagen. Eigentlich Scham.

So hat Federica Leonardo, der sich um sich selbst dreht, mit Livia überblendet, und sie spürt das gleiche Unbehagen, das Gegenteil von dem, was sie im überschwemmten Bad fühlt, aber wehe, sie sagt es.

Sie kann nichts sagen, während ihr Mann sich aufregt, weil er in dieser Situation etwas Promiskuitives erkennt (in Zukunft den Ursprung von Leonardos vermuteter Homosexualität. Es war deine Schwester, wird sein Vorwurf lauten, weiß der Himmel, was sie in der Wanne alles mit ihm gemacht hat.), Federica kann nicht zugeben, dass sie sich getröstet fühlt. Dass alles wunderbar ist, weil ihr Geist sie – durch willkürliche Assoziation – zum Augenblick der Geburt zurückversetzt hat, in die Angst, um dann die Jahre blitzschnell zu durchlaufen, die Jahre der Ungewissheit, bis zu dem Augenblick, da keine Zweifel mehr bestanden, dass das Kind gesund war.

Nein, sie kann keine Zufriedenheit äußern. Sie muss Giorgio beschwichtigen, der mit Strafen droht, unverantwortlich, gefährlich, sagt er zu den Kindern, aber er meint seine Schwägerin, eigentlich will er ihr Vorwürfe machen, und weil ihm das aus Angst vor ihrer Reaktion unmöglich ist, reagiert er sich in seinem Zorn mit schroffen, sinnlosen Gesten ab, er packt einen Bademantel und schmeißt ihn auf den Boden, um damit das Wasser aufzunehmen.

Livia springt auf und bedeckt mit den Händen ihre Brüste. Hey, wir haben nichts Schlimmes gemacht, sagt sie. Und bittet Giorgio, rauszugehen, ob er nicht sehe, dass sie nackt sei?

In den folgenden Tagen malt Giorgio sich die Phasen des Vorfalls aus: Livia entkleidet die Kinder. Livia entkleidet sich vor ihnen. Vier und sechs, vier und sechs, wiederholt er bis zur Erschöpfung.

Und er stellt sich weiter die einzelnen Phasen des Abends vor: Sie steigen in die Wanne, der Schaum wächst immer weiter (niemand hat Livia gesagt, dass zum Whirlpool eine bestimmte Seife gehört, vielleicht haben sie es ihr auch gesagt, und sie hat es vergessen). Die drei tauchen unter, ringen miteinander, Livia packt einen, dann den anderen. Die Körper schmiegen sich aneinander. Widerlich, sagt Giorgio, der mit diesem Vorfall die Beziehungen zu seiner Schwägerin für beendet erklärt.

Federica versucht zu argumentieren. Na gut, sie hat sich vor den Kindern ausgezogen, aber es ist nichts passiert, vor allem war Livia sich nicht bewusst, etwas Falsches zu tun – kleiner Hinweis auf die nicht mehr vorhandenen Hemmschwellen, auf die Rolle des Hirnschadens.

Ganz klar, sie glaubt nicht, dass sich die Geschichte im Gedächtnis der Kinder festsetzen wird, nicht als Trauma, weißt du, woran sie sich erinnern werden? An die Überschwemmung im Bad, daran, dass die Tante das Bad unter Wasser gesetzt hat. Sie versucht, ihrem Mann Livias nicht vorhandene Boshaftigkeit zu erklären. Den Instinkt eines kleinen Tieres, und sie sucht einen Vergleich und bleibt dabei: Tierkind, Menschenkind. Freigeist. Freier Geist, ja, freigesetzt durch den Unfall, versichert sie. Sie hatte schon als Kind diese impulsive Seite – sie versucht zu glätten, sie redet plötzlich wie die Eltern, und in diesem Augenblick wird ihr klar, was sie getan haben und was sie ihnen immer vorgeworfen hat. Nein, sie haben nicht so getan, als sei alles wie vorher. Vater und Mutter sagten der Welt nach dem Unfall jeden Tag: Habt keine Angst vor ihr. Vor diesem seltsamen, lebhaften Mädchen.

Ich rekonstruiere eine Chronologie, lege unsere beiden Leben nebeneinander, meines und Federicas, wer war ich, als sie Schwester und Kinder in der Badewanne vorfand? Hatte ich einen festen Freund, war ich glücklich? Ich gehe zurück, da bin ich. Ich möchte dem weinenden Mädchen über den Kopf streichen, enttäuschte Liebe (ich habe den Überblick über die Zurückweisungen verloren, es kommt mir vor, als würde mich ein einziger Mann, seit ich dreizehn war, fortwährend zurückweisen), ich möchte dieses untröstliche Wesen an der Hand fassen und sagen: Alles geht vorbei.

Und weiter entlang der Parallele der Ereignisse – Heirat, Geburt – bleiben wir bei der Geburt, sechs Jahre nach Federica. Was habe ich gedacht/gefühlt – keinen Schmerz, ich verlangte einen Kaiserschnitt. Keinen Schmerz, dafür Angst. Die gleiche Angst wie Federica, die erkenne ich jetzt, da sie mir davon erzählt hat.

Im OP, ich bin die liegende Frau, die Gebärende, Vorhang auf Höhe des Halses, damit die Sicht nach unten versperrt ist. Durcheinander, Hin und Her. Angst steigt hoch, nicht Schmerz, es gibt keinen Schmerz. Die Angst explodiert, nicht der Schmerz. Etwas wird schiefgehen, das Baby wird nicht das Mädchen vom Ultraschallbild sein, das seit Monaten auf dem Monitor zu sehen war, vollkommen, perfekt.

Ärzte und Krankenschwestern sagen Wörter, aus denen ich schließe, dass sie draußen ist. Ich erinnere mich weder an ihr erstes Wimmern noch an den Moment, in dem ich sie sehe, in den Armen einer Krankenschwester, oder von irgendjemandem mit Gaze gereinigt, an diesen Moment, der sich unauslöschlich ins Gedächtnis der Mütter einprägt. Ich erinnere mich nicht an die Farbe ihrer Haut – es heißt immer, wenn die Kinder aus dem Bauch kommen, sind sie rot und mit Plazenta verschmiert.

Atmet sie?, höre ich mich nach dem Ding fragen, das auf meiner Brust liegt und das ich in den Arm nehmen sollte.

Wir waren infiziert, Federica. Das ist es, was wir waren.

Unsere Nähe zum Schaden. Die Bilder von Schritten ins Leere, von Verlust des Gleichgewichts, Bilder von Stürzen, Verirrungen – wo bin ich? –, von Menschen und Dingen, die für immer verloren sind: Wie heißt er? Wie heißt sie? Und das waren wir.

Rain Man kam gerade in die Kinos, vielleicht lief der Film auch schon länger, und ich habe ihn im Fernsehen gesehen. Ich habe ihn gesehen und gedacht: Die Behinderten sind Genies.

17

Meine Tochter ist ein Miststück. Es war ein Fehler, ihr Verhalten, den Groll gegen mich zu analysieren. Im Rückblick Bruchstellen zu finden, die die Zurückweisung verursacht haben könnten, sprechen wir ruhig von Zurückweisung, Ablehnung des Mutter- und Frauenmodells. Ein Liebhaber, einer der vielen, die aufeinander folgten, fragte mich in einem Hotelbett, ob meine Tochter sich nie mein Handy genommen und womöglich unsere Nachrichten gelesen habe, sein Sohn habe das getan, und er habe es zum Glück mitbekommen und ihm das Telefon aus der Hand gerissen.

Über die Jahre kam und ging der Zweifel, ob Anita wusste, wie ich war, untreu, verlogen. Lächerlich – falls sie die Nachrichten gelesen hat. »Ich bitte dich, sag mir, dass du mich lieb hast«, »Okay, ich verschwinde«, »Ich schreibe dir nicht mehr«. »Schreibst du mir bitte?«

Bis heute, bis zur Enthüllung. Ich habe nichts falsch gemacht, oder zumindest lag es nicht allein an mir.

Gut, dass sie so mutig war, es mir zu sagen – oder so frech? Es soll eine Herausforderung sein. Gut, dass sie mich angerufen hat und mich empört in Kenntnis gesetzt hat. Gut, weil damit geklärt war, wer sie wirklich ist. Was hatte ich denn geglaubt, wer sie ist? Anfangs ein rebellisches Kind mit eigenem Kopf, was so weit ging, dass es nichts anzog, was es sich nicht selbst ausgesucht hatte. Dann introvertierter Teenager, sehr selbstbeherrscht, was ich, wie man mir immer vorgeworfen hatte, nie war. Maßlos, pathetisch, dramatisch, egozentrisch, rüpelhaft – ich hatte mein Gegenteil zur Welt gebracht (dem Himmel sei Dank, hieß es hinter meinem Rücken in der Familie des Vaters). Dann enttäuschte Tochter, wegen der Trennung oder wegen etwas anderem, Früherem, und dass sie ihren Schmerz zeitlich mit unserer Trennung zusammenlegt, könnte eine zwanghafte Idee meinerseits sein, aber genauso gut eine Manipulation ihrerseits, um mir Schuldgefühle einzuflößen.

Unverständnis, Distanz, wir kommen zum heutigen Tag.

Heute: Vorbei die Fragen. Vorbei die Telefonate mit dem Vater, bei denen ich mich meiner Fehler wegen gräme, und er beruhigend sagt: Es ist nur eine Phase.

Vorbei die Szenen, die sich zu einem Film summierten. Szenen von Hass, die Momente, wenn sie mich zurückwies, von Geburt an, von Geburt an heulte das Kind los, wenn ich es auf den Arm nahm, drückte ich es zu fest? Ein Schwenk auf Szenen, die mir durch den Kopf gehen und den Zweifel schichtweise anordnen – längst geschichtet haben: Was habe ich ihr angetan?

Januar 2019, Antwort: nichts.

16. Januar 2019, meine Tochter, die ich für intelligent und etwas Besonderes hielt, schließlich stammt sie von mir ab (von wem hat sie denn die Schläue, die Kombinationsgabe), ausgerechnet meine Tochter verkündet am Telefon: Ich mache bei *Caduta libera* mit.

Wann, im Lauf der Jahre, wenn auch nur über meine Kontakte zu Vertretern der Kultur, bekannten Leuten, wann hat Anita die Absicht geäußert, zum Fernsehen zu gehen? Und ausgerechnet bei dieser Quizz-Show mitzumachen, bei der sich unter den Füßen des Verlierers eine Falltür öffnet. Ihre Schulkameraden träumten davon, versuchten es mit Castings – viele Rapper –, sie studierte. Und die Male, die ich im Fernsehen war, musste ich sie am Arm ziehen: Bleib doch, schau Mama zu.

Ich machte Scherze über ihre Zurückhaltung, die ich im Grunde schätzte. Evolution des Gens, was für ein langer Weg von meinen eigenen provinziellen Wünschen (in der Reihenfolge: Kinder-Songfestival *Zecchino d'oro*, Schauspielerin und irgendwann – weil niemand mich in Erwägung gezogen, kein Erwachsener ein Wunderkind aus mir gemacht hatte und ich inzwischen groß geworden war – bescheidene Fernsehansagerin).

Die Jahre vergehen, ich lasse das Landei hinter mir, studiere, überdenke mein rüpelhaftes Auftreten.

Als bürgerliche Familie landet unsereins in den Medien, um in Erinnerung zu bleiben (Todesanzeige).

Jemand könnte einwenden: Hey, du bist und bleibst das Mädchen vom Dorf, das mit dem Koala. Stellen wir uns eine Lavinia vor, die aus der Vergangenheit wieder auftaucht – zwei Viertel blaues Blut, ein Viertel, gar nichts.

Antwort: Wie man sich mittels Heirat bettet, so liegt man.

Ich habe gut geheiratet und einer köstlichen Frucht das Leben geschenkt, ein Glückspilz, wer sie pflückt.

Scharfsinnig, gebildet, sie hat die Kultur mit der Muttermilch aufgesogen – ich prahlte vor den Lehrern. Mit sechs hatte sie den kompletten *Harry Potter* gelesen und verlangte nach Anspruchsvollerem (gelogen: Sie war nicht fähig gewesen, *Harry Potter* zu lesen, zu schwierig, und als ich ihr einen banalen Geronimo Stilton vorschlug, fragte sie: Ist das eine echte Maus?).

Aber halten wir uns an die manipulierten Erinnerungen: Die Kleine ist etwas Besonderes. Sie wächst zu einem ebenso intelligenten jungen Mädchen heran, die Kleinigkeit, dass sie ihre Mutter hasst, lassen wir mal beiseite. Und dieser Mensch, ebendieser nicht gewöhnliche Mensch, meine Tochter, versucht heute, an einem Fernsehquiz teilzunehmen. Sie nimmt nicht mal teil, sie unterzieht sich Probeaufnahmen, in der Hoffnung, ausgewählt zu werden.

Schmach für mich. Sie will, dass ich mich schäme, mich zum Gespött von Freunden und Bekannten mache.

Ich schütte Federica mein Herz aus. Was habe ich ihr beigebracht? Welche Werte? Wer bist du, dass du von der Teilnahme an einer Quizshow träumst? Ich kenne sie nicht, ich habe sie missverstanden. Das Vorbild, ich sage ja nicht als Mutter, aber als berufstätige Frau, nehmen wir mich als Vorbild für die berufstätige Frau – null.

Federica entgegnet, dass sie nichts Böses tut. Sie testet ihr Allgemeinwissen, du solltest stolz sein. Eine Hommage an dich, versucht sie, mich zu überzeugen, mir auf diese Weise ein Gut-Gemacht zu entlocken.

Und ich am anderen Ende der Leitung, zu Hause auf dem Bett, ich seufze.

Hast du jemals gut gemacht zu ihr gesagt?, fragt Federica wieder. Versucht sie vielleicht, deine Aufmerksamkeit zu gewinnen? Hast du daran gedacht? Was hast du mit deinen Eltern gemacht, wie oft hast du versucht, dich umzubringen.

Von ihrem Vater erfahre ich, dass die Auswahl für das Programm in Mailand stattfindet. Er sagt gut gelaunt: Lass sie leben.

Die Hauptstadt von Norwegen zu raten, soll Leben sein? Ich gebe zu, ich habe die Show gesehen. Und ich habe, als Anita nach London flog, auf Google Maps die Uni gesucht und das Haus, in dem sie wohnen würde. Straßen, Bänke, die Bank, auf der sie sitzen würde, wenn sie Ruhe brauchte, an einem kalten Tag, an einem heißen Tag.

Nein, meine Tochter kann nicht an einem Fernsehquiz teilnehmen.

Ich grüble: Eine junge Frau, die an der Sapienza in Rom die Aufnahmeprüfung für Medizin, sechstausend Bewerber auf neunhundertzwanzig Plätze, und gleichzeitig die in London geschafft und sich am Ende für Letzteres entschieden hat, denn das bedeutete Auslandserfahrung. Eine junge Frau, die, mal ausgenommen die Grundschuljahre, nie Ansprüche hatte, siehe die Party zum Achtzehnten, die ich auf dem Land organisieren wollte, im Kloster der Großmutter väterlicherseits aus dem sechzehnten Jahrhundert, oder in der Stadt, lass uns eine Villa mieten, einen historischen Palazzo. Schau dir doch an, was sie dann für eine Party feiern wollte, mit ihren besten Freundinnen, drei. Und während ich draußen zeterte, beschlich mich innerlich Stolz: Ich habe ein Mädchen geboren, das weiß, was es will.

Nun gut, sie, ausgerechnet sie, will sich heute im Fernsehen zum Narren machen.

Jetzt übertreib mal nicht, versucht Federica, mich zu besänftigen, indem sie ihre eigenen Kinder als Beispiel anführt. Was ich denn glaubte, wie sie selbst sich gefühlt habe, als sie Leonardo zu fragen versuchten, ob er schwul sei, in der Hoffnung, er sei es – es wäre eine Erklärung für seine Einsamkeit gewesen, für seinen Rückzug von der Welt –, und er Nein geantwortet habe, was sie in Verwirrung gestürzt und mit der Ungewissheit zurückgelassen habe, ob er depressiv sei. Mit der Zeit hätten sie verstanden, dass es Veranlagung war, es ist diese spezielle, asexuelle Generation.

Wir müssen sie als das akzeptieren, was sie sein wollen, predigt sie, wir dürfen die Fehler unserer Eltern nicht wiederholen. Es ist ein Wunder, dass sie überhaupt gesund sind. Liest du die Zeitungen? Voll von diesen Storys, junge Leute, die nicht von den Drogen loskommen, eine Pille, das war's.

Das ist das Problem, Federica, dein Leitgedanke, denke ich im Stillen. Die Entfernung von deiner Schwester.

Auch jetzt redet sie mit mir, aber sie redet mit sich selbst. Wir glauben, wir hätten so viel Zeit, sagt sie. Wir halten uns für unvergänglich, leb so, als sei es der letzte Tag, und ich lasse mich mitreißen.

Ich lasse mich von der naiven Freundin mitreißen, mit

der ich, würde ich sie heute kennenlernen, nichts zu tun haben wollte. Es gilt das Gesetz der Blutsverwandtschaft: das Menschsein, in das du hineingerätst. Ich selbst rebellierte allerdings gegen das Menschsein, in das ich geraten war, indem ich die Beziehung zum Großteil der Verwandtschaft abbrach. Als meine Eltern gestorben waren, habe ich alle verlassen, außer meinen Bruder, dessen Blasiertheit ich nicht ertrage, den sein halb römischer, halb toskanischer Tonfall zum Hybridtölpel macht. Meinen Bruder und, solange sie da waren, meine Eltern.

Nehmen wir meine Mutter – zu meinem Vater habe ich nicht rechtzeitig ein echtes kritisches Gefühl entwickelt, Heiliger oder Pädophiler.

Meine Mutter hingegen, mit ihrer geringen Bildung, die Bücher, die ich nach ihrem Tod gefunden habe: *Die Möwe Jonathan*.

Angesammelter Papierkram wie Strom-, Gas- und Telefonabrechnungen seit fünfundachtzig oder die detaillierte Dokumentation mit Gutachten und Fotomaterial zum Schwarzbau der kleinen Terrasse der Nachbarn. Tausende von Papiersachen, die zu sichten ich mich geweigert habe. Ein bisschen, weil ich kapituliert habe – ein Jahr hätte nicht gereicht –, ein bisschen aus Feigheit, hatte Federica etwa recht? Die junge Federica, der meine zahnlose Mutter die Tür öffnete.

Im Schlafzimmer, im mit Papierkram und Dingen vollgestopften Schlafzimmer fragte ich mich nach ihrem Tod, stocksteif, als gäbe es ein Ansteckungsrisiko: War das vielleicht die Vorstufe zum Pennerdasein? Ich verstand nichts.

Warum also soll ich überrascht sein, dass meine Tochter seit heute zur Schar der Unbekannten gehört?

Ich kenne weder sie noch meinen Zwillingsbruder noch meinen Ex-Mann. Ich kannte meinen Vater und meine Mutter nicht. Von Kindheit an von Fremden umgeben.

Momente der Verleugnung, gefolgt von Enthüllungen, gefolgt von einem unermesslichen Gefühl der Einsamkeit, wo bin ich, wer bin ich (so viele fragen das in dieser Geschichte):

- zurück aus dem OP, wo mir Eizellen entnommen worden sind, dritter Versuch einer künstlichen Befruchtung in Folge, ich gebe nicht auf. Zurück aus dem OP, in den Nachwehen der Narkose, schemenhaft die Silhouetten von Mann und Mutter an der Krankentrage vor meiner sehen, sie fragen die Frau, wie es ihr gehe, merken dann, dass das nicht ich bin, entschuldigen sich. Im Liegen sehen wir Frauen alle gleich aus.
- meine Tochter, die bei der Weihnachtsaufführung von der Bühne aus einer dicken, ungepflegten Frau zuwinkt und dann merkt, dass das nicht ich bin, mich mit dem Blick sucht, mich findet.

Wir haben uns selbst erfunden, sind Produkte unserer Wünsche und Ängste. Habe ich gesagt, dass mein Vater in meiner Erinnerung sehr groß ist? Eins neunzig. Und mein Zwillingsbruder, über den ich jedes Mal staune, wenn ich ihn sehe, hatte der nicht grüne Augen?

Solche Überlegungen sind neu, früher achtete ich nicht darauf. Früher siegte die Erfindung. Jetzt zögere ich, ich schwanke. Eine Fremde unter Fremden.

Federica ist die Einzige, die mich zu kennen scheint. Diese Person, die sagt: Du bist so gut. Du hast ein großes Herz, fügt sie hinzu, und ich wundere mich nicht, dass sie das sagt, wo ich zu ihr und Livia doch so gemein war. Ich wundere mich nicht, ich bin so, wie sie sagt. Großzügig, ehrlich. In dem Wunsch, mir diese Darstellung – die beste im Leben und in der Arbeit – zu eigen zu machen, lasse ich meinen Stolz beiseite und antworte dem Chefredakteur. Wieder der Vorschlag mit der Magersucht, ich werde forsch, fast schnippisch. Hinter den verschlossenen Türen Ihrer schönen Redaktion haben Sie nicht gemerkt, dass in der Welt die Mädchen sterben. Die Mädchen haben aufgehört zu essen. Das zu erzählen, ist eine Pflicht. Dorthin zu gehen, in die einzige öffentliche Einrichtung in Italien, die eine spezielle Behandlung über individuelle Menüs und einen damit verbundenen stationären Aufenthalt bietet. Ein Zentrum, das keine Klinik ist, sondern eine Residenz, Fotos anbei. Es wäre ein Verbrechen, die Augen zu schließen, unterstreiche ich, angestachelt von Federica, schriftlich und telefonisch. Es ist Aufgabe von uns Erwachsenen, die neuen Generationen zu schützen. Das sind unsere Kinder, unsere verletzlichen Kinder, die wir nicht im Stich lassen dürfen!

Woher kommt denn diese Phrase? Unsere verletzlichen Kinder.

Später, viel später werde ich zu mir sagen: Komm zur Vernunft.

18

Im Zug nach Mailand sagt Federica wieder, dass ich stolz sein kann. Nur Genies kommen in solche Shows, stellt sie fest, die nehmen nicht jeden. Trotz ihrer Beteuerungen grüble ich immer wieder darüber, was ich bei Anita falsch gemacht habe. Ich analysiere, stelle Vermutungen an. Handy mit sechs, das XXL-Puppenhaus, mit dem sie nie gespielt hat und das ich kürzlich aus dem Keller geholt habe – in Erinnerung an dich, an mich.

Und dann: zu früh hohe Schuhe. Mir fallen Gelegenheiten ein, bei denen du dich geweigert hast, auszugehen, ich will bei euch bleiben, hast du gebettelt. Das Bedürfnis nach Grenzen, nach einem begrenzten Terrain, das ich für Angst vor der Welt, für körperliche Komplexe hielt, ich sagte sogar: Schau dich im Spiegel an, du bist wunderschön – ich meinte eigentlich mich selbst, mein Ich als junges Mädchen, das ich überlagerte und ermutigte. Und abschließend, ohne dass du ein Wort gesagt hättest: Okay, die Nase vielleicht, wir gehen zu einem guten Chirurgen. Und wenn wir schon dabei sind, lassen wir auch gleich die Ohren korrigieren.

Anita fasste solche Ermutigungen indes als Kritik auf.

In Gedanken gehe ich die Konflikte durch, auf der Suche nach einer Antwort, die ich nicht finde. Was hat sie nur gegen mich?

Gewissensprüfung während der ganzen Reise und darüber hinaus. Taxi, Hotel.

Um Geld zu sparen, haben wir nur ein Zimmer genommen, wir sehen darüber hinweg, dass der Mann an der Rezeption, als er uns die Schlüssel aushändigt, mit einem merkwürdigen Unterton »Willkommen, die Damen« sagt, vielleicht bilde ich mir das auch nur ein. In letzter Zeit ist die Angst vor der Beurteilung durch andere Menschen zurück. Was denkt die Welt von mir. Die Angst, die Leute könnten Kommentare abgeben, ich drücke mich wieder an Häuserwänden entlang, meide Menschenansammlungen.

Hier bin ich in Richtung Lift, den Rollkoffer im Schlepptau, wieder Ballast, Kind, das nicht mitwill.

Auf dem Bett hole ich tief Luft, ich bin in letzter Zeit sehr erschöpft, Anita soll das ruhig mitbekommen, sie soll das Opfer begreifen.

Ich schließe die Augen, während Federica im Bad ein und aus geht. Es gibt nur einen Bademantel, beschwert sie sich, wo ist der zweite.

Ich habe Hunger, sage ich. Lass uns was bestellen.

Mir ist heiß. Ich ziehe mich aus, bleibe im Slip. Bestimmt die Aufregung, sage ich. Weißt du, wie lange ich Anita nicht gesehen habe?

Wir essen auf dem Bett Sandwiches und Pommes, die Gespräche werden intimer. Wir lösen den Rost der Verlegenheit: Das erste Mal, dass ich es mir von hinten habe machen lassen, wer war das noch mal?, sage ich und erinnere mich klar und deutlich an den Moment, als ich es

Federica erzählte, wir saßen auf der Terrasse, es war, als würde das tatsächliche Erleben in unserem Geplauder stattfinden. Er löst sich eher in Wohlgefallen auf, der Typ, der mich im Arsch entjungfert hat. Und die Lippenstifte, die wir in der Parfümerie geklaut haben? Und die Sache mit dem Kopf im Garten des Alten? (Wieder die Erinnerung an dieses irrelevante Ereignis.)

Wir brauchen eine Weile, bis wir in der Gegenwart ankommen, das Leben ist in Stücke gegangen.

Giorgio, erzählt Federica, rühre sie seit drei Jahren nicht an, nicht mal eine Hand auf dem Arm, wären sie ehrlich gewesen, hätten sie sich schon früher getrennt. Aber die Kinder sind toll, du müsstest sie kennenlernen. Und der Große. Er hat schrecklich unter dem Konflikt mit dem Vater gelitten, der ihn nicht akzeptiert, wie er ist, er hätte ihn gern anders, extrovertiert, Don Juan, keine Ahnung. Jedenfalls sei Giorgio nicht der intelligente Mann, für den sie ihn gehalten habe, das müsse sie anerkennen. Eine weitere Demonstration seiner Borniertheit, eine von vielen, sagt sie, in den letzten Jahren hat er reihenweise welche geliefert, einen Beweis nach dem anderen für die geistige Armut, eine Frage der Bildung, des Milieus, in dem du aufwächst. So erinnert Federica an die Episode mit der Badewanne, Livia und die Kinder in der Badewanne. Damals brach Giorgio jeden Kontakt zu seiner Schwägerin ab und unterband auch, dass seine Kinder sie sahen.

Und dann sprudelt es aus ihr heraus, die wachsende Spannung, weitere Vorkommnisse, die zur Entfremdung zwischen ihr und ihm führten, das Resümee einer Ehe, die sukzessive in die Brüche ging, mit Wehmut berichtet und einem mir unerträglichen Gefühl der Niederlage – Frage der Widerspiegelung –, sodass ich einen Themenwechsel erzwinge. Sex?, frage ich.

Mit ihm?

Auswärtig.

Sie schüttelt den Kopf: Ich war Mama.

Du kannst dich nicht einigeln, entgegne ich. Du bist jung, so viele Möglichkeiten – ich sage du und meine wir. Geschlechtsverkehr zu haben, sorgt für körperliches Wohlbefinden. Die Sache mit den entspannten Gesichtszügen danach, der Ausschüttung von Endorphinen.

Halten wir den Augenblick fest: zwei Frauen auf dem Bett. Eine Karrierefrau (die Karriere fast auf dem absteigenden Ast, aber das weiß zu dem Zeitpunkt noch keine der beiden), Karriere mit entzweiter Familie, die andere ohne jede berufliche Verwirklichung, geopfert im Namen der Familie, die später auseinandergebrochen ist. Zwei Frauen auf dem Bett, ein Leben hat es gebraucht, sie zu trennen und dann am selben Abhang oder Abgrund wieder zusammenzuführen. Was ist der Unterschied zwischen ihnen. Der Abstand löst sich auf.

Als ich dran bin, erzähle ich von dem Liebhaber, mit dem ich mich seit Kurzem treffe, und von dem vorigen, dem verheirateten Mann, der mich bat, meinen Mann zu verlassen. Ich denke immer noch an ihn, muss ich gestehen. Er kam ins Hotel, in die Hotels, fickte mich, ging wieder. Und ich blieb den Rest des Tages im Bett, er kam normalerweise am Nachmittag. Ich ließ mir Essen aufs Zimmer bringen, meist rührte ich es nicht an, matt, wie ich war, und still in Gedanken an ihn.

Und doch, sage ich, toppte er alles, er, der nicht anrief, der bloß ein paar kurze Stunden blieb. Ich schämte mich nicht, das machte alles, was fehlte, wett. Einmal bin ich aufgestanden und nackt ins Bad gegangen, vollkommen nackt, das gab es noch nie. Mit ihm fühlte ich mich schön, so schön.

Warum hast du dich nicht operieren lassen?, fragt Federica.

Immer war irgendwas, mal keine Zeit, mal kein Geld.

Aber inzwischen kostet es wenig, vier, fünf Millionen.

Ich weiß den Grund nicht – ich werde nervös –, ich habe es eben nicht gemacht, okay? Doch, ich weiß es schon, mein Job ist anstrengend, ich habe wahnsinnig viel gearbeitet.

Was mitschwingt: Nicht wie du, du hattest freie Zeit und Geld, du konntest das machen, und wer weiß, wann, womöglich damals, als es zehn, fünfzehn Millionen Lire kostete. Ich erinnere mich an die Zeit, an den Chirurgen, der sagte: fünfzehn Millionen, seine Arbeit sei eine komplizierte Angelegenheit. Und weißt du, warum er das sagte? – innerer Monolog –, er war einer von euch, einer, der in den Kliniken des Viertels operierte, der mit uns komplexbeladenen, mangelhaften Niemandskindern Geld machte.

Der gesellschaftliche Anspruch meldet sich wieder. Feuer, das plötzlich brennt und, sollte es auflodern, alles zerstören würde. Der Sprengsatz, nach dem ich rief, lagerte in mir – anstelle des Herzens, anstelle eines pulsierenden Organs, des weiblichen Organs.

Er explodiert nicht.

Auf diesem Bett schlummern weiter der Groll, das Gefühl der Ungerechtigkeit.

Vielleicht zum Beweis, dass wir eine einzige Person sind, dass sie meine aus Geldmangel unverwirklicht gebliebenen Träume für uns beide verwirklicht hat, hebt Federica ihr T-Shirt.

Ich bin wie hypnotisiert von ihren Titten.

Ja zur plastischen Chirurgie. Sagen wir ja zur plastischen Chirurgie. Alle gemeinsam, ein Chor aus uns allen, keine ist ausgeschlossen (früher hat mal jemand behauptet, Emanuela Orlandi lebe in der Türkei und habe sich einer plastischen Operation unterzogen, um ihre Gesichtszüge zu verändern und nicht gefunden zu werden).

Es lebe die Chirurgie.

Ist es schmerzhaft?, frage ich.

Nur ein bisschen unangenehm beim Aufwachen.

Ich bemerke, dass es unglaublich sein muss, flach einzuschlafen und vollbusig aufzuwachen, ein Lebenstraum, der Wirklichkeit wird.

Sie jedoch stellt klar: Tumor.

Ich weiß nicht, was ich sagen soll, was sagt man unter solchen Umständen.

Hundert Jahre her, präzisiert sie.

Sie habe in der Zeit viel an mich gedacht, sagt sie. Ein paar Monate sei es ihr wie mir gegangen, schlechter. Eine Brust sei ganz entfernt worden. Im Großen und Ganzen sei die Operation einfach gewesen, die Rekonstruktion, meine sie.

Auf einer Seite Prothese und Brustwarze, da, schau – sie zeigt darauf –, tätowiert.

Auf der anderen eine Prothese. Da ist es ein Vorteil, keine Titten zu haben, sagt sie. In ihrem Fall war es dadurch möglich, zwei gleiche Prothesen einzusetzen. Implantate, die aufgesetzten, sind grässlich, das sieht man auf einen Kilometer Entfernung, warnt sie. Wenn ich mich entscheiden müsse, Achselschnitt, unsichtbare Narben. Wenn ich mich entscheiden müsse, könne sie mir die Nummer des Chirurgen geben, ein Zauberer. Natürlich wisse Livia nichts von dem Tumor und allem anderen, vor diesen Themen müsse sie geschützt werden.

Was ist Livia von hier aus. Wie ihre Gestalt in der Ferne schwebt, vom Fenster des Hotelzimmers aus gesehen, hinter dem ein beleuchteter Turm emporragt, was soll das eigentlich sein, Leuchtturm in der Nacht, Utopie. Ein Licht in der Dunkelheit genügt, um Hoffnungen zu lenken, wie früher der blaue Teppich, Hand in Hand.

Das Telefon klingelt, Federica sieht auf das Display – Livia. Und als sie den Link öffnet, den die Schwester geschickt hat, hören wir ein Lied.

Auf diese Entfernung ist Livia ein altes Lied aus unserer Jugend.

19

Ich sehe gleich meine Tochter wieder, seit wie vielen Monaten habe ich sie nicht gesehen, mein Herz rast. Bring ihr Blumen mit, schlägt Federica vor. Ich bin entsetzt. Lass uns kurz stehen bleiben, meine Füße. Die Gelsohlen, sagt sie. In den Turnschuhen? Und wieder sie: Auf Weichem schwellen die Füße nicht an.

Zwei Frauen mittleren Alters. Zwei Frauen mittleren Alters auf einer Straße am Stadtrand, vorbeirauschende Autos und dort oben, vom grauen Himmel eingefasst, der Turm von Mediaset.

Am Abend zuvor betrachteten wir zur Melodie eines Liebesliedes, das Livia geschickt hatte, die Lichter des Turms, als wäre es der Mond, etwas anderes und Wunderschönes, und dabei schliefen wir ein. Ein langer Schlaf am Vorabend dieses penibel vorbereiteten, wichtigen Tages – Passierschein, Nummer des Studios. Schade, an der Tür des Produktionszentrums erfahren wir, dass das Quiz erst am Nachmittag aufgezeichnet wird.

Also retour, zurück ins Hotel, Streit wegen der Blumen. Winter, Temperaturen unter dem jahreszeitlichen Durchschnitt, ich triefe vor Schweiß.

Ich bin in letzter Zeit sehr angestrengt, dazu der Dauerschmerz an den Fußsohlen. Du hast zugenommen, sagen die Freundinnen, zu viel Gewicht auf Knien und Füßen.

Bett, Zimmerservice. Nur kurz einkuscheln, schlafen – ich schlafe überall ein.

Später in der Lobby merke ich, dass ich den Passierschein vergessen habe, worauf Federica anbietet, noch mal raufzugehen. Setz dich so lange hin, sagt sie, sie behandelt mich wie eine Kranke. Der Mann an der Rezeption lächelt, als ich in den Sessel sinke. Im Moment stehen sie zu zweit hinter der Theke. Sie stoßen sich mit Ellenbogen an, ich weiß, dass sie über mich reden, über uns, ich bin ja nicht blöd. Ich will schon aufstehen, denen was erzählen, als mich plötzlich etwas zurückhält, ein Gedanke: Dieser Tag ist Anitas Tag, Gutes zieht Gutes an – Federicas Einfluss entfaltet seine Wirkung –, wenn du Liebe säst usw.

Jetzt stehe ich erneut vor den TV-Studios.

Vielleicht überlagert Anita, wenn sie mich sieht, mit diesem Bild das Bild von tausend Jungs, tausend Blumen.

(Das denke ausgerechnet ich, dabei habe ich den Männern, den wenigen Männern, verboten, mir Blumen zu schenken. Diamanten, Schwan, schenkt mir etwas, das die Zeit überdauert – Lebenserwartung eines Schwans?)

Eigentlich verabscheue ich Gefühlsduselei, finde ich romantische Komödien unerträglich.

Da stehe ich, Rosenstrauß in der Hand, und wiederhole die banalen Szenen der Liebesfilme. Bloß, dass ich eine Mutter bin, keine Verliebte (ist es denn so sicher, dass nach Jahren der Missverständnisse dieser Wunsch, sich wieder nahe zu sein, dieses Bedürfnis, sich in den Armen zu halten – denn als kleines Kind hielt mich meine Tochter in den Armen, einfach so. Ich lag oder saß, und dieses kleine Wesen versuchte, die Arme um mich zu schlingen, und schaffte es nur halb, weniger als halb, wie ein Gürtel, der nicht zugeht. Ist es also so sicher, dass diese Sehnsucht nicht dem verzweifelten Wunsch eines abgewiesenen Verliebten entspricht, wenn nicht sogar stärker ist?).

Da stehe ich auf der Straße, und wäre es eine romantische Komödie, es würde regnen.

Abtrünnige Mutter, bereit, Tochter wieder in die Arme zu schließen, verzichtet auf Schuldzuweisungen, im Gegenteil: Mach mit beim Quiz, ich bin auf deiner Seite, die Hauptstadt Äthiopiens, Liebes?

Hoffen, dass schon mal jemand so auf dich gewartet hat. Keine Rose für mich, Hunderte für dich.

Ich wollte immer ein Mädchen auf die Welt bringen, das mehr geliebt wird als ich.

So lange habe ich sie nicht gesehen, sechs, sieben Monate. In dem Alter genug Zeit, um sich zu verwandeln.

Wäre sie in einer Menschenmenge, wenn dies eine Schule, die Universität wäre, ich würde sie nicht erkennen. Rabenmutter, abwesend, fünfundachtzig Zentimeter. Fünfundachtzig Zentimeter groß, Schuhgröße 24. Ich habe meine Tochter als Zweijährige gestoppt, danach verblasst sie. Wenn ich die Augen schließe, das erste Bild von ihr: fünfundachtzig Zentimeter. Erst danach stellt sich das Denken auf die Echtzeit ein. Hätte ich das meinem Therapeuten erzählt, hätte er kommentiert: Sie gehen in Sprüngen voran. Sie lassen Menschen in Leblosigkeit erstarren, Ihren Vater mit fünfzig, Ihre Tochter mit zwei Jahren, Sie erlauben den Menschen nicht, zu wachsen, zu sterben – ich stelle mir Wort für Wort vor.

Aber da ich nicht mit meinem Therapeuten gesprochen habe – einem der vielen, die aufeinanderfolgten wie die Liebhaber, genommen, verlassen –, habe ich es mir erspart, mir die Ausführungen anzuhören. Sehr banal, Herr Doktor, meine Herren Doktoren, wenn ich schon mal da bin und auf meine Tochter warte, die erwachsen ist und beschlossen hat, einen Weg zu gehen, den ich nicht mitgehe, und trotzdem.

Und trotzdem bin ich hier bei ihr, Rosenstrauß und die Angst, sie nicht zu erkennen – daher das Schuldgefühl und gegebenenfalls die Bestätigung, dass Sie, meine Herren Doktoren, recht hatten, obwohl Sie kein Wort gesagt haben. Sie hatten recht: Ich lasse in Leblosigkeit erstarren, ich blockiere.

Dann erscheint sie, und nein, ich lasse sie nicht in Leblosigkeit erstarren. Meine Kleine, die ich von hinten, von oben, aus dem Augenwinkel erkennen würde.

Ich halte die Tränen zurück (werde ich etwa so pathetisch wie Federica?). Und wenn meine Tochter mir nicht entgegenkommen würde, dann würde ich das tun, ich schwör's, ich würde mich in ihre Arme werfen – Rollenumkehr.

Was tust du denn hier?, legt Anita angriffslustig los.

Ich will nicht streiten – ich, ihr die Rosen reichend.

Ich muss zur Aufnahme.

Ich versuche, ihr zu sagen, dass ich keine Eile habe,

mit meiner Freundin solange in eine Bar gehe, warte. Sie entgegnet, dass es eine Stunde dauern wird, zwei, sie weiß es nicht und wird unruhig, als sie sieht, dass ich entschlossen bin. Du machst einem Angst, fährt sie mich an.

Halten wir einen Augenblick inne. Von Anfang an, vom ersten Moment an, da ich Mutter wurde, versuchte ich, meine Angst zu überwinden, dabei handelte es sich um eine Übung. Einatmen, ausatmen. Die Kleine wird nicht hinfallen oder ausrutschen. Niemand wird ihr etwas zuleide tun. Manchmal ließ die Großmutter väterlicherseits einen ihrer Hunde frei im Haus laufen, während meine Tochter herumkrabbelte, dann herumlief, jedenfalls winzig, ein Biss hätte genügt, ein einziger Biss des Tieres. Jeder sagte: Entspann dich. Pluto tut nichts.

Sie wird nicht hinfallen, ausrutschen, abstürzen, ertrinken, sie wird nachts nicht aufhören zu atmen – sagte ich mir, der Mutter und dem Kind, sagte ich im Bett und streckte die Hand nach ihr aus, die eingekuschelt auf der Seite lag. Bis sie acht war, schlief Anita bei mir, oder ich bei ihr. Es war mehr ein Bedürfnis meinerseits, auch wenn sie, längst groß genug, sagte, dass sie in ihrem eigenen Bett schlafen wollte. Und ich antwortete: Nicht heute Abend – murmelte ich –, Montag.

Was danach geschah, von dem kleinen Mädchen im Bett bis zu dieser jungen Frau, die sich von mir abwendet und das Fernsehstudio betritt, weiß ich nicht.

Meine Tochter verschwindet durch die Glastür, und ich suche Trost bei Federica: Hast du gesehen, wie kühl sie ist.

Blumenstrauß, was bin ich lächerlich.

Verbittert, wütend, unsicher, verloren, mitten unter einer Menschenmenge, wer sind diese ganzen Leute (später entdecke ich, dass es sich um Komparsen handelt, und noch später, Monate später, beschließe ich, einen Mann zu interviewen, der das beruflich macht, ist das vielleicht ein unbewusster Versuch, mich meiner Tochter anzunähern?*).

Eine Stunde vergeht, zwei, und Anita trifft mich an

---

* Auszug aus dem Interview mit Daniele Sartini, 37 Jahre, Pharmareferent, Hobbykomparse

Die wichtigste Fernseherfahrung?

Eine Kochsendung, deren Namen ich nicht nennen kann. Gedreht wurde in Rom, die Studios lagen außerhalb der Stadt, praktisch auf dem Land, tief in einem Tal. Wir fahren bei Sonnenschein rein, und als wir rauskommen, ist alles weiß. Der Schnee von 2012.

Die Folgen?

Wir waren eingesperrt. Die Autos steckten fest, Bäume stürzten um. Und wissen Sie, was passiert ist? Die Leute von der Produktion kümmern sich darum, dass die Moderatoren in Sicherheit gebracht werden. Sie lassen zwei Vans kommen, erklären, sie könnten uns nicht mitnehmen, und fahren davon. Der Schnee werde gleich wieder schmelzen, sagen sie, schlimmstenfalls könnten wir in den Garderoben schlafen. Dreißig Menschen von der Welt abgeschnitten, kein Handyempfang.

Und dann?

Wir versuchten, zu Fuß rauszukommen. Ich bin ausgerutscht. Jemand hat um Hilfe gerufen. Keine Chance, im Umkreis von Kilometern war da niemand. Wir sind zurückgelaufen.

Wie viele Stunden habt ihr festgesessen?

Zwölf, dreizehn.

Was dachten Sie?

Dass wir sterben könnten.

Und?

Es wäre letztendlich ein schöner Tod gewesen. In einem Fernsehstudio, alle zusammen.

genau derselben Stelle an, Blumenstrauß. Hartnäckige Verehrerin.

Als sie mich sieht, gerät sie in Erregung, fast unmerkliche Reaktion, dieses Schmalwerden der Augen, dieses Kauen an der Innenseite der Lippen.

Ich hatte doch gesagt, du sollst nicht warten.

Lass uns essen gehen, Federica ist da – ich deute auf sie –, hab ich dir von ihr erzählt?

Ich bin verabredet.

Wo schläfst du?

Bei Chiara.

Chiara ist vermutlich eine Freundin. Kann sein, sie hat sie mal erwähnt, kann sein, ich habe es vergessen, ich bin zerstreut. Mea culpa: Wie oft habe ich die Namen deiner Freunde verwechselt. Wie oft habe ich deinen Namen verwechselt und dich Agnese genannt, und du hast gefragt: Wer ist das, und es gab tatsächlich keine Agnese in meinem vergangenen oder meinem gegenwärtigen Leben, woher kommt der Name, es kann nur Schludrigkeit sein. Keine Überlagerung durch nahestehende Menschen, den Namen meiner Mutter, meiner Großmutter. Wahrscheinlich der letzte Name, den ich gehört habe, bevor ich den Fernseher ausschaltete.

Nimm wenigstens die Blumen, sage ich bei meinem Versuch, sie aufzuhalten.

Wir telefonieren morgen, sagt sie.

Ich bring dich im Taxi hin – ich, aber da ist sie schon weg und hört mich nicht oder tut so, als hörte sie mich nicht.

Die großgewachsene, schlanke Gestalt wird immer

kleiner auf der Straße. Bald wird sie zum zweiten Mal aus meinem Blickfeld verschwinden, das erste Mal war es in der Pubertät.

Pubertät: Ich behielt das Wachstum ihrer Brüste im Auge. Ob klein oder groß, war egal. Mach, dass sie gleich groß sind, betete ich, ja, ich betete, und inzwischen informierte ich mich: Kann sich ein Mädchen unter achtzehn operieren lassen?

Was heißt unter achtzehn?

Dreizehn, vierzehn.

Auf das Schweigen des Chirurgen hin schob ich nach: Sechzehn. Siebzehn!

Anita war elf, sie war dabei, zu erblühen, und manchmal hatte ich die Gewissheit – optische Täuschung oder nicht –, es zu sehen, unter dem Badeanzug, dem T-Shirt, jedenfalls im Sommer, zwischen den Glyzinien am Landhaus, beim Rennen auf der Wiese, am Rand des Schwimmbeckens, zwischen den Glyzinien hatte ich das Hirngespinst eines schiefen Wesens. Ob es meine Tochter war oder ich selbst zurück aus der Vergangenheit, vor meinen Augen zeichnete sich ein unglücklicher Mensch ab.

Verlassen auf der Straße. Obdachlose Bettlerin, ich verkaufe Rosen. Werfe Rosen weg, und Federica versucht, mich aufzuhalten. Hau ab, ich weiche ihr aus. Sie hat was vor, entgegnet sie, mehr hat sie doch nicht gesagt.

Ich falle ihr ins Wort: Kannst du mich bitte allein lassen?

Und gehe los, ich weiß nicht, wohin, ins Labyrinth der Fernsehstudios.

Schritt für Schritt kommt die Wut hoch, es hat nicht gereicht, die Rosen hinzuschmeißen. Wenn ich jetzt zum Beispiel ins Hotel zurückginge. Kampfeslustig würde ich mir die Typen an der Rezeption vorknöpfen, sämtliche Hotelangestellten, Kellner, Bediensteten, und ihnen was erzählen. Ihr dachtet doch, zwei Lesben, zwei alte Lesben, schon klar. Tja, wisst ihr, wer wir in Wirklichkeit sind, wen ihr da in eurem Hotel wohnen habt? Zwei unruhige Teenager, durchgeknallte, unterdrückte, jungfräuliche, sadistische, unvernünftige, unmoralische, gefährliche, jungfräulichste Teenager. Passt auf, wenn wir sauer sind, fliegt hier alles in die Luft. Der Impuls zu zerstören, die Versuchung, etwas zu sprengen, ist nie verblasst (»Sie hat ihre Familie in die Luft gesprengt«, schreibt @nick999 über mich, und nie hat mich jemand besser verstanden als dieser @nick999).

Ich laufe, grüble, wechsle den Sündenbock. Federica ist schuld, sie mit ihrer Gehirnwäsche, warum habe ich auf sie gehört. Schön blöd, einer wie ihr zu folgen.

Für wen hält sich diese Frau, dass sie mir beibringt, was richtig und was falsch ist. Meine Natur zwingt, etwas zu sein, das ich nicht bin. Ich laufe, schäumend vor Wut, wer ist diese banale Person, die von der Zeit als kostbarem Geschenk faselt, vom Leben als Reise, und jedes Ding als Zeichen des Himmels deutet, wie die herzförmigen Steine, die sie im Sommer manchmal am Strand findet, jeden Sommer, egal, an welchem Strand, sogar am anderen Ende der Welt, einmal auf den Fidschi-Inseln: Sag, ist das etwa keine Botschaft, jemand von da oben, der mir etwas sagen will, meine Mutter.

Dieser Frau habe ich mich ausgeliefert. Vielleicht ist, was sie tut, eine Art Täuschung. Ich male mir verschiedene Szenarien aus: Sie bittet um Geld. Vermutet weiß der Himmel was ich verdiene – und schon bedrängt sie mich wegen eines Darlehens, erpresst mich.

Oder: Was, wenn sie wirklich lesbisch ist? Wenn sie es schon damals war und der bürgerlichen Konvention wegen geheiratet hat und tief in sich eine nie erloschene Liebe hegte? So erklärten sich die Zeitungsausschnitte, die über meine Karriere berichten, der Zwang, Nachrichten über mich zu sammeln. Es erklärte den Mangel an Groll gegen meine Person, die sie verletzt, ausgelöscht hat. Sie liebte mich, während ich ihr Freundschaft schenkte, sie bezwang mit Mühe die erotische Lust.

Ich erschrecke, und zugleich werde ich nachsichtig bei der Idee von mir selbst. Ich als Teenager, ich auf dem blauen Teppich, unschuldig.

Die Freundin war das Monster, gar nicht der Vater, zu ihr gehört der drohende Körper, die Hand, die sich in den Slip schiebt. Oder vielleicht doch nicht. Die Hände verwischen. Jemand hat meine Naivität ausgenutzt. Ich Ärmste – wieder das Selbstmitleid –, ich winziges Wesen (vergiss, dass ich achtzig Kilo wog, vergiss, liebe Leserin, lieber Leser, dass ich Mütter verachtete, Väter beschimpfte, davon träumte, Schulkameraden zu töten, wenn auch nicht alle, nur eine, Lavinia). Ich war das Opfer. Jungfräuliches Opfer einer grausamen Welt, was habt ihr mir angetan, was habt ihr dem dicken Mädchen angetan, Federica, Mutter, Vater. Und nahtlos weiter: Arbeitgeber, Leser.

So viel Gewalt gegen mich, was habt ihr mich zugrunde gerichtet. Die Wut ist widerspenstig, ich auch.

Ich betrete ein Studio.

Ich laufe Treppen hinauf, Treppen hinunter, durchquere Flure, öffne Türen, gehe hindurch, verirre mich.

Jetzt werdet ihr denken, dass ich weine, es ist an der Zeit, zu weinen, Schriftstellerin, dir bewusst zu machen, wie wenig du aufgebaut, zerstört hast, nicht mal beim Zerstören hältst du den Rekord. Es ist an der Zeit, die unermessliche Einsamkeit in deinem Leben zu erkennen, das Scheitern, den verheerenden Absturz, von dem du dich nicht wieder erholst. Ende. Was du hättest sein können, wirst du nicht mehr sein. Das bist du, und du bist echt wenig.

Ihr alle werdet euch mich in Tränen aufgelöst vorstellen, aber ich weine nicht. Ich weine nicht, und ich werde nicht weinen. Ich werde mich nicht schluchzend in einem Fernsehstudio hinter einer Säule – besser gesagt, einer Palme – aus einem Bühnenbild verstecken.

Ich bin eine starke Frau, die in der Lage ist, mit den Kehrseiten des Schicksals fertigzuwerden, eine, die sich von Einsamkeit nie hat schrecken lassen. Rein rechnerisch habe ich mehr Zeit allein als in Gesellschaft verbracht.

Im Sommer zum Beispiel: die Gleichaltrigen am Strand, und ich im Zimmer, mit heruntergelassenen Rollläden. Und was ist mit Silvester vor dem Fernseher?

Wenn er, nachdem wir miteinander geschlafen hatten, einfach ging, einfach geht, und ich bleibe. Und die Zeit allein im Bett wird sechs-, siebenmal so lang wie die zu zweit verbrachte Zeit. Man malt sich Vertrautheit aus, die nie stattgefunden hat.

Und in ebendiesen Stunden nach ihm, nach ihnen, nach euch wird die Beziehung innig, verzehrend. In der Einsamkeit erfüllt sich die Liebe.

Schon gar nicht sitze ich jetzt heulend in einem Fernsehstudio unter einer künstlichen Palme. Keine plötzliche Blöße. Gleich springe ich auf und gehe. Ein bisschen noch, ich bleibe noch in diesem perfekten Versteck. Der winzige Raum, den ich als Kind gesucht habe. Sich einrollen, atmen. Vollkommene Stille, eine Stille, die es in der Natur nicht gibt.

Ich könnte ewig hier bleiben, doch dann wird es auf einen Schlag dunkel. Die tausend Lichter erlöschen – die tausend Lichter einer Bühne, die tausend Lichter eines glücklichen Lebens.

Mir liegt es fern, an Übernatürliches zu glauben. Es ist Abend, der Hausmeister wird zugesperrt haben, ohne zu ahnen, dass noch jemand im Gebäude ist. Wie oft war ich ohne Licht allein zu Hause, wenn mein Ex-Mann mich nachts allein gelassen hat, in dem Haus im Wald, draußen Wolfsgeheul und alles Mögliche (Rehkitze, wie ich später erfuhr, Rehkitze schreien, stöhnen – für all die, die damit diese niedlichen aus dem Zeichentrick verbinden). Ich hatte, ehrlich gesagt, erst dann keine Angst mehr, als ich einen kleinen Körper neben mir im Bett liegen hatte, den meiner Tochter. Mit wenigen Monaten, ein, zwei Jahren und später, mit sieben, acht – das sagte ich bereits. Ich weiß nicht, ob das mit Schutz zu tun hatte, ob ich sie hätte beschützen müssen, oder umgekehrt, ich glaube, es ging mehr um die Aussicht, dass, egal, was geschieht, geschehen konnte – Übernatürliches oder Reales –, wir zu zweit waren. Es war ein Buch oder ein Film, ich habe nie herausgefunden, woher eigentlich die Szene stammt, die mir so nahegegangen ist: Eine Frau erhängt sich mit ihrer Katze. Der Gedanke, dass sie gemeinsam gehen würden, sie und ihre Katze, nahm ihr die Angst. Als ich das sah oder las, dachte ich: Das könnte ich sein.

Allein war ich ein ängstlicher Mensch, aber nicht als Mutter. Lasst mich sonst wo neben meiner schlafenden Tochter zurück, es wird niemand kommen.

Von den Jahren mit ihr habe ich gelernt, auch während ihrer Abwesenheit mutig zu sein, ich habe mich mit einem Vorrat an Kühnheit eingedeckt. In leeren Häusern schlafen, in dunklen Straßen herumlaufen, im Wald, den sie als kleines Kind Urwald nannte und der mir als eine perfekte Metapher für unsere Familie erschien.

Somit ist, was ich jetzt zeige, Unduldsamkeit.

Zorn über Kleinigkeiten, die mich unnötig Kraft kosten. Blind taste ich nach dem Telefon. Jetzt erwartet ihr, dass es keinen Empfang gibt und mich Panik, Kälte fest im Griff haben.

Ihr täuscht euch. Ich überlege, die Polizei zu rufen, zu lange Erklärungen. Ich rufe Federica an. Ich bin in einem Studio, da steht eine Palme, ich beschreibe.

Sie ist in heller Aufregung, sie werde mich finden, die Security informieren, sie komme gleich. Beruhige dich, sage ich.

Vergangenes Jahr saß ich mit einer solchen Begeisterung an meiner Reportage über Schlafstörungen, dass ich länger als nötig im Krankenhaus von Bologna blieb, und als ich sogar daran dachte, ein Buch über das Thema zu schreiben, und dies dem Oberarzt ankündigte, sagte selbiger: Ich habe Sie beobachtet, ich weiß nicht, ob das noch angeht, was Sie an Medikamenten nehmen – aus purem Exhibitionismus hatte ich ihm erzählt, welche Medikamente ich nehme. Worauf der Professor, einer der weltbesten Experten auf dem Gebiet der Schlafstörung, von Kataplexie sprach, und ich lachte: Nein, um Himmels willen. Darauf er: Wenn Sie schlafen, haben Sie dann manchmal das Gefühl, es wäre noch jemand anwesend, und es fühlt sich ganz real an? Als ob jemand auf Ihnen sitzt und Sie zu erwürgen versucht?

Ich behaupte heute, wie ich auch letztes Jahr dem Professor gegenüber behauptet habe: Was ich sehe oder spüre, ist alles real. Gestern, heute Abend, im Fernsehstudio, in dieser Art künstlicher Nacht – künstlich wie die Palmen, künstlich wie meine innere Ruhe, und eine, in der ich, ich schwöre es, Getrampel höre, Flügelschlagen – kommt jemand und sagt mir, dass hier drin gar nichts fliegt. Irgendwann erkenne ich den Atem meines Vaters. Ich müsste erleichtert sein, da ist er ja und beschützt mich, vielleicht bin ich hier gelandet, damit ich ihm begegnen kann. Und mich in Sicherheit fühlen. Leichtigkeit, wieder zusammen sein, unter seinen Augen Pirouetten drehen, herumwirbeln.

Doch ich spüre seinen Atem und flehe: Nicht wehtun.

Ich mache mich klein, kleiner, kauere mich in einer Ecke zusammen. Und finde, dass ich es verdient habe.

Du, Schriftstellerin, hast es verdient, dass die Gewalt auf dich zurückfällt, die du mit deinem Schreiben ausübst und mit der du Figuren, die du liebst, missbrauchst, wenn du sie nach Belieben herumschiebst. Wenn du sie als Lügner bloßstellst und beschämst. Du kennst kein Schamgefühl, du undankbare Tochter, du jämmerliche Mutter. Du verdienst die Rache deines Vaters, soll er die Art und Weise bestimmen, und möge auf diese Art und Weise – hoffst du, und du schließt fest die Augen – der Frieden zurückkehren.

Ich könnte Federica noch mal anrufen, aber ich kann mich nicht rühren, ich habe Angst, auch nur den Mund aufzumachen, zu flüstern, keine Ahnung, warum, nichts ist rational, wie in der Jugend, es ist die Jugend, als du das Gefühl hattest, es wäre noch jemand da. Und du rolltest dich ein und versuchtest, nicht zu atmen, nur damit niemand dich hört.

20

Federica ruft laut meinen Namen. Darauf eine Männerstimme: Signora, Signora!

Die Augen gewöhnen sich ans Licht. Studio, Palme. Personen im Anmarsch, darunter sie, und sie wirft sich mir zu Füßen. Wie geht es dir, fragt sie.

Wir sind da, Signora.

In Federicas Schlepptau drei Wachleute. Peinlich, so viele Menschen aufzuscheuchen.

Es ist nichts passiert, sage ich beschwichtigend. Sie beugen sich über mich, als läge ich unter einem Haufen Trümmer, einer Schneelawine.

Ich betone, es gehe mir gut, es sei nur wegen des Lichts gewesen, ich hätte den Ausgang nicht gefunden.

Komm, wir gehen, sagt Federica und streckt mir die Hand hin.

Kommen Sie, Signora, drängt mich einer der drei, ausgestreckte Hand auch von ihm.

Ich kann immer noch selber laufen, entgegne ich scharf und bleibe sitzen. Federica erkundigt sich, ob ich mir wehgetan habe, ob ich aufstehen kann?

Da frage ich sie, ob man uns allein lassen könne.

Sie erklärt den Männern, ich sei aufgeregt, ob sie netterweise draußen warten könnten? Ein paar Minuten nur.

Sie setzt sich neben mich. Unter der Palme schauen wir beide geradeaus, als sei da ein echter Horizont. Halt meine Hand, für all die Jahre, die wir auf dem blauen Teppich verbracht haben.

Ich bin nass, sage ich.

Einem anderen Menschen hätte ich das erklären müssen, nicht ihr, sie springt auf, zieht ihren Anorak aus, zieht die Strickjacke über den Kopf. Bind sie dir um die Taille, sagt sie.

Man sieht es trotzdem.

Bind sie einfach um.

Ich klammere mich an der Palme fest und ziehe mich hoch. Raus aus dem Mantel. Ich schlinge mir die Jacke um die Taille.

Das passierte mir schon als junges Mädchen. Wenn ich zu viel lachte, wenn ich erschrak. Ich bin sechzehn. Mache Sofas, Matratzen nass. Wie ein Hund. Unmöglich, es zu halten. Ich lache, zucke zusammen, mache mir in die Hose. Schäme mich.

Scham auf der Rückbank von Massimos Auto, als Federica und ich kichern müssen, ein Witz, eine Situation, die uns heute gleichgültig ließe. Wir lachen über eine Lappalie. Mit sechzehn, siebzehn. Wir lachen miteinander, die anderen verstehen nur Bahnhof. Ich flehe sie an, still zu sein, und kann nicht aufhören. Ich lache und lache, und es passiert.

Scham in Lavinias Zimmer (nach dreißig Jahren weißt du es jetzt, Lavinia. Das war ich, ich habe auf dein Bett gepinkelt.).

Und morgens beim Aufwachen, nachts mit meiner

Angst, diese Nächte, in denen ich jemanden auf mir spürte, der Professor, die Koryphäe, hatte recht. Wenn ich morgens das Laken abziehe und wasche und hoffe, dass Mama es nicht merkt oder dass sie denkt, es wären Tränen, erstes Verliebtsein.

Von wegen erstes Verliebtsein. Jetzt, da du tot bist, Mutter, kann ich es dir ja sagen: Ich habe mir Watte in den BH gestopft, auf der verstoßenen Seite, ich habe Männerhände weg- und auf die andere Seite geschoben. Ich habe mich nicht ausgezogen, ich habe mich entzogen, alles mit mir machen lassen, damit ich nur ja nicht betrachtet werde, alles, ohne Lust zu empfinden – die Lust gehört den ebenmäßigen Körpern –, nicht die Initiative ergriffen, fick mich, komm in mir, damit nur ja niemand was merkt. Gebt mir die Tunika, gebt mir das Loch, im neunzehnten Jahrhundert machten die Frauen es in einer Tunika mit Loch.

Die nassen Laken waren also keine Tränen. Die Flecken auf Sitzen, auf Sofas waren nicht von Tieren. Ich erstatte euch allen, ihr Klassenkameraden, die Wäschereikosten für die ruinierten Wohnzimmer mit den Pisselachen von einem dicken Mädchen aus der Provinz, das sich verhielt wie ein Hund. Verhalten, Blase – vorausgesetzt, es handelte sich um ein Blasenproblem und nicht um eine entwicklungsbedingte psychosomatische Störung, die mit dem Wachstum wieder verschwunden ist. Daher sagen wir noch einmal deutlich, wie turbulent und kompliziert die Pubertät ist, nehmen wir an, sie wäre ein Puppentheater mit abgetrennten Köpfen – wieder und wieder. Lasst uns es immer wieder sagen. Ich lache und erzittere also, seit ich zwanzig bin. Später lache und erzittere ich, ohne in die Hose zu machen, bis heute, sodass, wer mich jetzt sieht, bei meinem Alter sicher an Inkontinenz denkt. Durch eine Geburt erschlaffen die Vaginalmuskeln, ich hatte leider einen Kaiserschnitt. Du hast keine Ausrede. Nimm Windeln. Schäm dich, bereue, versteck dich, hau ab. Bedeck dich, vergrab dich.

(Wer aufmerksam gelesen hat, denkt natürlich an diese Nacht, die Nacht von Livias Unfall, an den Morgen, an dem die Mutter den Fleck auf dem Teppichboden entdeckt, fragt, was das ist, sich hinkniet, schnuppert.)

Raus aus dem Produktionszentrum, Jacke um die Taille, darüber den Mantel. Als wir endlich draußen sind, schlägt Federica vor, shoppen zu gehen. Sollen wir uns vielleicht ins Hotel einschließen?, sagt sie belustigt und zieht mich am Arm in Richtung H&M.

Zwecklos, mich zu sträuben, zu sagen, dass ich klatschnass bin. Im Hotel werde ich feststellen, dass es sich nicht um Pipi handelt, oder nicht nur. Pipi, gemischt mit Blut, das ist Anitas Schuld, der Stress, den diese Tochter verursacht (vielleicht sterbe ich auch bald, habe eine symptomlose Krankheit, von der ich keine Ahnung hatte und die genug Zeit hatte, sich auszubreiten, ich sterbe, und das sind meine letzten Tage).

Momentan sind wir noch hier, auf der Straße, und Federica lässt nicht locker: Ich will dir etwas schenken, worüber würdest du dich denn freuen.

Was wünschst du dir, Freundin, du fröstelndes, durchnässtes Wesen, Mädchen der Achtzigerjahre.

Gebt mir einen Schwan. Einen einzigen Tag als Livia, den Schmetterlingstag – wisst ihr noch? Ihr Mädchen, die ihr euch an Emanuela Orlandis Stelle geträumt habt. Ihr alle in diesem dreistöckigen Geschäft, kommt mit.

Avon-Vertreterinnen, Schauspielerinnen, Models, steigt ein in Autos, sprecht mit Unbekannten, nehmt Bonbons an. Löst euer Haar, wirbelt herum, dreht Pirouetten. Kommt zurück.

Ihr alle auf den Rolltreppen, in den Abteilungen, schnappt euch Klamotten, los, lauft, klaut.

In den Umkleidekabinen schließt die Augen. Schließt die Augen, Mädchen, gleich öffnet sich die Falltür.

Wenn unter unseren Füßen eine Falltür wäre, könnte alles von vorn anfangen. Lasst uns von vorn anfangen.

21

Notizen zu einer Reportage, die nie veröffentlicht wurde:

»Das hatten wir in der Schule nicht durchgenommen«, sagt Magda, neunzehn Jahre, Menü B, und erzählt von dem Tag, als sie ihre Periode bekam. Sie war zehn und schrie wie am Spieß, weil sie glaubte, sie würde sterben, dann kam die Mama, und sie ist nicht gestorben.

»Bei sieben Geschwistern sind für Mama und Papa irgendwann alle gleich.« Sie hatte ihre Mama nie ganz für sich, sie hatte auch kein eigenes Zimmer, geschweige denn eine eigene Puppe und schon gar keine eigene Kleidung (über zwei, drei Ecken von den älteren Geschwistern weitervererbt).

Der schönste Moment ihres Lebens? »Mit fünfzehn, als sie wieder verschwand«, antwortet sie und meint wieder die Periode. Es ist auch die Zeit, in der sie unter den Geschwistern einzigartig wird, die Tochter, die nicht isst.

31 Kilo (1,58 groß), sie verliert Haare, »manchmal schaute ich ins Waschbecken und dachte, das sieht aus wie ein Küken, eine Maus«.

»Ich habe ein Abendkleid dabei, das ich nicht anziehen werde«, sagt Asia, neunundzwanzig Jahre, Menü B. »Ehrlich gesagt hatte ich auch im normalen Leben keine Gelegenheit, es zu tragen.«

Asia war schon mehrmals stationär und ist jetzt seit Mai hier. Sie hat eine Odyssee durch Kliniken und Psychiatrien hinter sich. Von diesen Erfahrungen berichtet sie: Bei der Ankunft ausgezogen und durchsucht, Handtasche abgenommen, alles rausgenommen, was nicht sein durfte, Süßstoff,

Kaugummi, Modehefte, Wattestäbchen, Nagelfeile. Und Schnürbändel. »Meine Sweatshirts haben keine Bändel, außer dem hier, das habe ich letzte Woche gekauft.«

1,73, Asia wiegt knapp 39 Kilo, in Todi hat sie zugenommen, aber verratet ihr nicht, wie viel sie genau wiegt, das wissen nur die Ärzte. Ihnen vertraut sie, im Gegensatz zu denen von der Psychiatrie in Brescia. »In Brescia kümmern sie sich nicht um dich, darum, wie du dich fühlst. Sie entlassen dich erst, wenn deine Periode zurückkommt. Sie zwingen dich, in einem Monat zwanzig, dreißig Kilo zuzunehmen.« Und schließlich: »Du weinst, du sagst, dass du kotzen musst, und was machen die? Sie stopfen dich voll. Mit der Magensonde pumpen sie Tausende von Kalorien in dich rein. Sie wollen nur, dass du so schnell wie möglich dick wirst. Es ist ihnen egal, was du denkst, und du denkst: Wenn ich dick bin, kann ich vielleicht wieder gehen und weglaufen.«

BUCH ZWEI

1

Vorzeitige Wechseljahre sind ein viel häufigeres Phänomen, als man gemeinhin denkt.

Im Netz finden sich Erklärungen wie »Ende der fruchtbaren Phase einer Frau«. Oder auch »Spontane Erschöpfung der Follikelreifung«.

Nun gut, »vorzeitig« ist hier als Zusatz auf mich gemünzt, ein reflexhaftes Zurückdatieren der inneren von der äußeren Zeit. Mit siebenundvierzig fällt es mir schwer, mich von meiner Jugend zu lösen, dort sind meine Erinnerungen, und ich auch. Ich bin sechzehn Jahre alt. Ich bin sechzehn und flitze bei Federica zu Hause mit Rollerblades über den Flur, Hand in Hand, blaue Augen.

Wie konnte bitte bei diesem Mädchen/diesem Teenager der Zyklus aufhören, sie hat doch noch ihr ganzes Leben vor sich. Eine Zeitbrücke verbindet mich mit den hormonellen Problemen am Anfang der Entwicklung. Ich bin vierzehn, die Periode kam zweimal, dann war Schluss. Gynäkologe, Behandlung. Pille. Ich könnte es jeden Tag machen! Ich will es machen, leider mangelt es an Jungs, weit und breit kein Wesen des anderen Geschlechts, mit dem man herumprobieren könnte.

Ich nehme zu, ich nehme ab, vielleicht habe ich ein Problem mit der Schilddrüse. Endokrinologe. Armes

Ding, so schief, sagt er, als er mich nackt sieht (der krasseste Unterschied besteht, als ich etwa sechzehn bin. Ein halbierter Körper, halb junge Frau, halb Mädchen. Oder halb-halb zwei verschiedene junge Frauen, die eine schüchtern, die andere schamlos). Armes Ding, sagt der Arzt.

Eins neunundfünfzig auf zweiundsiebzig Kilo. Sechsundachtzig, dreiundneunzig. Ich höre auf, mich zu wiegen. Ich gehe auf und ignoriere die Zahlen, was sind schon Zahlen. Sechzehn Jahre, Jungfrau.

Fünfzehn Jahre später die Angst, dass es Anita auch so ergehen könnte, dass meine Tochter auch so einen abgelehnten Körper bewohnen wird.

Ich sah ihr zu, wie sie wuchs, beobachtete sie. Ich legte Geld auf die Seite für die Zeit ab der Volljährigkeit (wollt ihr den wahren Grund dafür wissen, warum ich mir nicht die Brüste habe machen lassen? Um die von Anita machen zu lassen. Um meine Tochter umzugestalten, ich schmiedete Pläne in der Absicht, ihr die Einsamkeit, den Mangel an Liebe zu ersparen).

Abgesehen von der Nase, die machen zu lassen ich ihr regelmäßig vorschlug – wenn sie ein paar Kilo zulegte, hatte ich ein Mittel parat: Fettabsaugung. Ich hätte sie mir komplett neu entworfen, ich hätte ein ideales Mädchen kreiert. Es war nicht nötig.

Mit siebenundvierzig wird die Schönheitschirurgie für mich wieder dringlich. Immer wieder Blutverlust, Müdigkeit, Hitzewallungen, Kälte. Sie wird sehr dringlich, denn ich werde zunehmen, unförmig werden. Operiert mich.

Gehen wir noch mal die Phasen durch:

Mailand, ich bemerke Spuren von Blut im Pipi und sage zu Federica: nichts Schlimmes.

Rom, ein paar Tage später, als ich viel Blut bemerke, richtig viel Blut verliere, rufe ich Federica an, die mich zu einem Arztbesuch zwingt.

Auf der Toilette zu Hause (die Hauptszenen dieser Geschichte spielen sich in Toiletten ab) machte mir dieses viele Blut Angst – das rührte wohl von Federicas eindringlichem Rat, ihrer Entschiedenheit her. Du darfst dich in deinem Alter nicht vernachlässigen, sagt sie, wann hast du den letzten Pap-Test machen lassen, und ich antworte: Noch nie.

Damals also, Toilette in Rom, denke ich: Ich sterbe. Adieu, Freunde, Lesepublikum, gemeine Kritiker, Kind.

Mit kühlem Kopf aber analysiere ich die Symptome – Völlegefühl, Übelkeit –, und ich klammere mich an das Gefühl der Unsterblichkeit, das muss eine Wahrsagerin auf der Piazza Navona gesagt haben: Du wirst als Letzte sterben; nun gut, du bist eine Frau, die den Tod nicht fürchtet, eine Zeitzeugin (du wirst Zeugin deiner Zeit sein, sagte die Wahrsagerin, vielleicht hat das auch mein heldenhaftes Ich gesagt, das sich ein Buch über jeden Verstorbenen ausmalt, willkommen bei der italienischen Joan Didion), die Schriftstellerin begreift also, sie liegt nicht im Sterben.

Was hast du angestellt? Was hast du aus Zerstreutheit, aus Unachtsamkeit angerichtet. Du, ja, du, schlag dir mit der Hand auf die Brust, du hast dem Blutverlust keine Bedeutung beigemessen, du dachtest, Stress, und hast dich in Arbeit gestürzt. Schludrig, wie du bist, hast du keine Notizen zu deiner Zyklusfrequenz gemacht, so dass dir erst beim Anblick des Blutes schlagartig einfällt, dass du mindestens drei Monate nicht geblutet hast, die Periode ist seit mindestens drei Monaten ausgeblieben, und Müdigkeit und Inkontinenz, Mailand. Hättest du doch nur einen Augenblick nachgedacht und nachgezählt und wärst einfach mal zum Arzt gegangen.

Denk ruhig an den Tod, rede dir nur ein, dass du stirbst. Es ist etwas anderes, und es ist deine Schuld.

Das passiert eben, wenn man keine Vorkehrungen trifft. Eine Fehlgeburt. Überleg mal, rechne nach, das ist eine Fehlgeburt, von dir selbst verursacht, du wusstest nicht, dass du schwanger bist.

Du bist verantwortungslos, verrückt.

Nach dem fünfunddreißigsten Lebensjahr finden Dutzende befruchteter Eier keinen Halt und landen im Slip oder im Abfluss. Manchmal leben sie noch ein paar Sekunden in der Kloschüssel (Fantasie: Wir legen eines in eine Petrischale, nähren es. Würde es wachsen?).

Habt ihr eine Vorstellung von der Anzahl der Kinder, die eine Frau, ohne es zu merken, im Lauf ihres Lebens verliert? Wie viele Kinder habe ich verloren? Ich suche in der Kloschüssel. Liege eingerollt auf dem Boden, weine.

Ich weiß nicht mal, wer der Vater ist, wen ich anrufen könnte, um den Schmerz zu teilen.

Das alles ist ein paar Wochen her, also Untersuchung. Diagnose.

Die Ergebnisse sagen es und auch die Ärzte, die ich

aufgesucht habe, drei an der Zahl, denn zu keinem hatte ich genügend Vertrauen. Die Ärzte haben es gesagt, einer nach dem anderen, und heute in einem imaginären Chor die Kritiker, ehemalige Schwägerinnen, erfolglose Schriftsteller. Sie rufen im Chor: Wechseljahre!

Zum Glück, meint Federica dazu und setzt auf mein Schweigen hin noch eins drauf: Das passiert allen.

Ich bin nicht alle, sage ich. Und möchte hinzufügen, im Stillen füge ich hinzu: Es hat ein Jahr gegeben, da wusste das Land, wer ich bin – und schon verebbt die innere Stimme. (Mythenbildung, lieber Leser, liebe Leserin, jetzt weißt du es. Fiktion, um den Winzling, der ich bin, das unförmige Ding in Sicherheit zu wiegen.)

Auch die innere Stimme kann zerreißen, zittern, auch sie wird von der Wirkung der Hormone in Mitleidenschaft gezogen, von diesem elenden Stimmbruch, der da im Gange ist. Keine Fehlgeburt. Kein Tumor, keine Leukämie. Kein Schubladennachlassschreiber, »nach langem Kampf stirbt in Rom eine der bedeutendsten Autorinnen Italiens«.

Am Tag der Wahrheit schlucke ich eine Rivotril, schlafen, mich fruchtbar träumen. Abgesehen von einem kurzen Aufwachen gegen Abend, als ich eine Tiefkühlpizza in den Ofen schiebe, und gleich wieder zurück in den Tiefschlaf. Später finde ich einen verkohlten Klumpen, der sonst was sein könnte, und nicht zum ersten Mal.

Im Ofen vergessene Pizzen sehen oft aus wie Lebewesen (ich werde nicht Föten sagen, ich weigere mich, Föten zu sagen), vielleicht interpretiere auch nur ich die unförmigen Klumpen so. Der Impuls, das Backrohr zu öffnen und sie ans Herz zu drücken. Sie, euch, fünfundachtzig Zentimeter. Ein Drang nach Zärtlichkeit, zeitweise ein Bedürfnis, taucht auf, treibt durch dein Bewusstsein als Frau in den Wechseljahren.

Jugend zu Ende, und nicht nur sie. Wer will mich denn jetzt noch, selbst im Beruf: ausrangiert, alt.

Doch lassen wir den Liebhabern, wenigstens ihnen, die Illusion, eine junge Frau zu vögeln, die schwanger werden könnte, riskieren wir es, ein Kind zu zeugen, ein Kind ganz für uns allein, wir brauchen nicht zusammenzuziehen, ich ziehe es auf, und du, ihr, kommt es besuchen.

Im März kommt die Diagnose. Ich bin niedergeschlagen, ich lebe wieder auf, alles in einer komprimierten Zeitspanne. Wieder niedergeschlagen – die Hormone. Ich muss mich an dieses Kommen und Gehen der Melancholie gewöhnen. Diese emotionalen Erdrutsche, bei jedem Film heulen. Morgens die Augen aufmachen und das Gefühl haben, die Stimme meines Vaters zu hören. Und wenn ich mich dann umsehe und die Unordnung bemerke, die Haufen, dazu noch der Müll auf dem Boden, denke ich, dass Federica recht hatte. Sie hatte immer recht mit meiner Mutter, der ich ähnlich werde.

Die Obdachlose an der Straßenecke, an den Ecken aller Straßen, der ich kein Geld gebe, bin ich.

Legen wir eine Chronologie fest. Das Ganze lief folgendermaßen ab: Am 6. März stelle ich fest, dass ich in die Wechseljahre gekommen bin. Am 20. April beendet Anita ihre Fernseherfahrung.

»Caduta libera«, moderiert von Gerry Scotti, läuft auf Canale 5 täglich außer Sonntag, neunzehn Uhr, weltweit die einzige Quizshow, bei der die Mitspieler dabeibleiben, nachdem sie verloren haben. Du kannst vom aktuellen Champion besiegt werden und bei der nächsten Folge wieder mitmachen. Dein Glück wieder und wieder versuchen, bis du im Studio selbst der Champion im Rampenlicht bist.

20. April, der Tag, an dem meine Tochter ins Rampenlicht tritt.

28. Mai, das wirklich wichtige Datum dieser Geschichte, das Finale, auf das niemand von uns vorbereitet ist.

2

Noch ist März, und ich will mich der Arbeit widmen, beschließe, Material für die Reportage zu sammeln. Keine Zeitung nimmt sie? Dann wird es ein Buch.

Ich gehe nicht ans Telefon, vor allem nicht bei Federica, zu der ich Abstand brauche.

Das wurde mir in Mailand klar und auf der Rolltreppe bei H&M sehr klar. Kristallklar auf den Stufen des Hotels, auf denen sie stolperte. Denn irgendwann jenseits der Jugend fängt man an, auch ohne Absätze zu stolpern. Zu taumeln, zu schwanken. Und hattest du, Schriftstellerin, in dem Moment Lust, dich mit dieser Frau zu identifizieren?

Wie früher sagtest du dir, du seist besser. Besser als dieses Ding, das neben mir schläft – inzwischen war es Nacht, sie schnarchte. Aus dem Pyjamaoberteil der alternde Hals – meiner kompakt, milchig –, die runzlige Haut zwischen den gewölbten Brüsten.

Aber sie lässt sich nicht ignorieren. Ruft an, hinterlässt Nachrichten.

In ihren Augen hat sie mich gerettet – und nicht nur im Fernsehstudio: Wer hat denn darauf bestanden, dass ich mich untersuchen lasse? Wer hat sogar gedroht: Ich rufe deinen Ex an. Und weiter zurück, wer hat in Zeiten der Einsamkeit angerufen, zugehört, wenn ich mich ausheulte, mich gedrängt, auf Anita zuzugehen, auch wenn das schiefgegangen ist. Und jetzt ist sie da, die Retterin, und will ernten. Zuerst mit bescheidenen Anfragen: Darf ich Livia deine Nummer geben, könntest du kurz bei ihr vorbeischauen, ich erreiche sie seit Tagen nicht.

Denn sie, Federica, ist weit weg, Probleme mit Leonardo halten sie in Genua fest, heikle Fragen, die sie mir bei Gelegenheit persönlich erklären wird. Diese Kinder, seufzt sie (die Generation umfasst Leonardo, Michele, Anita, die junge Schauspielerin, die Patientinnen in der Reportage über Magersucht).

Aus Pflichtgefühl, vielleicht Mitleid, Altruismus, getrieben von einem Wirrwarr an Gefühlen, lasse ich mich darauf ein. Ich rufe an, gehe hin.

Ich werde genötigt, Liebeslieder anzuhören, man lässt mich nicht weg: Warte, trillert Livia, hör das noch, das letzte.

Nicht im Wohnzimmer, nicht auf der Terrasse. In ihrem Zimmer. Willst du die Kleider sehen?, fragt sie. Schuhe, Kuscheltiere, Tagebücher aus der Schulzeit, Fotos (das Foto, auf dem wir zu sehen sind, ich, Federica, Livia, Simona. Hinter uns Massimo und ein blonder Junge, an dessen Namen ich mich nicht erinnere. Wir sind sechzehn, Livia siebzehn. Das letzte Foto von Livia vor dem Unfall).

Sie redet von ihren Lieblingssendungen. Wenn Javier dieses Jahr nicht gewinnt, bring ich mich um – sie meint »Amici«. Sie redet von dem Wellensittich, sie träume von einem kleinen grünen Wellensittich, aber der Vater sei dagegen, und in der Zwischenzeit habe sie sich den hier schenken lassen – und zeigt auf den Käfig, der von der Decke hängt. Zeigt darauf, als würde ich ihn nicht sehen.

Tage, Wochen. Ich auf Besuch bei der Schwester der wiedergefundenen Freundin. Bei der Unglücklichen, der Bedauernswerten – verkörpert sie noch etwas anderes?

Ein Nachdenken darüber, was diese Frau, was Livia für mich selbst bedeutet, würde sich lohnen. Es würde sich lohnen, um das zu rechtfertigen, was in der Folge geschieht, es muss eine Erklärung für den Umstand geben, dass ich Zeit mit ihr verbringe, denn bevor ich zu Federicas wichtiger Bitte komme, bevor ich etwas wirklich Entscheidendes für Livia tue, wird es gemeinsame Nachmittage geben.

Ende März die wichtige Bitte: Ob ich Livia zu einer Untersuchung begleiten könne, ich würde ihr einen großen Gefallen tun, das sei ihr, Federica, völlig klar. Unter normalen Umständen bitte sie die Cousine darum, aber auf die sei kein Verlass, auch so eine mit dem Kopf in den Wolken.

Ein Leichtes, einen Rückzieher zu machen, die Reportage könnte das neue Buch werden, auf das der Verlag wartet, man sitzt mir schon im Nacken, droht mir (ist gelogen). Tausend Ausreden, die sie, die Einzige, die beharrlich einen Erfolgsmenschen in mir sieht, glauben würde.

Doch dann stehe ich zwischen den Glyzinien vor der rosa Villa – was ist wohl aus dem Alten vom Erdgeschoss geworden, flüchtiger Gedanke.

Man hatte damit gerechnet, dass Livia eine Nacht bleiben wird, und uns ein Zimmer zugewiesen. Der Professor möchte sie unter Beobachtung halten. Sie sei noch immer eine besondere Patientin, sagt er. Ein Wort, das für Livia schön bedeutet, blonde Gymnasiastin. Für mich gefährlich, zerbrechlich. Jungfrau, möchte ich hinzufügen – kann man wieder zur Jungfrau werden? Ist Jungfräulichkeit nicht vielleicht ein mentaler Zustand? Heute, da wir sie vor einem Vierteljahrhundert oder mehr verloren haben, heute können wir sagen, dass sie nicht mehr Traum, Wunsch, Hemmnis, Last ist. Heute, da sie nichts verkörpert. Nichts war sie auch damals, liebe Freundinnen.

Also helfe ich der Jungfrau in dem Krankenzimmer beim Ausziehen und verbiete ihr, Slip und BH abzulegen – immer noch der Drang, sich nackt auszuziehen. Immer dieser Drang, denke ich noch, bevor die Schwester auftaucht und sie anweist, Slip und BH auszuziehen. Es ist dein Drang, Schriftstellerin, in deinem Kopf, mit deiner gekünstelten Scham, du bist spießig geworden und drehst dich sogar zum Fenster um, als Livia sich auszieht.

Hab ich einen fetten Arsch?, fragt Livia, im hinten offenen Hemd.

Nehmen wir diesen Arsch, schauen wir uns diesen Arsch genauer an, liebe Leserinnen, liebe Leser. Hoch und fest. Keine Spur von Cellulitis. Nach meiner exakten Erinnerung – ich habe dieses Mädchen wirklich seziert – sieht sie genauso aus wie früher, dreißig spurlose Jahre. Und wir ringsum alt, hinfällig, aufgegangen, schlaffhäutig, was sind wir schlaff, sogar die Arme, heb die Arme – der Abend damals im Hotel, Federica –, deine schlabbern auch – wir prusten los vor Lachen.

Zu dieser Alten übrigens, zu dieser Erwachsenen, die ich bin, spricht der Arzt, er vergewissert sich, dass Livia nüchtern ist, und erläutert mir dann Vorgehensweise, Dauer, die Notwendigkeit, dass die Patientin still liegt, weswegen ihr ein leichtes Beruhigungsmittel verabreicht wird, sie wird schlafen. Der Arzt spricht mit mir, während die Minderjährige, diese anmutige Minderjährige mit entblößtem Hintern im Zimmer herumläuft, diese unschuldige Minderjährige, die am Fenster auf etwas deutet und »Lauf!« ruft – eine Taube.

An Hand- und Fußgelenken festgebunden, wird Livia auf der metallenen Liege in die Kernspinröhre geschoben. Sie zeigt keinerlei Anzeichen von Unruhe, weshalb ich im Nebenraum vorsichtig frage: Könnte man sie nicht losbinden?

Und wenn sie sich dann bewegt, erwidert der Assistent.

Aber das tut sie nicht, und sie wird es nicht tun. Bewegungslos im Raumschiff, alle Apparaturen, die Licht verströmen, wollen wir Raumschiffe nennen, wie wir sie immer genannt haben.

Du Astronautin. Geschrumpft, von hier aus betrachtet, fünfundachtzig Zentimeter. Du widerstehst dem Beruhigungsmittel, Augen weit offen, was siehst du.

Was ich sehe, ist nicht so wichtig, damit wollen wir uns nicht beschäftigen. Wir wollen uns nicht mit den herausschauenden Beinen beschäftigen. Ein halbiertes Wesen – so viele halbierte Wesen in dieser Geschichte. Wenn man ein Mädchen aus Einzelteilen zusammensetzen könnte, und es spricht die Schriftstellerin, die mühsam Halt sucht, etwas, das sagt: Gut gemacht, Applaus. Sie denkt über ein ideales Mädchen nach, die Synthese von ihnen allen.

Livias Beine, ihr Kopf. Livias Beine, Livias Titten, Livias Arsch, Hirn der Schriftstellerin. Was für ein Leben hätte sie geführt, was hätte ein Prachtexemplar mit diesem Körper und diesem Hirn – nicht mit dem vom Monitor – erreicht. Wärst du selbst in dieser Gestalt vielleicht eine bessere Schriftstellerin geworden?

Ich weiß nicht, ob ihr schon mal ein geschädigtes Hirn gesehen habt (ab jetzt die Neugier, mein eigenes zu sehen, Form, Verfärbung. Hinterlassen Traumata Spuren? Neugier: Hat da vielleicht ein Vergewaltiger seine Spuren hinterlassen?). Gehirnbild Livia: schwarze Verdichtung linksseitig. Wie soll ich es nennen – Loch, Lücke. Ich verfluche Federica, die mir ihre Last aufgebürdet, sich Urlaub von der Schwester genommen hat.

Geräusche von Fotoaufnahmen wie bei einem Selfie, das wir gleich draußen machen werden, auf der Treppe, verlangt Livia, die Selfies von Ausgängen sammelt, Supermarkt, Friseur, Stufen vor der Klinik, als wäre sie auf Reisen.

Doch bevor die Treppe kommt, der freie Himmel, der Wind, der ihr Kleid hebt: Das Bild von Livia, wie sie aus der Kapsel ausgespuckt wird, überlagert das frühere, auf dem sie aus einer anderen Kapsel auftaucht. Statt aus dem bläulichen Licht kommt sie heute aus einem kalten Schimmer – Leichenhaus. Anstatt aufzustehen, sich ins Handtuch zu wickeln, zu verschwinden und so zu tun, als handle es sich um die letzte Szene eines Films, taucht sie heute auf, taumelt. Die letzte Szene kommt erst noch, liebes Publikum. Livia verlässt das kalte Licht, Beginn Teil zwei.

Unsere blonde Hauptdarstellerin dreht Pirouetten durchs Zimmer. Mir geht's sehr gut, sagt sie zu dem Arzt und dreht sich zum Beweis um sich selbst, sie verliert fast das Gleichgewicht, verliert es nicht. Bitte, drängt sie wieder. Sie will nach Hause, sie verspricht, sich ins Bett zu legen.

Der Arzt rät, an mich gewandt, eindringlich zu Ruhe für den Rest des Tages, sie müsse die Beruhigungsmittel abbauen, es sei gefährlich, herumzulaufen.

Die Erwachsene verspricht, Livia nach Hause zu bringen und anschließend in ihr Zimmer und ins Bett und sich persönlich zu vergewissern, dass sie einschläft, Herr Professor.

(Warum, Schriftstellerin, verwendest du so viel Energie auf eine Frau, die nichts mit dir zu tun hat, mit der du weder verwandt noch befreundet bist? Kannst du diese Einsatzbereitschaft irgendwie begründen?)

Ich werde Livia also in die rosa Villa im Parioli-Viertel zurückbringen. Wie versprochen, werde ich sie ins Bett bringen, das Licht löschen.

Schlaf, werde ich im Halbdunkel sagen und ihr übers Haar streichen.

Über das Haar meiner Tochter habe ich selten gestrichen (Läuse herausfieseln, gilt das als Streicheln?).

Im Halbdunkel des Zimmers hängt der leere Käfig an der Decke – schlaf.

Sobald ihr Atem gleichmäßig wird, gehe ich auf Zehenspitzen quer durchs Zimmer, ich kann leicht sein, das wusste ich nicht, da ertönt die Stimme unbeholfen krächzend. Massimo, sagt sie.

Zuerst meine ich, dass sie im Schlaf redet, dass es sich um einen Namen handelt, der aus ihrem Bewusstsein aufgetaucht ist, aber nein.

Ich will ihn wiedersehen, sagt sie. Sie lässt nicht locker: Er ist immer hier – Hand auf der rechten Brust –, in meinem Herzen. (Riss in Livias Kopf: Trotz Reha, Logopädie, Üben mit Eltern und Schwester hat sie nicht gelernt, rechts und links auseinanderzuhalten. Für sie ist die Welt ein Ganzes, ein wundervolles Ganzes, das man nicht teilen darf, warum auch teilen.)

3

Apropos geteilte Welt und rechts und links. Wer bin ich. Die Gute, die sich um die Behinderte kümmert, oder die Böse, die die Toten der Familie mit Dreck bewirft (wäre sie wirklich mutig, würde sie die Lebenden verleumden).

Die begehrte Dunkelblonde oder die Alte in den Wechseljahren. Die berühmte Schriftstellerin oder die Versagerin.

Wir wollen die Frage der Berühmtheit mal beiseitelassen, auf die kommen wir später zurück, und beim Thema Herzensgüte bleiben.

Nehmen wir Federicas Vater, neunzig Jahre alt, Schwierigkeiten beim Gehen wegen Rückenproblemen, so dass er sich, als er mich sprechen will, setzen und zu sich ins Wohnzimmer rufen muss. Im Sessel drückt er meine Hand fest mit den seinen und sagt: Danke, und wieder: Danke, und seine Augen glänzen.

Nehmen wir Federica, die anruft und mir ebenfalls dankt für das, was ich für Livia tue. Wenn ich nicht wäre, es sei ihr wichtig, zu wissen, dass sie auf mich zählen könne, ich könne mir nicht vorstellen, wie wichtig. Wenn sie komme, wolle sie mir den Grund für ihr Fortsein erklären, das mache sie lieber persönlich, am Telefon sei das kompliziert. Nächste Woche, versichert sie, und dann verschiebt sie und verschiebt wieder. Wer von den beiden ist die Schlechte. Sagt ihr es mir, liebe Leserinnen, liebe Leser, ganz ehrlich.

Frühling, Mandelblüte, in diesem Erwachen, das Wort Erwachen ist kein Zufall – Erwachen aus langem Schlaf, Koma –, bin ich die Gute.

Irgendwann, in einem bestimmten Alter – überlege ich, als ich nach Hause komme, bevor ich schlafen gehe –, verlagert sich, wenn uns das Leben wirklich etwas gelehrt hat, unsere Aufmerksamkeit von uns auf die anderen.

Der Querschnittsgelähmte auf dem Skateboard, dem du keinen Cent gegeben hast, du hattest deine Zweifel – anders als dein Mann, dein Ex, der ihm jeden Tag was gegeben hat –, nun, du aber hattest deine Zweifel: Dem geht es besser als uns.

Und weiter, »Möchtest du bei der TV-Gala spenden?« steht bei jedem Mal Abheben auf dem Monitor des Geldautomaten, und du tippst auf Nein, immer Nein, bis heute, als du mit siebenundvierzig Jahren auf Ja tippst. Und es ist dein erstes Ja.

Ihr habt mich falsch eingeschätzt. Habt die schöne Seite in mir ignoriert, die sichtbar oder verborgen freundliche: Da bin ich mit fünfundzwanzig, als ich vom Fenster aus einen Straßensänger mit zwei kleinen Mädchen sehe. Ich nehme die Kuscheltiere inklusive Koala (sollte sich jemand gefragt haben, was mit ihm passiert ist, angefangen bei mir, die ich ihn lange Zeit nicht gefunden habe, was habe ich ihn gesucht, dabei wollte ich ihn gar nicht benutzen, nur als Erinnerung, jahrelang suchte ich verzweifelt den Koala, und dann war er plötzlich wieder da, aufgetaucht aus einem Zwischenboden, genauer gesagt, aus einem Sack, in den meine Mutter altes Zeug gepackt hatte). Ich sammle also Kuscheltiere und Rucksack zusammen, laufe auf die Straße hinunter, beeile mich, den beiden dunkelhäutigen Mädchen meine ganze Kindheit/Teenagerzeit zu schenken.*

Das gute Mädchen hat existiert, wenn auch in einer fernen Zeit, hin und wieder. Das gute Mädchen ist zurück.

Vielleicht schiebt sie auch nur den Tod weg. Sie antwortet diesem im Sessel versunkenen Vater, dem einzigen noch lebenden Vater, ihm, der die Vergangenheit lebendig werden lässt, die Adoleszenz von uns Töchtern, und der gesteht, dass sie damals mit meiner Mutter telefonierten, die gegenseitigen Telefonanrufe, die Befürchtung, dass wir Drogen nahmen, sie hatten diesen Verdacht, wir waren so seltsam. Sie teilten die Befürchtungen, tauschten Informationen aus.

Das gute Mädchen ist zurück, um der Freundin einen Gefallen zu tun und den Vater der Freundin zu beruhigen, der ihre Hand fest drückt und fragt: Apropos, wie geht's deiner Mama?

---

* Kürzlich habe ich ein Interview mit Elodie gelesen, in dem sie über ihren Vater spricht, der als Straßensänger im Zentrum, nah beim Pantheon, auftrat, und erzählt, dass sie und ihre Schwester, vier/fünf Jahre, ihn begleiteten. Ob sie vielleicht das kleine Mädchen mit den Kuscheltieren war? Ich stelle mir eine Talentübertragung mittels Koala vor. Ich übergebe den Staffelstab an diese weltberühmte Sängerin.

4

Um die Bedeutung von Livias Bitte, Massimo wiederzusehen, besser zu verstehen, müssen wir in der Zeit zurückgehen, folgt mir in die Zeit vor unserem jetzigen mittleren Alter, vor den Ehen, vor der Geburt der Kinder. Noch weiter zurück, dreißig Jahre zurück, das Erwachen aus dem Koma.

Erst klingelt das Telefon unentwegt, dann ist Schluss. Freunde, Verehrer sind verschwunden. Ich erinnere mich an Federicas Ausbrüche, ihr Zorn galt vor allem Massimo. Wo steckt er?, fragte sie empört. War er nicht verliebt? Niemand wird dich so lieben wie ich, schrieb er in den Briefen, die wir beim Durchstöbern von Livias Zimmer fanden. Liebeserklärungen, Bitten, was sonst waren diese schriftlichen Ergüsse, in denen er sie anflehte, es zu probieren, überzeugt, dass sie ein wunderbares Paar sein würden.

Schwätzer, Heuchler, schimpfte Federica, du missbrauchst sie, schwängerst sie (wie die Mutter feilte sie an einer Version der Schwester als Opfer, auf dass im Klinikbett eine Heilige und keine Schlampe liegen möge. Schwer, eine Schlampe zu beweinen, und hier musste man weinen). Er kotzt mich an, sagte sie.

Besonders nach seinem einzigen Auftritt, den ich selbst

miterlebt habe, weshalb ich heute Worte und Ausdrücke zitieren kann.

Zehn Tage nach dem Aufwachen kommt Massimo ins Krankenhaus und sorgt für Aufregung bei Livia, die sich aufsetzt, ihren Pyjama zurechtzupft.

Bleib liegen, sagt Federica.

Livias Haar ist nachgewachsen, wenigstens ist sie nicht kahl geschoren. Wir erinnern uns, dass es braun ist, daher der Schock, wenn man sie zum ersten Mal wiedersieht. Massimo hält jedenfalls den Blick gesenkt.

Ich hab kurze Haare, sagt sie.

Du siehst gut aus, murmelt er.

Schweigen. Was für ein Schweigen, käme Federica nicht zu Hilfe: Was Neues vom Abi? Themen?

Angeblich Pascoli.

Da unterbricht Livia die beiden und fängt an, vom Essen zu reden. Man esse hier sehr gut. Und was mag sie am liebsten? Am liebsten mag sie Schmelzkäse, sie ist verrückt nach Schmelzkäse.

Massimo erkennt in diesem Menschen nur mit Mühe die junge Frau wieder, in die er verliebt war. Dabei ist sie gar nicht so anders, körperlich geht es ihr besser als erwartet. Keine sichtbaren Spuren oder Entstellungen – bis auf die Narbe am Kopf, die schon wieder von Haaren bedeckt ist. Gesicht intakt – Nase, Mund, Oval, dieses leicht dreieckige Oval, das ihr das Aussehen des ewig jungen Mädchens verleiht. Wenn sie schweigen würde, könnte sie dann wie früher wirken? Das werde ich mich jedes Mal fragen. Im Abendkleid, auf dem Sofa liegend, in der Sonnenbank, auch mit der Sonnenbank wird sie wieder anfangen. Könnte sie als die Livia erscheinen, die wir alle sein wollten?

Verweilen wir bei den leeren Augen, den unkoordinierten Bewegungen. Lauschen wir der hölzernen Stimme – den Grund für eine solche Veränderung habe ich nie begriffen –, ein krächzendes Geleiere kindischer, manchmal unsinniger Wörter.

Nicht mal einen Augenblick, nicht mal auf einem Foto, sollte jemand sie fotografieren, könnte sie wie vorher wirken. Das Gehirn, von dem der Blick abhängt, hat das Licht gelöscht.

Und angesichts dieser Düsternis steht Massimo, als er es nicht mehr aushält, zwanzig Minuten, nachdem er gekommen ist, wieder auf. Er müsse leider gehen, sagt er, die Mutter erwarte ihn zum Abendessen. Ich komme bald wieder, verspricht er und schafft es nicht, den Blick vom Boden zu heben. Er zögert, weiß nicht, wie er sich von ihr verabschieden soll, sie haben sich doch vor Kurzem noch geküsst, er kam kaum los von ihr, stundenlang hätte er sie weiter küssen können, er bettelte um ihre Küsse, hielt sie fest für einen letzten Kuss, wir als Zeugen. Nun, jetzt im Krankenhaus, zögert er, zögert. Streckt die Hand aus.

Und dann geben die beiden – die noch wenige Wochen zuvor ohne Kondom vögelten – sich tatsächlich die Hand. Vielmehr reicht er ihr die Hand, und sie klammert sich daran fest. Wie zwei Fremde verabschieden sich Livia und Massimo voneinander.

Nicht weiter dramatisch, wenn Livia die von früher wäre. Wenn sie sich aufs Bett fallen lassen und sagen würde: Endlich ist er weg – die Livia von früher könnte das sagen. Und erleichtert aufseufzen, dass sie diesen Idioten los ist. Doch die Person von heute klimpert mit den Wimpern und fragt: Wie heißt der? Den Blick auf die Tür gerichtet, durch die er gerade hinausgegangen ist, den Blick ins Leere gerichtet. Er sieht toll aus, sagt sie.

In der Zeit nach dem Koma wacht Livia manchmal auf und ist in den Mann verliebt, den sie Wochen zuvor verlassen hat. Verachtet, gedemütigt hat. Die Chemie stimmt nicht, sagte sie und verzog genervt das Gesicht. Sein Schwanz ist klein.

5

»Lieber X, ich weiß nicht, ob du dich an mich erinnerst«, schreibe ich. Ich schwöre, dass ich das gerade tue, die bekannte Schriftstellerin, die sich nie dazu herablassen würde, von sich aus zu jemandem Kontakt aufzunehmen, schreibt an einen damaligen Jungen vom Schulhof.

Lieber X, schreibe ich, und der Name ist nicht so wichtig, ich schreibe dem ganzen Trupp, allen mit den hellen Augen, denen, die ich liebte, denen, die nicht mal wussten, dass es mich gab, wer ich war, die dicke Freundin von Federica, noch weniger, die konturlose Gestalt an der Seite von Livias Schwester. Im Handumdrehen kippe ich jahrelange Fantasien aus mir heraus, und was für Fantasien – Triumph, tausend Lichter: Ich antworte Bittstellern, gealterten Jugendlichen, Goffredo-Mameli-Gymnasium, Parioli, Rom; Lavinia wer? Ihr wollt, dass ich beim Crowdfunding zur Wiedereröffnung des Jagdclubs mitmache und gleich auch noch, wenn möglich, einen Artikel über diesen Skandal schreiben könnte?

Jahrelang genährte Fantasien, die ich hinter mir lasse, aus denen ich mich verabschiede. In denen ich auf einer Straße schrumpfe – nehmen wir mal an, sie sind zu einer Lesung gekommen und bitten mich am Ausgang um ein Autogramm –, und ich schrumpfe am Horizont, immer ferner, unerreichbar.

Heute dann die Umkehr: Lieber X – ich schreibe Massimos ehemaligem Klassenkameraden, der in meiner Erinnerung einer seiner besten Freunde war. Denn als ich in den Sozialen Medien Massimo *** eingebe, erscheint nichts, ich muss mir was einfallen lassen. Lieber X, selbiger X antwortet nicht. Dann eben Y, Z. Wer demütigt hier wen? – flüchtiger Gedanke. Als Einzige antwortet eine alte Freundin von Livia.

Natürlich erinnere sie sich an mich, sie habe mich auch im Fernsehen gesehen (endlich mal jemand, der an Kultur interessiert ist). Nach einem oberflächlichen E-Mail-Austausch erkundige ich mich nach Massimo und erfahre, dass er eine Zeit lang ein Maklerbüro für Luxusimmobilien betrieben hat. Sie habe keinen Kontakt mehr zu ihm, aber soweit sie wisse, sei er dann aufs Land gezogen und habe ein Antiquitätengeschäft eröffnet.

Er hat alle Brücken hinter sich abgebrochen, eine Art Einsiedler, wenn man bedenkt, wie er als Junge war.

Meine Antwort: ☹

Als ich Livia berichte, dass ich ihn gefunden habe, sitzen wir in ihrem Zimmer. Sie springt herum und ruft immer wieder: O Gott. Und dann: Hat er immer noch blaue Augen?

Ich erkläre, dass ich ihn nicht getroffen habe, ich wisse nur, wo er lebt, ich hätte sein Dorf auf Google Maps (immer wieder Google Maps) gesehen. Das will sie auch sehen.

All das ist herzzerreißend, im Lichte der Vergangenheit und auch sonst. Im Lichte der Vergangenheit und im Licht der Gegenwart, das durch das Fenster hereinkommt und auf sie scheint, eine Fünfzigjährige, die eingerollt auf dem Boden liegt und am iPad eine Ansammlung von Häusern, eine Piazza bestaunt – Finger auf dem Display, wie wenn sie die Orte berühren, ein einziger Finger sie da unten absetzen könnte –, das Bild vergrößernd, und sie vergrößert das Bild. Im Lichte der Vergangenheit und der Gegenwart, diesem Licht vom Fenster, das sie trifft, die Fünfzigjährige, Hände gefaltet, denn so betet sie darum, den Mann, den sie liebt, wiederzusehen, bring mich zu ihm. Sie lässt sich aufs Bett fallen: Sein Schwanz war riesig, sagt sie.

Obwohl die Eltern darauf bestanden, Livias Hauptproblem nach dem Unfall sei das Gedächtnis, im Übrigen sei sie normal, zeigte sich sehr bald das Gegenteil. Und zwar in ihrem Handeln, in der Sprache. Dabei meine ich nicht den Spleen, dass sie Zitronen vom Baum pflückte und verkündete: Die will ich kochen. Oder dass sie, ebenfalls zum Thema Kochen, einen Schwamm zuzubereiten versuchte, den sie für etwas Essbares hielt. Er sah aus wie ein süßes Gebäck, sollte sie sich rechtfertigen.

Ganz andere Sätze sorgten für Peinlichkeiten und stürzten Vater, Mutter und Schwester in einen Zustand, der nicht Kummer war, wie Federica mir zu erklären versucht hatte. Eine Art Vorahnung, sagte sie, ein Gefühl, dass sich etwas Schlimmes anbahnte.

So war es, wenn Livia ihren Vater fragte: Hey, Camillo, wie groß ist dein Schwanz?

(Damals nannte sie die Eltern beim Vornamen, fragt mich nicht, warum. Waren sie *alle anderen* geworden?

Konnte sie nur noch zwischen sich selbst und den anderen unterscheiden? Wie schwierig es ist, die Grenzen des eigenen Ichs zu ziehen.)

Hast du nachts einen Ständer, Camillo?, fragte sie lachend vor Außenstehenden, auch vor mir.

Der Vater hatte gelernt, das Thema zu wechseln, er lächelte scheinbar amüsiert, als ginge es um etwas Exzentrisches, sein exzentrisches kleines Mädchen. Ihn schien Livias Benehmen von allen am wenigsten zu schockieren. In der Zeit nach dem Koma hatten sich die Rollen vertauscht, wenn vorher seine Frau die Starke gewesen war, diejenige, die das Sagen hatte, war das jetzt er. Die Mutter hatte sich zugrunde gerichtet in ihrem Wahn, die Wahrheit über jene Nacht herauszufinden (erinnern wir uns an die Aufnahme. Darauf sagt eine der von ihr gesammelten Stimmen: »Livia war die Einzige in der Klasse, die Fragen gestellt hat. Als sie von meiner Pilgerreise nach Lourdes erfuhr, bat sie mich, ihr Weihwasser mitzubringen. Ich werde nie ihr Gesicht vergessen, als ich ihr das Fläschchen überreichte« – der Religionslehrer).

Also lächelte der selbstsichere Vater, der in sich ruhende Vater, er spielte herunter, ließ sich höchstens mal zu einer gutmütigen Bemerkung hinreißen: Red kein dummes Zeug. Kleines – so nannte er sie in solchen peinlichen Momenten –, iss fertig, Kleines.

Außer einmal an Weihnachten, als Livia ihr Geschenk auspackte – eine mit Steinen besetzte Brosche in Libellenform –, fragte sie: Was ist das, ein Schwanz? Außer bei dieser Gelegenheit wirkte er immer ruhig. An diesem Weihnachten ertappt Federica ihn, wie er auf der Terrasse in einer Ecke im Dunkeln sitzt. Sie tritt zu ihm, legt ihm die Hand auf die Schulter und fragt: Ist alles in Ordnung? Und er wischt sich, ohne sich zu ihr zu drehen, verstohlen – wenn auch nicht sehr verstohlen – über die Augen und antwortet: Alles in Ordnung.

Obwohl die Ärzte versichern, es gebe keinen direkten Zusammenhang mit dem Gehirnschaden, zeigt Livia eine Art sexueller Verwirrung. Wenn vor dem Unfall jeder sie begehrte, so war jetzt sie es, die jeden begehrte. Sie bot sich an: Lass uns ficken.

Auf den Schultoiletten, auf Partys. Bitte, flehte sie.

Ich zitiere wortwörtlich, was ich mit eigenen Ohren gehört habe. Ebenso die Antworten: Okay, aber nur blasen.

6

Bevor er aufs Land zieht, bevor er sich abkapselt, lange vorher ist Massimo der unbekümmerte junge Mann, wie wir ihn kennen. Dann kommt diese Nacht. Dann – warum, werden wir im Folgenden sehen – wird er nach Amerika geschickt, nach New York, er soll dort sein Studium fortsetzen, zumindest ist das der Plan.

Über diese Jahre – sechs, um genau zu sein – spricht er nicht gern. Er schreibt sich an der Universität ein und bricht im ersten Semester ab. Er besucht eine Kochschule und verlässt auch die bald wieder. Er habe nie Koch werden wollen, gesteht er ein, vielleicht Barmann. Er lebt in Ungewissheit, im Allgemeinen interessiert ihn die Zukunft herzlich wenig. Amerika, Italien, egal, wo.

Jahre, in denen er nichts spürt, egal, ob Schmerz oder Freude, auch keine sexuelle Lust. Er lebt über lange Zeiträume hinweg enthaltsam. Er ist gern zu Fuß unterwegs. Läuft bis Harlem, bis Brooklyn. Verirrt sich, er hat keinen Orientierungssinn. Findet den Weg zurück nach Hause, wenn auch Stunden später. Isst amerikanisches Essen. Hotdog auf der Straße. Er geht in Fast-Food-Läden, die nachts geöffnet haben.

Die Mutter bittet ihn am Telefon eindringlich, nicht zu trinken. Die Familie hat Angst, er könnte Alkoholiker werden, schlimmer noch: drogenabhängig. In Wahrheit trinkt er Cola, und wenn jemand ihn sehen könnte: ein einsamer junger Mann, der langsam immer dicker wird, unterwegs in der Stadt, im Park. Würde jemand sein Zimmer betreten, fände er Dutzende leerer Dosen vor. Wie kommt es dazu, vielleicht hat es mit der Lebenseinstellung eines allein lebenden jungen Mannes zu tun, dass er sich immer mehr gehen lässt, die Körperpflege vernachlässigt, nicht auf sich achtet. Schon lange hat er sich nicht mehr die Haare schneiden lassen. Und der Bart? Als könnte die Mutter ihn sehen, in den zerknitterten T-Shirts, fragt sie misstrauisch: Bringst du deine Sachen auch in die Wäscherei?

Ja, antwortet er am Telefon vom anderen Ende der Welt.

Über diese wirren Jahre gibt es wenig zu sagen, oder zumindest nichts Denkwürdiges. Ob er jemals an Livia gedacht hat? Nein.

Was nicht ganz falsch, aber auch nicht ganz wahr ist.

Livia taucht wieder auf. Bei Nacht, bei Tag.

Die Livia, die zurückkommt, ist allerdings die siebzehnjährige Blondine, die nicht mehr existiert, sodass Massimo die beiden voneinander trennt, als wären sie verschiedene Personen.

Als er nach Italien zurückkehrt, sind seine Eltern geschieden, der Vater hat eine neue Freundin. Die Mutter wiederum kauft zum Zeichen der Wiedergeburt ein Haus auf dem Land. Mein Refugium, so nennt sie es. Sie hat vor, Blumen zu pflanzen, Gemüse anzubauen.

Wie stolz der Sohn auf diesen Kampfgeist ist, auf diese Frau, die sich wieder aufrappelt und der er selbst sich anvertraut hat, von der er sich hat führen, sogar mitreißen lassen – wer hat ihn denn nach Amerika geschickt? Welches Ende hätte er in Italien genommen? Er weiß noch, wie eines Morgens die Tür aufgestoßen wurde – vielleicht war es auch früher Nachmittag, er hatte die Angewohnheit, bis spätnachts an einem Videospiel zu sitzen und tagsüber zu schlafen –, wie die Tür aufgestoßen wurde und die Mutter hereinstürmte, die Fenster aufriss und sagte: Steh auf. Sie sagte: So kann es nicht weitergehen. Du nimmst Schuld auf dich, die nicht deine ist. Entschieden erklärte sie ihm die Notwendigkeit, Rom zu verlassen, Tabula rasa zu machen. Neue Freunde, Liebschaften.

Das war die tiefe Natur der Mutter-Sohn-Beziehung, ein gemeinsames Bewusstsein, das an Distanz gewöhnt und doch vereint ist. Bewusstsein und Körper: Ist er schwach, springt sie ein, und umgekehrt.

Zurück in Italien, hilft Massimo daher bei der Renovierung des kleinen Gutshofs mit, wobei er sich besonders um alles ringsum kümmert. Die Mutter will Obstbäume pflanzen, sagt er, vielleicht Oliven – weißt du, wie lange ein Olivenbaum durchschnittlich lebt?

Da steht er und beobachtet den Arbeiter, der den Boden mit der Planierraupe einebnet.

Da steht er, dick geworden vom amerikanischen Essen, durch das er dreißig Kilo zugenommen hat, falls das allein an der Ernährung liegt. Wortkarg, ohne das Zupackende und den Enthusiasmus der Teenagerzeit. Da steht er an einem Frühlingstag, als er in der aufgeworfenen Erde etwas Weißes entdeckt.

Sein Blick als Laie genügt, um zu wissen, dass es keine Tierknochen sind.

Massimo ist neunundzwanzig Jahre alt, als er die menschlichen Überreste findet, und er ist aufgrund irgendeiner Eingebung überzeugt, dass sie zu einem Mädchen gehören. Er kniet sich hin, um sie sich genauer anzusehen. Und nach Jahren der Leere eine Art Schauer, ein Gefühl von Größe, Neugier, Erregung. Der Wille, es vor seiner Mutter geheim zu halten, um sie nicht zu verstören, erste Kehrtwende der Beziehung, in der bisher sie ihn geschützt hat*.

Wo war ich, als Massimo die Knochen fand. An der Universität, mitten in den letzten Prüfungen, vielleicht kurz vor dem Uniabschluss, das Jahr, in dem ich leicht war. Das Äußerste an Magerkeit im Verhältnis zum Knochenbau, erklärte mir der Ernährungsberater, den ich fragte, warum ich nicht weiter abnahm. Das Jahr, in dem ich beschließe, flach zu werden. Wie viel wiegen die Brüste? Im Abnehmwahn – zwei, drei Kilo, zack: drei Kilo auf einen Schlag. Es gibt Menschen auf der Welt, die sich eine Rippe entfernen lassen, um dünner zu erscheinen. Entfernt mir Rippen, Brüste, operiert mich. In dem Jahr schlüpfe ich bei einem Haus am Meer, in dem ich wohne, zwischen den Gitterstäben des Gartentors hindurch, nachdem die Eigentümerin den Schlüssel drinnen vergessen hat.

---

* All das wird Massimo mir erzählen. Wann und wo? Nur Geduld. Ich sage nur, dass ich, während er redet, die Bettdecke hochziehe und die Augen schließe.

Ich schlüpfe zwischen zwei Gitterstäben hindurch und bin auf der anderen Seite. Ihr Jenseits, und ich bin das erste Mal im Leben diesseits, noch bevor die Umstände so sind, dass ich Bühnen betrete, in Mikrofone spreche, in Kameras blicke und sage: Nein, keine Angst, meine Berühmtheit zu verlieren. Und das wird gelogen sein.

Nach dem Gartentor nehme ich wieder zu. Es kehrt der Wunsch zurück, gleich große Brüste zu haben, nicht, sie loszuwerden, und nein, eine Rippe würde ich mir ganz bestimmt nicht entfernen lassen.

Apropos Knochen, ein Sprung in die Zukunft: Irgendwann gibt die Familie Orlandi es auf, Emanuela lebend finden zu wollen. Nachdem sie auf eigene Kosten private Nachforschungen angestellt hat, denen zufolge Emanuelas Gebeine sich – nach glaubwürdigen Hinweisen – möglicherweise auf dem deutschen Friedhof Camposanto Teutonico befanden, bittet die Familie um die Öffnung von zwei bestimmten Gräbern, wir sind im Jahr zweitausendneunzehn, elfter Juli. Den oben erwähnten Hinweisen zufolge wird vermutet, dass Emanuelas sterbliche Überreste dort versteckt sind.

Öffnung der Gräber, das Unvorstellbare.

»Bei der Inaugenscheinnahme des Grabes von Prinzessin Sophie von Hohenlohe wurde eine große, leere unterirdische Kammer von etwa 4 auf 3,70 m entdeckt. Anschließend wurde auch der zweite Sarkophag geöffnet, das Grab von Prinzessin Charlotte Friederike zu Mecklenburg. Im Inneren fanden sich keine menschlichen Überreste. Die Familien der beiden Prinzessinnen wurden über das Ergebnis der Untersuchungen informiert«, erklärt der Leiter der Pressestelle im Vatikan.

Von da an gibt es drei Familien, die nach Gebeinen suchen. Gebeine von Prinzessinnen, von Studentinnen. Verloren gegangene, entwendete Gebeine. Zu wem gehörten die Knochen, die Massimo gefunden hatte. Das ist nicht so wichtig, zumindest nicht in dieser Geschichte, in unserer kleinen, wahren Geschichte, die nicht die eines Landes ist, die nicht ein Volk oder eine Generation betrifft, sondern nur ganz wenige Menschen, vor allem Frauen. Wir tun so, als hätte an diesem Tag vor vielen Jahren der Ex-Adonis, der Junge vom Schulhof, die Knochen von allen gefunden. Wir sind nichts weiter als ein Haufen Knochen, liebe Mädchen.

7

Thelma und Louise, Bonnie und Clyde, Musik aus dem Radio. Jugend, sieht so nicht genau das aus, was der Jugend seit zwanzig Jahren am nächsten kommt? War das nicht der Traum von uns als Mädchen, einfach losfahren, Ziel unbekannt, auch wenn diesmal das Ziel bekannt ist, aber verlasst euch nicht darauf. Wir wissen nicht genau, was uns erwartet.

Der blonde Kopf an meiner Seite wird dunkel und leuchtet auf mit der Sonne, die mal direkt, mal schräg durchs Fenster scheint.

Lehn dich nicht raus, sage ich wieder.

Das eng anliegende Kleid und das Parfum, so viel Parfum erfüllt den Innenraum, lassen mich zweifeln. Wer würde sich schon so sorgfältig vorbereiten, nur um dem Geliebten hinterherzuspionieren? Weiterer Riss in Livias Gehirn, wir gehen Riss für Riss vor: Die Fantasie gilt als Erfahrung. Und in der Fantasie sehen sie sich, berühren sie sich. Also, liebe Leserinnen, liebe Leser, lassen wir die Leinen der Realität los, laufen wir Livia hinterher in ihre glückliche Welt. Folgen wir ihr auf den Parkplatz der Autobahnraststätte, wo wir Pause machen, und bleiben wir drin mit ihr zwischen den Bonbonregalen vor der Kiste mit den Plüschtieren stehen, nehmen wir eines heraus, drücken es an unsere

Brust, legen es zurück (die Verliebten und die Kuscheltiere).

Von hinten betrachtet, ist sie eine Gestalt, die zwischen den Tischen, in den Toiletten, dann wieder auf dem Parkplatz herumflattert, die Haare vom Wind zerzaust. Was bedeutet es, mit fünfzig herumzuflattern: sich den Wind um die Nase wehen lassen, die Augen halb geschlossen. Und ich gleich mit, an der Raststätte an der A1, Höhe Orte, lasse ich alles zurück, Anita, Frust, Erwartungen. Wer sind wir, wohin fahren wir. Wir sind zwanzig Jahre alt, sechzehn, das Mädchen ohne Mantel, das unzeitgemäße Mädchen läuft zu dem Unkrautstreifen. Sie bückt sich, und ich, eingemummelt in den blauen Mantel, immer wieder der blaue Mantel, sage: Nicht pflücken. Unbeachtet verharre ich wenige Meter von ihr entfernt, als sie sich mit einer Blume in der Hand aufrichtet. Schau, sagt sie. Als wäre sie etwas Besonderes, dabei gibt es Dutzende gleiche Blumen, man müsste sich nur umschauen.

Wir wollen uns nicht umschauen. Vertrauen wir uns Livia an, betreten wir ihre Zeit, staunen wir über die Blume, als wäre sie ein Wunder.

Fragt mich nicht, warum ich das alles tue, oder fragt mich, dann sage ich euch, dass es einen Grund dafür gibt. Etwas Tiefes, das sich in die Nacht duckt.

In Moment jedoch durchdringt uns die Sonne, und wir betreten das Dorf, das wir auf Google Maps gesehen haben – könnte das unser Film sein?

Ein Dorf, das ich aus Diskretion nicht nenne (denkt dran: Das hier ist eine wahre Geschichte). Einhundertneunzig Kilometer von Rom, auf sechshundert Metern Höhe.

Es gibt nur eine Piazza, und so ist der Laden, in dessen Nähe wir Stellung beziehen, leicht zu finden. Dreizehn Uhr. Ich habe mich für eine lange Wartezeit gewappnet und Essen und Trinken von zu Hause mitgebracht (was ich sonst bei Reisen immer vergessen hatte, sodass die kleine Anita auf der Autobahn jammerte – ich habe Hunger, ich habe Durst –, und der Vater an der Raststätte halten musste, und ich wartete im Auto, die zerstreute Mutter, die immer woanders war. Mit dem Kopf woanders, depressiv).

Livia weigert sich zu essen und verrät mir, dass sie seit gestern Abend nichts zu sich genommen hat. Sie braucht etwas in den Magen, sonst wird ihr auf dem Rückweg womöglich schlecht, ob sie etwa meine Sitze schmutzig machen wolle?, sage ich.

Fragt mich ruhig, warum ich das alles tue. Warum ich zig Kilometer fahre, wo ich es sonst vermeide, zu fahren, ich sitze sehr ungern am Steuer, aus welchem Grund ich für eine Verrückte, eine klinisch Verrückte, einen ganzen Tag vergeude, unsinnigen Wünschen nachkomme, anstatt die Frau zur Räson zu bringen, Vernunft walten zu lassen, ihr zu sagen: Das geht nicht – um emotionale Erschütterungen zu vermeiden, Konsequenzen, was könnte ihr wohl einfallen? Was könnte sie sich antun, und Massimo? Stellen wir uns vor, sie verfolgt ihn, beginnt, ihn zu belästigen.

Aus welchem Grund habe ich das alles nicht verhindert, wie jeder ihr nahestehende Erwachsene es getan hätte. Meine Gedanken, während sie sich zu essen weigert, ihr Magen ist wie zugeschnürt. Stattdessen – krächzt sie – wolle sie wieder anfangen zu rauchen, und ich frage nicht, wann sie angefangen und aufgehört hat, ich kann mich nicht erinnern, sie jemals rauchen gesehen zu haben. Rauchen verleihe einem etwas Geheimnisvolles, und ob wir gleich welche kaufen könnten? Da hänge doch so ein Ding – sie hält einen Defibrillator für einen Zigarettenautomaten.

Ich frage sie noch mal, ob sie sich an die Abmachung erinnert.

Zwar beteuert sie, im Verborgenen zu bleiben, aber ich fürchte, sie wird sich nicht daran halten. Sie wird auf Massimo zugehen, er wird sie erkennen, nicht auf den ersten Blick, sie sind älter geworden, er erkennt sie und wird böse, er wird sie grob zurückweisen, sie hat sein Leben zerstört. Denn Opfer des Unfalls war nicht nur Livia. So viele Opfer im Parioli-Viertel, Rom, wir.

Denn sind – und das ist meine persönliche Vermutung, für die ich die volle Verantwortung übernehme – Massimos Rückzug aus der Welt, die Einsamkeit (er war nie verheiratet, wie ich erfahren habe) nicht vielleicht die Folge eines Traumas? Etwas, wovon er sich nicht erholt hat, weswegen für den Rest seines Lebens Hass in ihm schwelt, ja, kann sein, dass er Livia hasst. Bestimmt hasst er sie, denke ich jetzt erst, zu spät. Was könnte passieren, wenn sie sich nicht an die Abmachung hält?

Im Radio Liebeslieder. Plötzlich Sehnsucht nach dem vorletzten Liebhaber, ich muss ihn anrufen. Alles, nur damit ich von diesem Ort wegkomme, damit es Abend wird. Neben mir Livia, blond, sehr blond, Marilyn.

Marilyn Monroe stirbt am 5. August 1962 in Los Angeles. Suizid. Doch bevor sie stirbt, lange vorher, erleidet sie vierzehn Abtreibungen und Fehlgeburten. Sie weint, sie streitet. Sie hat häufig entzündete Nasennebenhöhlen. Sie macht Liebe, wird schwanger, verliert Kinder.

Lass uns wieder fahren, sage ich im Auto, als ein korpulenter Mann die Piazza überquert.

Das ist er, strahlt Livia.

Nie und nimmer.

Hundertprozentig.

Der Typ erreicht den Laden. Schließt die Tür auf.

Das ist jemand, der dort arbeitet, sage ich.

Wenige Augenblicke später taucht der Mann wieder in der Tür auf, sodass er von vorn zu sehen ist.

Aufgedunsenes Gesicht, die Konturen zum Kinn hin hängend, alles geht ineinander über und wird vom Bart kaschiert, der eine Linie bildet, wo keine ist. Aufgedunsenes Gesicht, vorstehender Bauch.

Er schaut genauso aus wie früher, sagt Livia über diesen auseinandergegangenen, gealterten Menschen, der so weit weg ist von dem Jungen, der er mal war, sie aber sieht den Jungen, und sie ist die Einzige, die ihn sieht.

Er setzt sich auf die Bank und holt das Handy hervor.

Während wir in unserem Versteck sitzen und ihn anstarren, schauen, was von dem Prachtexemplar, dem Adonis der Schule übrig ist. Wir betrachten die Vergangenheit, den Wiederschein von etwas, das es nicht mehr gibt.

Livia gehorcht, kein Fluchtversuch. Sie sitzt zusammengekauert da, wie um sich klein zu machen, so klein wie möglich, und wischt sich über die Augen.

Nicht weinen, sage ich.

Mein Herz klopft so, sagt sie und legt die Hand auf die Brust, rein zufällig auf die richtige Seite – fühl mal. Und sie nimmt meine Hand und legt sie auf ihr Herz, diesmal auf der falschen Seite. Und ich sage aus Freundlichkeit: Es klopft wie wild.

Inzwischen belebt sich die Piazza. Ein Grüppchen Alte auf der Bank, eine Frau an der Bar, ein Mann im Overall. Nachmittag eines x-beliebigen Tages in einem Provinznest, ich stelle mir vor, wie die Tage alle gleich ablaufen. Der Himmel zieht sich zu, dichter Regen, Sommer, das trockene Laub vom Wind aufgewirbelt, Herbst, Winter, der Abend senkt sich herab.

Livia bittet inständig: Bleiben wir doch noch ein bisschen. Und wir bleiben – schweigend, bestürzt, eine Art Wache, und sie schwankt nicht. Sie bettelt nicht darum, zu ihm gehen zu dürfen, nur um ihn besser sehen zu können, nein.

Es genügt ihr, dass sie ihn gefunden hat. Ihr Herz klopft wie wild, egal, auf welcher Seite es ist.

Ich spüre meinen Herzschlag auch ein bisschen beschleunigt. Massimo von hier vorn zu beobachten, ist wie der Abdruck einer fernen Zeit und fördert vergangenes Herzklopfen zutage, so viel Herzklopfen. Wir hatten Herzklopfen in den Fluren, auf den Treppen, hinter Türen versteckt, heimlich, verstohlen. Für kurze Zeit hast du

Massimo geliebt, spul das Band zurück, Schriftstellerin. Du hast ihn geliebt wie die anderen tollen Typen an der Schule auch, die dich mit einem simplen Hallo nach oben befördert hätten. Die Welt damals war eine Pyramide, und du warst ganz unten.

Rekapitulieren wir: Aus der Provinz stürzt du dich in die Stadt, nach Rom, Parioli-Viertel, und du bleibst nicht unbemerkt. Koala, Make-up. Eine Fratze, werden sie hinter deinem Rücken sagen. Du fühlst dich verloren, insgeheim rufst du nach der Mama, bei jedem Schritt Mama, außer wenn du sie dann vor dir hast und schlecht behandelst: Warum hast du mich hierher verpflanzt? Ich weine, verlange Wiedergutmachung. Lass mich wie die anderen sein, eine Millionärin wie alle anderen, Mama. Entschädigung wird es keine geben, im Gegenteil, ich bemerke nur Zeichen von Verfall – was ist aus uns geworden, wo werden wir enden. Wir gehen in der Via del Corso shoppen (war das die Geschichte mit der Umkleidekabine? Mit der Missgeburt?). Via del Corso, Mittagessen bei McDonald's, und ich Schriftstellerin, Keim der Schriftstellerin, fühle, wie die Unsicherheit explodiert, wie der Klumpen Identität, der ich war, zerknallt, tausend Stücke von mir, Neutronen, Elektronen, wir sind arm geworden.

In dieser Seelenverfassung betrachte ich die Jungs vom Mameli-Gymnasium. In diesem Aufwind liebe ich. Die Liebe wird es sein, die mich der Form, nicht dem Wesen nach zur Millionärin macht, die ich sein will – gebt mir ein Penthouse, einen Schwan. So habe ich Massimo und hundert andere im Blick.

Ich träume von Massimo, schiebe ihn beiseite: unmögliche Liebe. Dabei ist es eigentlich keine Liebe, sondern eher undifferenziertes Hingezogensein zu einem von ihnen. Ich begehre jeden Jungen an der Schule und hoffe auf einen zufälligen Blick. Normal also, dass ich mich heute nicht an jeden einzeln erinnere, sondern an alle zusammen, als Heer. Stürmisch, lärmend, die Jungs vom Mameli-Gymnasium rannten die Treppen rauf und runter und knallten mit den Türen. Mehr Herde als Heer. Eine polternde Herde von Jungs, du hörtest sie kommen. Und wenn du nicht aus dem Weg gingst, wurdest du niedergetrampelt.

8

Ich bringe Livia also zu dem Schuldigen. Ich setze die bisherige gesellschaftliche Ordnung aufs Spiel, wir spulen das Band zurück und stoppen diesmal an der Stelle nach dem Unfall, als die Mutter, erleichtert, dass die Tochter gerettet ist, partout den Schaden nicht sehen will, und, einfach um ihn nicht zu sehen, alle ihre Gedanken auf die Ursache konzentriert. Sie glaubt nicht an einen Unfall, Livia, die bei einem Fluchtversuch das Gleichgewicht verliert, und ist überzeugt, dass in dieser Nacht jemand bei ihr war. Jemand, der sie gestoßen hat. Sie verlangt die Telefondaten, sieht die letzte Nummer, mit der ihre Tochter telefoniert hat, was Massimo verschwiegen hat, wir erinnern uns, dass er in der Schule auf dem Gang geschworen hat, er habe seit Monaten nichts von Livia gehört.

Angst, Feigheit. Achtzehn Jahre, Massimo ist erst achtzehn, und was passiert, ist gewaltig (in einer Zeit der Entführungen, Emanuela Orlandi nie wieder aufgetaucht).

Wenn er darin lügt, lügt er in allem. Er ist in dieser Nacht das Gerüst hinaufgeklettert, er hat Livia gestoßen. Aber nachdem es weder Beweise für seine Anwesenheit noch Zeugen gibt – seine Eltern beteuern, er sei zu Hause gewesen und habe geschlafen –, kann er nicht zur

Rechenschaft gezogen werden. Also erstattet Livias Mutter Anzeige wegen Anstiftung zum Selbstmord.

Jenseits des Rechtsweges, der nirgendwohin führt, setzt sie zudem in der Öffentlichkeit eine Rufmordkampagne gegen Massimo in Gang und einen immer detaillierteren Bericht über die fragliche Nacht in die Welt, demzufolge er sich auf der Terrasse befindet und sie, die Mutter des Opfers, ins Wohnzimmer kommt und den Schatten erkennt, aber an eine der üblichen Glanznummern der Tochter denkt und sich wieder ins Bett legt.

Motiv (ebenfalls in der Öffentlichkeit): Massimo sei sauer auf Livia, weil sie mit ihm Schluss gemacht habe. Er könne das Ende der Beziehung nicht akzeptieren. Die Telefondaten zeigten, dass er allein im letzten Monat Hunderte Male angerufen habe.

Sie ist so felsenfest von ihrer Version überzeugt, dass sie nicht der Lüge bezichtigt werden kann. Sie ist keine Frau, die, wem auch immer, zu schaden beabsichtigt, sondern eine Mutter, die fest entschlossen ist, nicht hinzuschauen.

Sie stellt auf eigene Faust Nachforschungen an, jemand oder etwas muss doch Hinweise gegen Massimo liefern können, eigentlich sind es – dieses Gefühl hat man, wenn man sich das Material anhört – Nachforschungen zu Livia. Die Rekonstruktion einer Tochter, die sie nicht kannte, Stück für Stück.

Sie sucht nach Personen, vor allem nach dem Mann vor der Schule. Sie nimmt die Aussagen mit einem kleinen Aufnahmegerät auf – das ist das Band, liebe Leser und Leserinnen –, will den Ermittlern, die in ihren Augen nicht gründlich genug ermitteln, Beweise liefern. Sie befragt sogar Freunde, Bekannte, alle, die Livia begegnet sind, auf einer – wenn man sich das heute anhört, eben, denn irgendjemand wird es sich anhören – unsinnigen Suche. Als Federica nach ihrem Tod die persönliche Habe der Mutter ordnet, findet sie die Kassetten, sechsunddreißig insgesamt, und die Zahl zeugt von der Verzweiflung einer Mutter, die immer so kühl gewirkt hat.

Was für ein Abgrund an Schmerz hinter den sechsunddreißig Kassetten, hinter der Meute von Geistern. Die Kassetten sind nicht katalogisiert, nirgendwo tauchen die Namen der Befragten auf. Stecken wir eine ein, *play*: eine Explosion von Stimmen, die sich ins Leere hinein aneinanderreihen.

»Da waren Schnitte auf ihrer Kopfhaut, kleine Schnitte.« Eine Frauenstimme. »Ich sagte ihr, sie darf sich nicht kratzen, das war ein nervöser Tic, ich sagte, hör auf, denn wenn sie weitergemacht hätte, wäre sie kahl geworden. Ich sagte: Livia, willst du hässlich werden?«

Die Hartnäckigkeit der Mutter – Verleumdung und Nachforschung – führt zu einer Gegenanzeige der Familie von Massimo, der, wie wir wissen, nach Amerika geschickt wird.

Das war der Krieg, der die beiden Familien beseelte. Auch wenn er rechtlich ein Schlag ins Wasser war, die Bitterkeit blieb.

Wir können nicht wissen, ob Massimo unter anderen Umständen in Livias Leben noch mal aufgetaucht wäre. Tatsache ist, dass die beiden sich aus den Augen verlieren. Die letzte Begegnung findet im Krankenhaus statt.

Wenn man es recht bedenkt, beeinflussen sich ihre Leben wechselseitig entscheidend, wenn auch auf entgegengesetzte Weise. Für Livia funktioniert der Gedanke an ihn wie eine Fata Morgana, die Liebe, die zurückkehren kann.

Und nach dreißig Jahren kommt sie tatsächlich zurück, eine Vision in der Ferne, der Mann im Licht eines Nachmittags, im Licht eines Abends.

Die Liebe, die dank mir zurückkehrt – warum tust du das, du Provinzschriftstellerin? Im Namen wovon?

Vertrauensbeweis, Wiedergutmachung. Mitleid.

Der Abend legt sich auf die Piazza, und wir in unserem Versteck, fröstelnd, zieh den Mantel an, sage ich, und sie schüttelt den Kopf.

Im Namen wovon, in wessen Vertretung?

Wer bin ich, der einzige erwachsene Mensch. (Hast du dich jemals als Erwachsene betrachtet? Auch in der Schwangerschaft, bei der Geburt, hast du dich da etwa als Erwachsene gesehen? Sei ehrlich. Oder hast du das Neugeborene dem Vater nicht vielmehr in die Arme gelegt, weil du Angst hattest, dir selbst würde es herunterfallen?)

9

Der Grund, warum ich einer behinderten Bekannten mit Gedächtnisschwund, die mir gegenüber niemals Dankbarkeit wird empfinden können, Zeit widme (Riss in Livias Kopf: Beim Abendessen hat sie vergessen, was sie mittags gegessen hat).

Der tiefere Grund, warum ich mich für einen Menschen quäle, der auch in der Vergangenheit nichts Gutes für mich getan hat. Kannst du dich an einen einzigen Moment erinnern, in dem sie nett gewesen wäre? An einen Augenblick, in dem sie dir einen Blick geschenkt hätte – ihr Blick ging, flog über dich hinweg.

Du bist nicht mal sicher, ob sie deinen Namen noch weiß, einmal hast du ihre Antwort aufgeschnappt, als ihre Mutter fragte, wo Federica sei: bei der Dicken. Sie meinte dich.

Erzähl nur, wie du sie mal zufällig getroffen hast. Sommer, Kino, sie mit einer Gruppe Freunden. Du im Sessel versunken, damit dich niemand sieht, du auf dem Weg zum Ausgang versuchst, Abstand zu der Pennerin zu halten, damit niemand auf die Idee kommt, ihr gehörtet zusammen, bereit, sie zu verleugnen (diese Frau meine Mutter?). Und Livia braungebrannt, nackte Beine, lange Beine. Livia blond. Livia, die dich im Vorübergehen nicht grüßt – sie sieht dich nicht oder erkennt dich nicht. Wer bist du schon außerhalb deines Umfeldes? Wer bist du, wenn du nicht mit Federica zusammen bist? Ich existiere, dachte ich auf dem Nachhauseweg vom Kino. Ich existierte und wälzte mich im Bett. Ich existierte und schlief ein. Nein.

Und die Pennerin wurde verinnerlicht.

Kannst du also in aller Aufrichtigkeit sagen, dass diese Nacht, viele Nächte nach der im Kino, in der Nacht von Geheul und Gebrüll, 23. Oktober 1988 – Hand aufs Herz: Kannst du sagen, reglos stehen zu bleiben sei keine Rache gewesen? Kannst du in deinem Unbewussten oder in deinem schlechten Gewissen sagen, dass es in dieser Nacht, in der alle darum wetteiferten, da zu sein, sie waren aber nicht da, und du warst da, keine bewusste Entscheidung war, das blonde Mädchen gehen zu lassen, dünne Beine, lange Beine?

Auf der Terrasse der rosa Villa, du diesseits der Fenstertür, sie jenseits, kannst du da behaupten, es sei eine Frage von Augenblicken gewesen, von mangelnder Geistesgegenwart, dass das Mädchen abgestürzt ist?

Kannst du schwören, dass nicht die Ausgegrenzte, die Dicke sie hat gehen lassen? Bist du bereit, das zu schwören, Hand aufs Herz – links/rechts?

Eben das bin ich, liebe Leser, liebe Leserinnen. Der Mensch, der in jener Nacht gesehen hat, wie Livia sich von der Brüstung stürzt – kein Unfall, kein geheimnisvolles Wesen, das sie gestoßen hat. Die Schönste der ganzen Schule, der Traum aller wollte sterben. Und ich habe es nicht verhindert.

Nach dieser Offenbarung erschließt sich der Sinn dieser Geschichte – fandet ihr sie unlogisch? Eine ebenso nostalgische wie vage Jugenderinnerung? Ich danke allen, die es bis hierher geschafft haben, bis Seite 220 – hoffentlich viele, sehr viele, gestattet mir, dass ich mich operieren lasse. Habt Mitleid mit dieser Frau, die sich als die größte lebende Schriftstellerin präsentiert hat, als das gestörte Landei, das es schafft, es bemüht sich und schafft es, Applaus. Verzeiht die Gemeinheit, euch weiszumachen, es handle sich um eine Geschichte von Rache, eine erbauliche Geschichte von Ermutigung für alle – die Einfachen, die Armen –, dabei ging es um etwas Persönliches, um eine private Geschichte von Sühne. Kein guter Mensch erhebt sich aus der Asche der berühmten (sechs Monate lang berühmten, dann in Vergessenheit geratenen) Schriftstellerin. Schluss jetzt mit der Mystifizierung, es spricht die Gescheiterte – und weiter zurück, in die Vergangenheit: die Schuldige. Es ist unnütz, Entfernungen und Zeitpunkte festzumachen, oder ob es möglich gewesen wäre, Livia aufzuhalten, geistesgegenwärtig nach ihr zu greifen.

Vor allem für mich, für das, was sich zu meinem Bedauern in diesen Jahren im Bewusstsein gebildet hat.

Eine dichte Masse im Bauch. Ein Klumpen von drei, fünf Kilo, das Gewicht eines Neugeborenen, der eines Tages herauskommen würde – die heraufbeschworene Explosion war innerlich, war etwa Anita meine Explosion?

Weglassung, Lüge.

Ich wusste zum Beispiel, dass Massimo in dieser Nacht

nicht da war und Livia von sich aus auf die Brüstung gestiegen ist. Ich habe es immer gewusst, und ich hätte Massimo entlasten können: Wie wäre sein Leben verlaufen?

Wie wäre Livias Leben verlaufen, wenn ich, anstatt zu zögern, in die Hose zu machen, mich auf sie gestürzt, sie an mich gezogen, sie festgehalten hätte?

Und deines, wie wäre dein Leben verlaufen? Welches Schicksal? Wärst du Schriftstellerin geworden, Schriftstellerin? Reporterin?

10

Notizen für die Reportage:

Auch Luisa – 17 Jahre, Menü C – sagte, es gehe ihr sehr gut (Gewicht 42 kg, Größe 1,60). In Wahrheit erinnert sie sich kaum mehr an diese Zeit, ein Jahr ist es her, aber es kommt ihr vor wie ein Jahrhundert. Sie erinnert sich an die Kälte. Im Winter, im Sommer, alle kurzärmelig, sie mit Jacke. »Als würde ich nie zur Jahreszeit passen«, sagt sie. Sie klebte ein ganzes Schuljahr am Heizkörper, doch der wurde im Mai ausgeschaltet, und sie bekam Angst. Eines Morgens wurde sie ohnmächtig, aber daran erinnert sie sich kaum. Sie weiß noch, dass sie die Augen aufgeschlagen hat und Leute um sie herum waren, sie weiß noch, was sie gesagt hat, ein einziges Wort. In der Schule fühlte sie sich in Gefahr, zu Hause fühlte sie sich in Sicherheit. Fön, um Hände und Füße zu wärmen, lange und sehr heiß duschen. Dann weiß sie noch – ebenfalls eine klare Erinnerung, eine der wenigen an das vergangene Jahr, diese ferne Zeit –, dass der Heizkessel kaputtgeht. Wie das Wasser plötzlich kalt wird und sie sich nicht bewegen kann und einfach nur weint. Sie weint unter der eiskalten Dusche, bis die Mama kommt. Und dieses Wort sagte sie, als sie aus der Ohnmacht erwachte, vor allen, Männern, Frauen, Lehrern, das erste Wort: Mama.

In der Klasse ist ein Mädchen, die ihr wie sie selbst vorkommt, als sie fett war, sie isst all das, was sie früher, vor einem Jahr, auch gegessen hat. Luisa tut sich mit ihren Klassenkameraden zusammen und macht sich über sie lustig, denn indem sie dieses Mädchen ausgrenzt, hält sie das lächerliche Wesen, das sie selbst mal war, auf Abstand. Sie würde sie am liebsten nicht mehr sehen, sie soll die Schule, die Stadt wechseln. Luisa sieht sie an und denkt, sie ist ihr Ebenbild, und sagt: »Ich nehme das Klassenfoto in die Hand und täusche mich jedes Mal. Ich verwechsle mich mit ihr.«

11

Sechster März Menopause, zwanzigster April Ende von Anitas TV-Erfahrung. Achtundzwanzigster Mai, merkt euch dieses Datum, es wird später Frühling sein, und die Mandelbäume verblühen allmählich.

Jetzt ist Anfang April, die Mandelbäume blühen, der Liebhaber vögelt mich in der Toilette einer Bar. Na ja, vögeln. Er lässt die Hose runter, kommt in meinem Mund, ich wollte dich so sehr, sagt er. Ich beginne, ihn zu lieben. Wer weiß, wann wir uns wiedersehen, das nächste Mal will ich dich in mir haben – sage ich leichtsinnig, als wäre ich keine Frau in den Wechseljahren. Lasst uns nicht darüber nachdenken, lasst uns den Augenblick leben, solange wir können, bis mich jemand entlarvt. Die Energien auf Sex und Arbeit konzentrieren, das ist der Plan, aber da ist Livia, die Nachrichten schickt, die anruft.

Sie lädt mich zu sich ein, lass uns einen Film anschauen, bleib über Nacht. Dann bleiben wir auf. Wollten wir mit fünfzehn nicht bis zur Morgendämmerung aufbleiben, zum Zeichen der Selbstständigkeit, des Erwachsenenlebens, das sich vor uns auftat?

Ich bin ihr Alibi, wenn der Vater sie in meiner Gesellschaft weiß, ist er beruhigt, er vertraut mir.

Ich wehre mich, die Verantwortung siegt über die

Schuld. Ich kann nicht, sage ich, ich muss Material für mein Buch sammeln. Ich habe vor, den Gesprächen einen Rahmen zu geben, eine Reise zu den Essstörungen, ich fahre nach Todi, in das Zentrum, in dem die Mädchen untergebracht sind. Momentan sammle ich Interviews, telefoniere mit den Patientinnen, wir schreiben uns E-Mails, mit Genehmigung der Leiterin. Ich möchte selbst hinfahren und vereinbare einen Termin.

Bis spät in der Nacht warte ich auf meinen Liebhaber, dann kommt eine Nachricht: »Es ist was dazwischengekommen, rufe dich morgen an.«

Also Livia, Verzeihung, ich sage es wieder und wieder und lehne die Einladungen ab.

Rational betrachtet: Habe ich gebüßt? Ich kann mich nicht auf unbestimmte Zeit um diesen Menschen kümmern. Die Dauer der Buße bestimme ich selbst nach meinem Gefühl. Habe ich das Gefühl, dass mein Gewissen wieder rein ist?

April, draußen Frühling, ich sehe Livias Nummer auf dem Display und beschließe, dass ich nicht ans Telefon gehen werde.

Sie ruft wieder an. So ist sie eben, ein stures Tierchen. Der Hamster aus Kindertagen. Dieser Hamster, der, kaum aus dem Käfig ins Zimmer gelassen, immer wieder gegen die Fenstertür knallt.

Er konnte pausenlos dagegenknallen.

Bei dieser Assoziation gehe ich dran.

Am anderen Ende der Leitung die brüchige Stimme: Hol mich.

Bevor ich mit Erzählen fortfahre, zieht es mich auf die andere Seite von Europa. Mit einem Flug, der nicht ins Reich der Fantasie geht.

Über Frankreich, über den Ärmelkanal hinweg.

Heute ist ein kalter Tag in London, der graue Himmel kündigt Regen an. Meine Tochter kommt von der Uni. Die zu leichte Jacke, die Angewohnheit, sich nicht warm genug anzuziehen. Sie verlässt die U-Bahn und läuft die Kilometer, die sie von ihrer Wohnung trennen, zwei Kilometer sechshundert Meter. Sie geht schnell, die Jahre klassisches Ballett haben ihren Gang nicht verdorben, kein Patzer, vielmehr eine elegante Haltung, die vielleicht ohne die drei Jahre Tanz die gleiche wäre. Wahrscheinlicher ist, dass die fünf Jahre Schwimmen sich auf ihre Haltung ausgewirkt haben, bestimmt nicht die zwei Jahre Hip-Hop. Das Mädchen ist also auf dem Weg nach Hause. Manche Männer schauen ihr nach. Sie sind nicht immer jung, was mich als Mutter ärgert, und es liegt nicht an dem Mädchen, das eher unauffällig ist, Haare hochgesteckt. Es liegt an den Blicken der Männer, genau vor denen würde die Mutter sie schützen, wenn sie könnte. Der vollkommene Widerspruch zu anderen Zeiten im Leben, siehe die Phasen, in denen sie fürchtete, dass sie dick werden könnte, klein und dick wie sie selbst, und niemand sie würde haben wollen. Dieselbe Mutter übrigens, die ihrer Tochter mal einredete, sich die Brüste vergrößern, mal, sie verkleinern zu lassen. Gegen und für diesen Wunsch, mit dem sie selbst seit ihrer Teenagerzeit konfrontiert ist. Der eigene Kampf der Mutter für und gegen den Feuereifer – was waren denn die, wenn auch gescheiterten, Diäten und die blauen Augen anderes? Warum nachts ans Meer trampen? Zwei junge Mädchen, du und Federica, zwei Mädchen, Daumen raus in der Hoffnung, ein Mann würde anhalten, irgendeiner. Aber nein, kein Mensch hielt an, außer einmal, und das war eine Frau. Glückliche Livia, dachtet ihr damals. Weniger nach dem Unfall, als ihr die Verwandlung miterlebtet, das Wegfallen der Hemmungen. Dauerfeuer, strahlende Lampe – UV-Lampe oder rosa Nachttischlampe neben dem Bett, das ungemacht ist, als sie verschwindet. Unmöglich, nicht über die Veränderung nachzudenken, über das klemmende Zahnradgetriebe des Gehirns, das sie direkt mit dem sexuellen Rausch verknüpft. Ähnlich wie bei Tieren, und beim Anblick eines Hundes auf der Straße, der einen anderen zu bespringen versucht, musst du an Livia denken. Und du, Mutter, schaust weg. Immer noch das wechselhafte Verhältnis zur Leidenschaft – Ablehnung und Drang. Eine Erregung, mit der du bis heute nur schlecht, sehr schlecht umgehen kannst, mit deinem bulimischen Nehmen, deinem Einverleiben von Liebhabern (egal, ob viele oder wenige, was zählt, ist das Einverleiben). Eine Mutter in der Schwebe zwischen Kindheit und Erwachsenenalter, das bist du, stehen geblieben als Halbwesen.

Gegenwart, London: Die Tochter ist noch unterwegs, als es zu regnen, zu nieseln anfängt, und sie hat keinen Regenschirm, daher stellt sie sich rasch in einem Wartehäuschen unter. Da sitzt sie auf der Bank – genau auf der, oder auf einer anderen in der Nähe, die die Mutter auf Google Maps als den Punkt ausgemacht hat, wo die Tochter bei Regen, bei Schnee Schutz finden würde.

Davor also will die Mutter sie bewahren.

Wir lassen die Tochter in den Straßen von London zurück, an einem sicheren Platz, und kommen zur Mutter, die die Hände am Steuer hat, dabei fährt sie nicht gern.

Sie keucht, flucht, hofft zugleich, dass nichts passiert ist, denn wenn, dann würde natürlich sie angezeigt. Wer Livia den Weg gezeigt, wer sie dorthin gebracht hat – irgendjemand wird schon aussagen, und dann bist du verantwortlich. Wenn du nicht gewesen wärst, werden sie sagen. Und sie haben recht.

Von Autos und Lastwagen überholt, hält die Schuldige ängstlich die Spur und erschrickt bei jedem Schatten, der von hinten auftaucht, klein oder groß – im Rückspiegel wirken alle gewaltig, sich aufbauende, gewaltige Massen –, als würden sie sie überfahren, dabei überholen sie nur. Bei anderer Gelegenheit wäre es erwähnenswert, dass sie zum ersten Mal allein auf einer Autobahn unterwegs ist. Das letzte Mal war mit Livia, denn ja, es genügt ein Mensch neben mir, ein Lebewesen, um mich zu beruhigen – wie nachts im Haus im Wald mit meiner neugeborenen Tochter, wie die Frau im Buch oder im Film, die mit der Katze Selbstmord begeht.

Die Hände fest um das Lenkrad geklammert, konzentriert, immer wieder ein klarer Gedanke: Wie hat sie es dahin geschafft?

Es ist nichts Neues, dass mich manches, was Livia tut, erstaunt. Sie erinnert sich und erweist sich als besser als erwartet, es kommt sogar der Verdacht auf, sie würde etwas vorspielen. Sollte diese Person jahrelang etwas vorgespielt haben? Dann kehren die Befürchtungen zurück, die Zweifel werden in den Strudel der Angst hineingesogen. Ich stelle mir das Schlimmste vor. Livia geht auf ihn zu, Massimo reagiert. Verschwinde. Sie bricht in Tränen aus, sie wirft sich auf ihn und schlägt ihm mit der Faust auf die Brust. Ich habe dich geliebt – unter Tränen. Er schiebt sie weg, sie weicht zurück. Verschwinde, oder ich rufe die Polizei. Er stößt sie, sie stürzt.

In meiner Vorstellung stürzt Livia ins Bodenlose.

Ich hätte verhindern müssen, dass sie ihn wiedersieht, das hat in diesen Jahren niemand erlaubt, und sie hat bestimmt darum gebeten. Sie wird den Vater, die Schwester oft darum gebeten haben. Darum gebettelt haben, gefleht. Sie haben es ihr verwehrt, weil ihnen klar war, wie riskant ein mögliches Wiedersehen war, allen außer mir, der Unbesonnenen. Ein Schimmer von Bosheit, was in dir steckte, war mit Güte kaschierte Bosheit.

Ein Motorrad überholt mich in einer Kurve, ich habe die Autobahn inzwischen verlassen und setze meine Fahrt auf einer von Bäumen gesäumten Landstraße fort – ob Steineichen, Tannen, Hainbuchen, Ulmen, Strandkiefern, das konnte ich noch nie unterscheiden, ich kenne die Namen von Pflanzen oder Blumen nicht, ich lebe in einer Glyzinienwelt. Mein Ex-Mann sagte: Die Pflaumen werden gelb, und ich sah nach rechts, auf die falsche Seite des Waldes.

Schon von der Piazza aus, viele Meter vor dem Laden, bietet sich mir durch die Glastür ein Bild der Ruhe.

Livia, auf einer kleinen Couch, wirft lachend den Kopf in den Nacken. Massimo lehnt an der Ladentheke.

Ich zögere, im Halbdunkel verborgen, später Nachmittag.

Als ich den Laden betrete, bin ich bereit, mich als Federicas Freundin vorzustellen, die rundliche – um das Erkennen zu beschleunigen.

Massimo kommt auf mich zu: Du bist das, sagt er.

Kurz denke ich, dass er mich mit jemandem verwechselt.

Aber nein, er redet mit mir, er wendet sich wirklich an den Menschen, der ich geworden bin, er entschuldigt sich, dass er mein Buch nicht gelesen habe, doch meine Karriere habe er verfolgt, in der Presse, im Fernsehen, ein Interview, in dem ich von meiner schwierigen Vergangenheit erzählte, und das habe ihm leidgetan, es habe ihm leidgetan, zu hören, dass ich in der Schulzeit Probleme hatte – Pause, als wollte er flüchtig suggerieren, wenn er das geahnt hätte, hätte er was getan. Der Schönste des Gymnasiums hätte mich getröstet.

Währenddessen freut sich Livia: Da bist du ja.

Und ich bin verwirrt, was soll diese Szene ohne jeden Zorn bedeuten, überlege ich. Was machen diese Menschen zusammen, nachdem sie sich ein Leben lang gemieden und bekämpft haben, wenn auch nicht direkt, über die Familien.

Ich kam zufällig hier vorbei, rechtfertigt sich Livia, da dachte ich, ich sage Massimo mal Hallo.

Erschrocken über mein Schweigen, schlägt sie einen anderen Ton an: Bist du sauer? Als wäre ich der Vater, die Schwester, das macht mich nervös, ich bin versucht, auf dem Absatz kehrtzumachen und zu verschwinden, sie dazulassen, es geht doch nur sie, den Vater und die Schwester etwas an.

Ich hätte sie schon zurückgebracht, mischt Massimo sich ein.

Ja, sagte Livia schnell, er war sehr nett, ein Gentleman – und wendet sich ihm zu, sie lächelt, als sie den Achtzehnjährigen sieht, sie sieht den Achtzehnjährigen.

Dabei ist Massimo weit entfernt von dem jungen Mann, der im Krankenhaus aus dem Zimmer flüchtet, der sich von einem Tag auf den anderen aus dem Leben einer nicht mehr blonden jungen Frau stiehlt. Etwas zu trinken?, fragt er.

Aperitif!, jubelt Livia.

Wir sollten besser los, wenn wir nicht im Dunkeln fahren wollen, sage ich. Und füge hinzu, der Vater habe mich angerufen, und ich hätte gelogen, ich hätte gesagt, wir wären zusammen unterwegs, und ich brächte sie nach dem Abendessen wieder nach Hause. Ob sie wolle, dass er sich sorge? Ob sie unnötig Panik machen wolle?, frage ich. Am liebsten würde ich sie am Arm packen und mitschleppen und, sollte sie sich wehren, an den Haaren ziehen.

Ich reiße mich zusammen, denn ich habe keinen normalen Menschen vor mir, sondern eine Verrückte mit unvorhersehbaren Reaktionen, und mein Auftrag besteht darin, sie heil wieder nach Hause zu bringen und dem Vater zu übergeben, der Schwester oder sonst wem, der sich aus familiären oder beruflichen Gründen um sie kümmern muss, und sie bei ihnen zu lassen.

So lange dauert die Buße also. Lasst mich rasch zum Ende kommen, ich bin fast so weit, meiner Vorstellung nach wird danach die Rechnung beglichen sein. Ich werde das Telefon abschalten, die Nummer wechseln, aus dem Leben dieser Menschen verschwinden, mit denen ich nichts gemein habe und die mir nichts bedeuten.

Kommen wir schnell zum Ende.

Wenn Livia das nicht verhindern würde. Schau, was für wunderschöne Sachen, sagt sie und breitet die Arme zu den Dingen im Laden aus. Ist das nicht toll? Sie deutet auf ein Nachtkästchen. Und dann zu Massimo: Na, was willst du dafür?

Livia, werfe ich ein.

Im Ernst, was willst du dafür?

Er zögert, versucht, sie zu überreden, es sein zu lassen, sie lässt nicht locker, behauptet, es zu brauchen, so lange habe sie eines gesucht, es sei perfekt für ihr Zimmer.

(Bleiben wir bei dieser Frau, die von Zimmer und nicht von Wohnung spricht, denken wir über diese Fünfzigjährige nach, die über einen einzigen Raum verfügt: ihr Zimmer, seit damals unangetastet. Rosa.)

Dann kramt sie demonstrativ verärgert in ihrer Handtasche, holt Geld hervor – lose verstreut, Bonbons, schmutzige Taschentücher –, einhundert, zweihundert, zählt sie. Der Vater achtet stets darauf, dass sie Bargeld dabeihat.

Gerade als ich glaube, dass sie zur Abfahrt bereit ist, fragt sie nach dem Kind, sie würde es gerne kennenlernen, und ich frage: Welches Kind? Massimos Sohn, antwortet sie.

Es gibt ein Kind.

Sie erklärt, sie habe es vorhin schon getroffen, es habe den Vater besucht. Du müsstest es sehen. Du musst es sehen, setzt sie nach, vielleicht ein Versuch, den Besuch auszudehnen. Oder echtes Interesse, sie liebt Kinder. Auf der Straße spricht sie sie an. Wie heißt du?, fragt sie und beugt sich zu ihnen hinunter, und die verstörten Mütter weichen ihr aus.

Nach dem kurzen Gespräch über das Kind, das, wie Massimo erklärt, um diese Uhrzeit zu Hause ist – es ergibt sich bestimmt ein andermal, verspricht er –, kriege ich sie aus dem Laden raus. Als wir draußen stehen, fängt es mit einem Mal an zu regnen. Doch Livia sucht keinen Unterschlupf – im Auto, in einem Wartehäuschen an irgendeiner Straße dieser Welt –, sie stellt sich mitten auf die Piazza. Das ist Schnee, sagt sie. Sie breitet die Arme aus, das Gesicht in die Höhe gereckt, den Mund weit offen, um Regen direkt vom Himmel zu schlucken.

Vielleicht ist genau dies das Bild von geistiger Zurückgebliebenheit.

Nicht die plötzlichen Ausbrüche. Sich nackt ausziehen, schreien. Pirouetten drehen, das Gleichgewicht verlieren, mit dem Schwimmreifen auf dem Teppich schwimmen. Nicht das Sichverschätzen, auf der Treppe stolpern, weil du dachtest, die Stufe sei niedriger. Der Zeitfehler, vergessen, dass deine Mutter tot ist, nicht mehr wissen, dass du fünfzig Jahre alt bist. Womöglich ist dies das Röntgenbild – von wegen Gehirn auf dem Monitor, schwarzer Klumpen auf dem linken Hirnlappen –, das perfekte Röntgenbild des geschädigten Gehirns.

Ich ziehe sie am Arm, um sie in Sicherheit zu bringen – der Mutterinstinkt ist angesprungen. Woher kommt eigentlich dieser Beschützerdrang, dieser draufgängerische Kampf gegen Unwetter? Jederzeit bereit, nass zu werden, zu frieren, krank zu werden, umzufallen, abzustürzen, anstelle der Töchter abzustürzen.

Der Gedanke an Anita – im Auto, auf der Fahrt mit Livia, die sich einrollt, die Augen schließt.

Ich sagte zwar, beim Quiz könne man verlieren und wieder antreten, aber ich habe nicht gesagt, zu verlieren bedeute den Sturz durch die Falltür (»Die Falltür zu seinen Füßen öffnet sich, und er stürzt ab«, gemeint ist der Konkurrent – aus Wikipedia). Ich picke mir den Sturz heraus, recherchiere Details und lese, dass deshalb die Teilnahme an der Sendung an Bedingungen geknüpft ist, man muss zwischen achtzehn und fünfundfünfzig Jahren alt sein, darf nicht mehr als einhundert Kilo wiegen und höchstens zwei Meter groß sein und darf nicht an Herz- oder Rückenproblemen leiden/gelitten haben.

Ist es sicher, dass Anitas Herz in Ordnung ist? Das letzte EKG? Und der Rücken? Der Hinweis auf eine Skoliose? Ich lege eine neue Besorgtheit im Umgang mit meiner Tochter an den Tag, der ich von klein auf viel Freiheit gelassen habe. So viel Freiheit, dass man mich für eine Rabenmutter hielt. Das Kindermädchen sagte: Ich gehe mit ihr in den Park. Ich wollte dann nachkommen, fand sie aber nicht, auch egal. Ich regte mich nicht auf. Ein bisschen vielleicht.

Aber jetzt, jetzt, da sie zwanzig ist, wüsste ich gern genau, wo sie ist (Google Maps), im Schutz von Wartehäuschen, Mütter, lasst uns Wartehäuschen aufstellen.

12

Livia ist die Last, die Federica auf mich abzuwälzen beschlossen hat, wenn auch vorübergehend – wie lange dauert dieses Vorübergehend? Anfangs hielt ich, was sie tat, für einen Vertrauensbeweis, aber inzwischen begreife ich, dass es sich um eine Strafe handelt. Während sie die Rolle der Guten spielte und Freude über meinen Ruhm zeigte, gärte in ihr der Neid und dazu die Lust, mich ihr eigenes Leben leben zu lassen, zu tauschen, wenn auch nur für kurze Zeit. Und jetzt, da ich es gelebt habe, kann ich kapitulieren, sagen: Du hast gewonnen, du bist die Bessere, zufrieden? Ich rede mir ein, dass das der Fall ist, und beschließe, sie wegen der Form der Rückgabe anzurufen, sie möge Livia zurücknehmen, sie wieder auf sich nehmen.

Nach langem Klingeln meldet sich ein Mann. Er entschuldigt sich, Federica sei gerade beschäftigt. Ich bin der Ehemann, erklärt er. So sagt er von sich, tatsächlich Ehemann, nicht Ex. Kann ich was ausrichten?

Jetzt ist es offensichtlich, dass Federica etwas verheimlicht, es ist nicht mal gesagt, dass sie in Genua ist, schon gar nicht, dass das ihr Mann ist. Wahrscheinlich amüsiert sie sich irgendwo, vielleicht sogar im Ausland. Weißt du, warum sie nicht ans Telefon gegangen ist? Sie war schwimmen. Ich stelle sie mir an einem Strand vor,

Bikini, Titten. Ich stelle mir vor, wie sie seufzt: Ich will nicht mehr zurück – an ihren Liebhaber gewandt. Lass uns für immer hier bleiben – sie dreht sich um, um sich auch von hinten zu sonnen, präsentiert ihren Hintern, nimmt sich vielleicht vor, den auch noch machen zu lassen, jetzt, da sie einen Mann hat.

Am selben Abend ruft sie zurück und fragt, ob es Probleme mit Livia gibt. Anstatt ihr von der Flucht zu erzählen, von Massimo, anstatt die Rückgabe zu bewerkstelligen – nimm die Bürde, das Kreuz zurück –, sage ich: Kein Problem, ich wollte nur mal Hallo sagen. Dann redet Federica leise, als hätte sie gerade Liebe gemacht, sie redet konfus: Es ist wichtig, gut zu essen, achtzig Prozent der Menschen haben einen Vitamin-D-Mangel, und sie wissen das nicht, sagt sie. Und dann: Die Perücke … die Perücke meiner Mutter war blond.

Und ich denke, sie ist betrunken. Sie hat mit dem Mann geschlafen, und sie haben sich zusammen betrunken. Vielleicht schlafen sie noch mal miteinander. Und ich zu Hause, unter der Bettdecke, ich lösche das Licht.

Auf einem Bord im Badezimmer verwahrte Federicas Mutter ihre Perücken. Blond glatt, rot gelockt. Echthaar, wie wir erfuhren, als sie uns mal bei einer näheren Untersuchung erwischte: Nicht anfassen.

Während meine Großmutter Perücke trug, um ihren vom Haarausfall kahlen Kopf zu verbergen, setzte diese Frau sie zum Spaß auf, um in der Öffentlichkeit anders aufzutreten.

Eines Nachmittags, als sie nicht zu Hause ist, eines Nachmittags, als Federica und ich allein sind, die Idee.

Wir nehmen den blonden Kopf, ausgerechnet Federica entscheidet sich für den blonden. Aufregung, Gequietsche, die Welt gehört uns. Uns!, scheinen wir zu schreien. Wie Verschwörerinnen hinter dem Fenstervorhang, den Blick auf den Garten vom Erdgeschoss gerichtet, in den wir den Kopf werfen. Regel verletzend, revolutionär! Frech wie in dem Film, in dem die Tochter des Reverends zwischen zwei fahrenden Autos das Gleichgewicht hält, ein Fuß hier, einer dort – wie hieß er noch mal? *Footloose.* Das sind wir hinter dem Vorhang. Die Verrückten in dem Auto, noch mehr, auf dem Dach des Autos, des Flugzeugs, ungezähmt, frei.

Es dauert ewig, bis endlich jemand auftaucht, den Kopf sieht, erschrickt – wir schauen zu, wie er zusammenfährt, sich nähert, sich bückt, so gut er kann, die Hand ausstreckt.

Und wir schütten uns aus vor Lachen, es gibt nichts Schöneres, als Leute, einen alten Mann zu erschrecken.

(Diesen alten Mann, der später Livias Retter sein wird, wäre die Markise nicht gewesen, wäre er nicht gewesen.)

Einstweilen stehen wir da oben hinter dem Vorhang und machen uns über ihn lustig.

13

In der ländlichen Gemeinde vollzog sich meine innere Kehrtwende. Piazza, Regen – es entflammt sich die Gegenwart, sie bauscht die Mutter auf, macht den Teenager klein, äschert den Wunsch nach Vergeltung an den Jungen und Mädchen vom Schulhof ein –, Trupp, Herde, helle Augen.

Die Rachegelüste verpuffen, als ich Massimo in Fleisch und Blut vor mir habe.

Aber es ist nicht Mitleid oder die Besinnung darauf, dass da ein harmloser Mann vor mir steht. Sondern die Feststellung, dass vor dem Mann – verkehrte Welt, es braucht keine Spiegel, keine Mädchen mehr, auch keine Schaufenster – eine harmlose Frau sich aufbaut, ich.

Es ist alles eine Frage von Gespenstern, Leuten, die dir immer noch so durch den Kopf geistern, wie du sie verlassen hast. Ihnen wieder zu begegnen, ist eine Enttäuschung, das Gewehr mit Rückstoß, der dich nach vorn wirft, willkommen in der Gegenwart. Anflug vollkommener Absolution: Auch du, Lavinia, egal, wo du bist, geh in Frieden.

Auf dem Dorfplatz ist das jugendliche Feuer erloschen, vielleicht überhaupt die Jugend. Verschwunden das Verlangen, offene Rechnungen zu begleichen – vorausgesetzt, es gab etwas zu begleichen und handelte sich nicht wieder um eine subjektive Verfälschung –, wenn das verschwunden ist, was bleibt dann. Eine Frau mittleren Alters, Anita – Handy Tag und Nacht eingeschaltet, falls sie anruft, hoffentlich ruft sie an. Eine Nachricht piepst, ich bete, dass sie es ist, mach, dass sie es ist.

Wie geht's dir? So taucht Massimo auf meinem AB, in meinem Leben auf, nicht über eine zwischengeschaltete Person, Federica oder Livia.

Vor dreißig Jahren – als schon ein verstohlener Blick für Herzklopfen sorgte –, in der Schulzeit, hätte mein Herz einen Sprung getan. Aber ich bin siebenundvierzig und in den Wechseljahren. Momentan wühlt mich eine Nachricht von Anita mehr auf als die eines Mannes, obwohl er meine Tagträume als Sechzehnjährige bewohnte, die jetzt aber nicht wieder aufleben (die Jugend war, wie gesagt, auf der Piazza zu Ende). Das Feuer entzündet sich weder an diesem Abend noch zu einem späteren Zeitpunkt, so schreibt er mir weiterhin, als wäre ich sechzehn, blaue Augen.

Ich antworte schnell, wenn ich nicht Stunden verstreichen lasse oder es sogar vergesse. Tage, Wochen. Mit dem Erfolg hatte ich viele Männer um mich, gewohnt, inzwischen Frau von Welt, sie auf Abstand zu halten. Die Liebeserklärungen lösen in der Person, die ich geworden bin, nichts aus. Avancen: eine Reihe leerer Wörter. Verliebtheit: ein vorübergehender Zustand von Einbildung.

Und dass ich männliches Schmeicheln gewohnt bin, ist Massimo anscheinend klar, in der Tat legt er einen Gang zu. Ich mochte dich immer, schreibt er.

Ich weiß noch genau, wo ich da bin.

An dem Morgen – es ist Morgen, blauer Mantel – antworte ich nicht nur, ich glaube auch, dass für mich ein neuer Lebensabschnitt oder Filmabschnitt beginnt (war nicht die Jugend zu Ende?). Ich in Großaufnahme, ihr im Publikum.

Ich stehe im Supermarkt, draußen ist Frühling. Die Hormone erwachen.

Und gerade schreibt der Junge, wieder er, der Junge, den ich geliebt habe (na gut, zusammen mit hundert anderen, dem ganzen Trupp), gerade schreibt dieses Exemplar entgangener Liebe: Ich denke an dich.

Denn ich – und das steckt hinter der Nachricht – würde dich gern bei mir haben, dich küssen.

Auch hier weiß ich noch genau, wo ich bin, bei Livia.

Ich sage euch, was ich empfunden habe vor den Fenstertüren mit den Lichtern der Stadt, die Los Angeles hätte sein können. Wiederauferstehen in Los Angeles, der Stadt, die einen Menschen verehrt, der lange missverstanden und von brutalen Männern benutzt wurde, benutzt und weggeworfen. So viel Gewalt, Marilyn, bevor du wirklich geliebt wurdest (1926–1962).

Marilyn Monroe stirbt am 5. August 1962 in Los Angeles. Selbstmord, Überdosis an Schlafmitteln. Sie wird mit der blonden Perücke beerdigt, die sie in *Misfits – Nicht gesellschaftsfähig* getragen hat.

Wir gehen jetzt in einen anderen Teil der Welt, zu einer anderen jungen Frau, die keine Spiegel braucht, seit sie ihre neue Liebe getroffen hat, die jünger ist als sie, zwanzig Jahre jünger, gut aussehend.

Wir finden Federica am Strand, malen uns aus, wie er sie überredet, mit ihm zu tauchen, sich den Meeresgrund anzuschauen. Und sie folgt ihm, wenn auch ängstlich, sie lässt sich ins Wasser fallen, steigt ab, steigt immer weiter ab, Dutzende Meter unter der Meeresoberfläche, als ein Schwarm blauer Fische vor ihr vorbeizieht.

Oder so: Der Mann, der sich am Telefon gemeldet hat, war doch Giorgio, zu dem sie zurückgekehrt ist. Er hat zu ihr gesagt: Wir wollen unsere Familie nicht kaputt machen. Und sie hat eingewilligt und bemüht sich Tag für Tag um den Neubeginn.

Oder auch so: Wir stellen uns weiter die junge Frau vor, die keine Spiegel braucht, und merken, dass sie sie meidet.

Seit ein paar Monaten sieht Federica in keinen Spiegel, außer in einen ganz kleinen, in dem sie sich nur partiell sieht, die Augen ohne Wimpern, sie vermeidet es, weiter hinaufzugehen und sich dem Anblick von ausgefallenen Augenbrauen und Haaren zu stellen. Alles wird nachwachsen, sagt sie sich aus eigener Erfahrung. Und eben weil sie das schon erlebt hat, mag sie sich nicht zeigen. Nicht dem Vater, der Schwester, denen sie nichts gesagt hat. Nicht den Kindern, die es zwar wissen, aber zum Glück weit weg leben. Sie dehnt ihre Zurückhaltung auf Fremde aus, ganz zu schweigen von den Kindern auf der Straße, die bei ihrem Anblick erschrecken. Wenn sie aus dem Haus muss, richtet sie sich sorgfältig her. Und wenn sie die Perücke mal nicht trägt – erschöpft, zerstreut, am Ende der Sitzung –, wenn sie sie in der Tasche vergisst, merkt sie am mitleidigen Blick der anderen, dass sie ohne ist. Sie ist eine kranke Frau, eine Frau im zweiten Zyklus der Chemotherapie. (Der Einzige, dem sie sich zeigt, ist Giorgio, der sie an dem Tag begleitet, stellen wir uns vor.)

Die Perücke, gekauft im besten Geschäft Mailands, ist eine Hinterlassenschaft des ersten Tumors. Sie weiß nicht mehr genau, wie viel sie gekostet hat, zweitausend, dreitausend. Bei dem Preis hatte sie gezögert und schon fast verzichtet, sich dann aber eines anderen besonnen: Das ist keine Verschwendung, sondern ein Zeichen von Lebenskraft. Wie wenn du ein teures Kleid kaufst und weißt, dass du es bei einer einzigen Gelegenheit tragen wirst, wie ein Brautkleid, man heiratet nur einmal. Rosenblüten, Tauben, die sich in die Lüfte erheben und den Beginn eines neuen Lebens symbolisieren. Dafür stand die Perücke. Hundert solcher Jahre, und das ist kein Fehler: buchstäblich Jahre.

Wir stellen uns vor, dass die Perücke zum Symbol der kommenden Jahre wird und Federica sich mehr um sie kümmert, als sie sich je um ihre eigenen Haare gekümmert hat: geglättet, geschunden – weißt du noch, wie du ewig das Glätteisen durchgezogen hast, auch wenn wir gar nicht ausgehen wollten? Du glatte Haare, ich blaue Augen.

Anstelle von Bürste und Kamm benutzt sie nach dem Waschen der Perücke ihre Finger mit einer Zärtlichkeit, wie sie sie ihren eigenen Haaren nie hat zuteilwerden lassen, die sie hastig auswrang, an denen sie herumzupfte (und die Haarnester in der Dusche? Manchmal stammten sie von dir, manchmal von Livia, das merktest du erst, wenn du sie aufsammeltest und den blonden Glanz sahst).

Es ist ein sonniger Tag, und so lässt sie sie an der frischen Luft trocknen.

Federica legt sich aufs Bett – Lichtbündel durchs Fenster. Ein Lichtblitz fährt in die Perücke auf dem Fenstersims, sie liegt da, ihr Kleid hängt am Bügel, so viele Mädchen bevölkern das Zimmer an diesem Frühlingstag, in der Villa mit den blühenden Fenstersimsen. Stellen wir uns vor, es fliegt jetzt vom Fenster im zweiten Stock etwas herunter. Der blonde Skalp segelt durch die Luft und landet auf dem Rasen, denn auch dein Zimmer in Genua geht auf einen Garten hinaus.

14

Es sollte ein Leichtes sein, die Lust zum Schweigen zu bringen, ich hatte nie ein ausgeprägtes sexuelles Verlangen. Sogar in meiner Jugend konnte ich verzichten, habe ich verzichtet, und es war kein Opfer. Schlummernde Libido. Die Liebhaber, die ich aufzähle, hat es gegeben, aber Geschlechtsverkehr fand im Lauf der Zeit immer seltener statt. Jahre vollkommener Enthaltsamkeit wechselten sich ab mit Jahren, in denen ich im Ganzen fünf-, sechsmal Verkehr hatte. Mein Sexualleben beschränkt sich auf eine Handvoll Begegnungen. Es überwiegt das Begehren im Leerlauf. Die Schwebe, das Nichts, der ausgemalte Liebesakt, die nicht gelebte Liebe.

Deshalb erlöschen der anfängliche Schauer, die Hormonturbulenzen bei Massimos Erklärung bald wieder. Offizieller Grund: Livia. Denkst du nicht an sie?, halte ich ihm vor. Wie kannst du ihr das antun?, sage ich mit erhobenem Zeigefinger. Es geht nicht darum, ob sie es erfährt oder nicht. Es geht um das Gewissen, Hand aufs Herz, Massimo, verkünde ich, mir im Stillen auf die Schulter klopfend. Etwas Herrliches liegt in dieser moralischen Größe, in dieser Höhenlage, gebt mir einen Schwan.

Wenn ich in mich schaue, wo in mich die dunkle Erinnerung meint, die finstere Höhle, spreche ich zur Verteidigung aller Frauen. Beschützerin der wehrlosen Wesen. Ich entziehe mich: Wir dürfen uns nicht sehen, bleib weg.

Tagelang. Es muss ein Donnerstag sein.

Nach diesem Donnerstag wird es kompliziert, mich zu durchschauen. Den plötzlichen Kurswechsel zu begreifen, damit er nachvollziehbar wird, nachvollziehbar für die Mädchen, unterschiedslos, verschiedene Generationen, entgegengesetzte soziale Herkunft. Ich weiß, dass euch Erwachsenen, den Männern, mein Handeln ab Donnerstag widersprüchlich vorkommen wird, hormonbedingt, strategisch, sadistisch. Aber nach dem Donnerstag ist etwas anderes im Spiel, liebe Leserinnen, liebe Leser, nach dem Donnerstag ist es eine persönliche Frage. Und ihr, ihr alle, die ihr 1988 nicht das Goffredo-Mameli-Gymnasium besuchtet, was wisst ihr schon darüber? Wie könnt ihr Normalen euch auch nur im Entferntesten vorstellen, was wir erlebt haben, in dieser Nacht, in den Nächten unserer verlorenen, unterbrochenen Jugend?

Ihr Glücklichen werdet nie die Frau verstehen können, die den – sagen wir mal – Verehrer erst der Unsensibilität, der Gleichgültigkeit bezichtigt und wochenlang abweist, ihr werdet nicht verstehen, warum sie am Donnerstag anruft und sagt, können wir uns sehen. Ihr werdet nicht verstehen, was sie dazu bringt. Ihr werdet denken: die Böse – immer wieder die Böse. Die Frau in den Wechseljahren, die dem Schmeicheln nachgibt, schlimmstenfalls die Egoistin, die keinen Ärger will, die Frau, die Livias Drängen nachgibt, denn auf der einen Seite ist Massimo, auf der anderen Livia, die den Mann, den sie liebt, unbedingt wiedersehen will, also unterliegt die egoistische Person, die ich bin, aus Bequemlichkeit, werdet ihr denken.

Denkt es ruhig, ihr täuscht euch.

Tief drinnen, in diesem dunklen und leuchtenden tiefen Inneren, stelle ich all die nicht geliebten Mädchen zufrieden, zu denen auch das am allerwenigsten geliebte gehört, die unförmige Jahrmarktsbudenattraktion jenseits des Vorhangs in dem kleinen Zimmer, nämlich ich.

Ich öffne Massimo die Tür und führe ihn zu Livia in den Salon. Jenseits der Fenstertüren die Lichter der Stadt, Abend.

Kann ich euch was anbieten, sagt Livia wie im Film, wir sind in einem Film.

Man muss wissen, dass das Zimmer des Vaters im Stock darunter liegt. Außerdem schläft er um neun Uhr. Aber mal angenommen, er wacht auf, angenommen, er steigt mühsam einen Stock höher, weil ihn die Geräusche neugierig gemacht haben (sagen wir, er hat sein Hörgerät herauszunehmen vergessen und hört deshalb die Stimmen). Sollte er nun hinaufgehen, was sieht er dann? Uns zwei und einen Unbekannten. Nein, er würde in dem Mann nicht den Jungen von einst erkennen, den Schuldigen – was eigentlich eine fixe Idee der Mutter war, der er sich nicht widersetzen mochte. Oder er erkennt ihn wieder. Allerdings sind dreißig Jahre vergangen. Dieser alte, schwache Vater würde ihn höchstens begrüßen.

Heute Abend besteht keine Gefahr für uns, für euch.

Heute ist Samstagabend, erinnerst du dich an die Partys? (Die achtzehnten Geburtstage begannen im Frühling, als würden die Reichen exklusiv in dieser Jahreszeit geboren werden, Frühlingsblumen. Lavinia im April, das genaue Datum weiß ich nicht mehr, ich weiß noch, dass die Party, zu der ich nicht eingeladen war, im April stattfand und ich eingerollt im Bett lag, fett. Ehrlicherweise müsste ich allerdings sagen, dass ich ebenfalls im Frühling geboren bin, im Mai, und ehrlicherweise war das Datum der Geburt vielleicht gar nicht ein Merkmal, ein weiteres Merkmal der Unterscheidung, oder vielleicht war ich ihnen sogar ähnlicher, als ich es hier darstelle, legen wir das mit auf die Waagschale, und diese ganze Welt der Privilegien könnte eine Verzerrung meinerseits sein. Angenommen, die Erinnerung trügt? Die Störung eines Gehirns unter Psychopharmaka, schade, dass ich am Gymnasium keine genommen habe. Reden wir also von der natürlichen Projektion eines fantasievollen, komplexbehafteten, opferwilligen, manipulativen Kopfes, ich dumme Frühlingsblume.)

Samstagabend also. Und während draußen, in den Lichtern der Stadt hinter den Fenstertüren Partys gefeiert werden, die Lichter Partys bedeuten, tausend Partys auf einmal, befinden wir uns in diesem Salon.

Pläne für den Sommer, fragt Livia.

Zu Hause bleiben ist besser, zu viele Leute unterwegs – er.

Meinetwegen könnte immer Sommer sein, wimpernklimpernd sie.

Wir sitzen auf den Sofas, allmählich lockerer, ich streife meine Schuhe ab. Massimo versinkt in den Kissen. Alles fühlt sich vertraut an. Wir reden über alte Schulkameraden, Cenci, wisst ihr noch, wie Cenci am Heizkörper festgebunden war und sie ihn fanden.

Livia schüttelt den Kopf.

Dann fragt sie nach dem Kind. Er habe den Jungen bei der Großmutter gelassen, sagt Massimo, sie sähen sich selten, obwohl er ihm so oft wie möglich Rom zeige. Er solle nicht in der Abgeschiedenheit aufwachsen, oder zumindest nicht ganz, wenn er groß sei, werde er selbst entscheiden, ob er auf dem Land oder in der Stadt leben wolle.

Und die Mutter? – wieder Livia.

Sie macht das toll, sagt Massimo, und er habe es nicht geglaubt. Sie sei so jung gewesen, als sie Jonathan bekommen habe, fünfundzwanzig.

Livia erstarrt, und ich befürchte eine Reaktion. Ihr habt weiter ein gutes Verhältnis, nicht wahr?, mische ich mich ein, um zu betonen, dass sie nicht zusammen sind, dass Massimo, abgesehen von dem Kind, nichts mit der Ex teilt.

Ziemlich, sagt Massimo, sie hatte mal einen Freund, der mir nicht gefallen hat, aber natürlich kann sie zusammen sein, mit wem sie will. Ich meinte nur, was den Jungen betrifft.

Livia fragt, ob er ein Foto von ihr hat, damit sie sehen kann, wem Jonathan ähnelt.

Massimo holt sein Handy hervor, scrollt durch die Bilder.

Auf dem Display hält eine dunkelhäutige Frau mit großen Augen einen weißen Jungen im Arm. Ein Selfie von ihren Gesichtern, Wange an Wange.

Sie sehen sich nicht ähnlich.

Er kommt nach mir, nach der Familie meiner Mutter.

Livia schweigt. Vielleicht wegen der Frau, im Vergleich zu ihr, ein Vergleich ist unvermeidlich. Ich fürchte die Reaktion: Gleich springt sie auf, wirft Massimo vor, er habe sie betrogen, ein Kind von einer anderen bekommen. Aus Furcht, die Stimmung könnte kippen, sage ich: Apropos Fotos.

Wenn Massimo wüsste, wie viel Zeit Livia darauf verwendet hat, sich herzurichten. Wenn er sich das vorstellen könnte. Ihr alle, stellt sie euch vor. Rein ins Bad, raus aus dem Bad, ich auf dem Bett. Sie mit tiefem Ausschnitt, nackte Arme. Nackte Beine, hohe, sehr hohe Absätze, das Haar hochgesteckt – alles Filmaufnahmen. Macht das einen dicken Arsch?, fragt sie.

Wir sind siebenundvierzig und achtundvierzig Jahre alt, das Gefühl, wir hätten uns nie aus diesem Zimmer wegbewegt (das Pendant zu Federicas Zimmer). Siebenundvierzig und achtundvierzig, aber innerlich sechzehn und siebzehn, als wäre das Älterwerden in den Tagen von Sonne, Regen, Hoffnung aufs Geküsstwerden stehen geblieben, auch wenn die andere nicht du warst, Livia, die andere auf dem Teppich war Federica. Und doch bist im Quirl des Zufalls du die andere geworden. Dreh Pirouetten, dreh dich. Streck die Arme zum Himmel, hin zum Luftballon, stell dich auf die Zehenspitzen, du kannst ihn erwischen.

Angenommen, der Luftballon ist die Liebe. Angenommen, diese Stunden der Vorbereitung sind eine Anhäufung von Illusionen, und die Enttäuschung ist – in einem zerrissenen Gehirn – riesig. Daher kommt es, dass ich eine maßlose Reaktion befürchte, einen Ausbruch.

Aber Livia bleibt ruhig. Sie streicht sich die Haare aus dem Gesicht, lächelt.

Ich überlege, ob sie in diesem Halbdunkel für eine normale Frau gehalten werden könnte, die direkte Weiterentwicklung der einstigen Schönheit, die sie, wäre sie nicht abgestürzt, geblieben wäre. Schauen wir näher hin: leerer Blick, zitternde Hand wegen der Medikamente.

Nein, an ihr ist nichts Normales. Wer weiß, was unter der Ruhe brodelt, ich stelle sie mir als Wasser kurz vor dem Sieden vor, komprimierte Leidenschaft, die ganze Palette gedächtnisloser Gefühle.

Unsere gedächtnislosen Überreste sind dieser unzugängliche Mensch, von dem ich immer noch eine unüberlegte Reaktion erwarte, den ganzen Abend über, der zum Glück vorbeigeht. Er geht langsam vorbei, vor den Fenstertüren zieht sich die Nacht zusammen, ich sage: Es ist spät geworden.

Auch jetzt kein Protest. Livia verabschiedet sich schon, als sie innehält. Eines noch, sagt sie und sieht Massimo an, ein Blick voller Zärtlichkeit, mit dem sie ihn mit siebzehn, im Leben, müsste man sagen, nicht angesehen hat. Weißt du noch die Partys, fragt sie.

Er sucht meine Augen, wir Erwachsenen in Gegenwart des Kindes. Vater, Mutter, Tochter.

Komm, wir tanzen, sagt sie und breitet die Arme aus.

Nach Augenblicken der Verlegenheit fasst er, der arrogante junge Mann, der Verliebte von früher, sie um die Taille.

Ihre Hände verschränken sich ineinander.

Ohne Musik, in der Stille des Wohnviertels tanzen Livia und Massimo einen Walzer, jenen Walzer, der bei ihrem Achtzehnten gefehlt hat, weil es für sie keinen Achtzehnten gab.

Dieser ins Wasser gefallene, gescheiterte Tanz kommt jetzt, mit einer Verspätung von dreißig Jahren, herzlichen Glückwunsch zum Geburtstag. Rosa Kleid, rosa wie das Nachthemd, mit dem die Jugend zu Ende war.

Ich schaue den beiden vom Rand aus zu, die Party, zu der ich nie eingeladen war. Sagte ich schon, dass die Jungen und Mädchen vom Mameli viel Lärm gemacht haben? Treppen rauf und Treppen runter. Dauernd gingen Türen auf und zu.

15

Im Aufzug, wie lange ist es her, dass ich einem Mann so nahe war (das letzte Mal in der Bar auf dem Klo, auf Knien). Das erste Mal, dass ich dich gesehen habe, sagt Massimo.

Ich habe darauf keine Antwort und sage nichts, dabei müsste ich ihn stoppen, denn so weist man Männer ab – aber was weiß ich schon vom Männerabweisen, was weiß ich schon von Männern.

Du hattest Charakter, sagt er, das hat man sofort gemerkt.

Fragt mich nicht, warum ich weiter schweige, fast als wollte ich ihn anspitzen, weiterzumachen, was er auch tut, und er senkt dabei die Stimme, Vorspiel vor dem Kuss. Du warst wunderschön, sagt er.

Jetzt tun wir mal so, als wäre das wahr, und löschen das fette Mädchen und den Koalarucksack. Wir vergessen das Zögern, T-Shirts auszuziehen, nackt zu sein.

Bleiben wir in diesem Aufzug. Dehnen wir den Augenblick ins Unendliche, die Abrechnung, die ich mir nie so friedlich vorgestellt hätte. Wollte ich nicht demütigen, verachten? Sogar verhöhnen, wofür haltet ihr euch, was habt ihr in eurem Leben schon zustande gebracht. Stattdessen bin ich dieses winzige Ding, eine Frau – mein erstes Mal Frausein. Hör nicht auf zu reden, wer immer du bist. Erzähl mir, wer ich war, und wer zu sein ich nicht gemerkt habe.

Du warst immer schön, sagt der Junge, sagt der Trupp.

Und die Jungfrau jubelt. Schmetterlinge flattern, und noch eine Entdeckung: Die einst heraufbeschworenen Schmetterlinge sollten nicht wir sein, sondern ein Teil von uns, Gemütszustände, Launen. Sie sollten im Bauch flattern, irgendwo in uns. Wir waren ein Missverständnis unserer selbst, wir haben Identität mit Wünschen verwechselt. Gebt uns einen Sprengsatz, wir richten ein Blutbad an.

Weißt du, fährt er fort, ich muss in letzter Zeit immer an früher denken. Ich habe versucht, mir das allererste Mal zu vergegenwärtigen, als wir uns gesehen haben.

Ich erwidere nichts, während mir Bilder durch den Kopf gehen. Schule, Flure. Türenschlagen. Ich kann die Umstände alle einzeln aufzählen. Der Tag in der Bar zum Beispiel, ich mit blauen Augen. Ich hatte blaue Augen, Massimo. Und wie ich für sie gekämpft habe, der Augenarzt sagte: Wirf sie weg, wenn du nicht blind werden willst. Aber nein, geschwollene, entzündete, marode, aber blaue Augen. Ich fett, unförmig, blaue Augen. Irgendjemand würde sich in meine Augen verlieben.

Jetzt sage ich dir, wann ich dich zum ersten Mal gesehen habe, fährt er fort, verloren in seiner Rekonstruktion. Wir waren auf einem Fest, du hattest ein rotes Kleid an.

Die Jungfrau kramt in ihrem Gedächtnis, und ja, sie meint, etwas zu finden, vielleicht ein Lokal, ein Fest in einem Lokal, ein rotes Kleid, sie meint, es habe tatsächlich ein rotes Kleid existiert, das sie zu einer einzigen, eben dieser Gelegenheit getragen hat.

Du hattest dieses kurze Kleid, fährt er fort, wenn du dich gebückt hast, sah man dein Höschen. Halte mich nicht für gestört, für jemanden, der sich noch Jahre später an alle Details erinnert … Die Wahrheit ist, dass ich dich schon damals mochte, glaube ich, und ich habe es nicht gemerkt, der Kopf spielt einem seltsame Streiche.

Die Stimme wird leiser, wird warm in dieser späten Erklärung: Ich habe das Bild von dir im roten Kleid. Du im roten Kleid, und ich denke: hübsche Titten.

Zu diesem Zeitpunkt, im Aufzug, korrigiere ich die Erinnerung nicht. Natürlich wurde ich nicht zu Partys eingeladen, natürlich habe ich nie ein rotes Kleid besessen (ich trug nur Schwarz, Massimo, schwarze Klamotten, blaue Augen, aber daran kannst du dich nicht erinnern, in deinen Erinnerungen komme ich nicht vor, oder ich komme vor. Schau richtig hin: der dunkle Fleck im Hintergrund). Ich mag nicht alle Details aufzählen, die die Szene korrigieren. Ihr wisst es sowieso, liebe Leser und Leserinnen. Ihr wisst, warum das Mädchen von dem Fest, das Mädchen mit den hübschen Titten nicht ich sein konnte.

16

In jeder Szene, die ich hervorhole, versuche ich, meinen Platz zu finden. Wo war ich bis fünfundzwanzig? In der Ferne eine kleine Gestalt im Panoramaschwenk des Films. Nicht im Vordergrund von jetzt, in den Massimo, und nicht nur er, mich stellt, Ruhm im Allgemeinen – auf Bühnen, vor Fernsehkameras, ans Publikum im Saal gewandt, ans Publikum zu Hause, die Zuhörerschaft dieser Übertragung, sagen wir, eine Million Zuschauer. An mein Publikum gewandt, sage ich: Die Geschichten entstehen aus Erlebtem. Und dazu: Der eigene Schmerz bestimmt den Wahrheitsgrad eines Schriftstellers, einer Schriftstellerin.

Und es braucht keinen wunder wie aufgeklärten Geist, um zu merken, dass das, was ich sage, dumm ist, dass, wenn ich wirklich ein Publikum, wirklich Menschen hätte, die meine Bücher lesen, sie heute damit aufhören würden. Deshalb vermeide ich es, mich noch mal zu betrachten, mich noch mal zu lesen, die Erkenntnis lauert – du bist nichts wert.

Aber obwohl ich den Blick abwende – von Spiegeln, von Schaufenstern –, weiß ich, dass es diesen Abgrund gibt. Der Absturz geht ganz schnell, wenn ich nicht schon abgestürzt bin, wenn das nichts anderes ist als ein mühsamer Wiederaufstieg.

Im Fahrstuhl nimmt Massimo mich wieder mit nach oben – wir kehren ins Jahr des Ruhmes zurück, ins Jahr des kurzen Erfolgs, kürzer, als einzugestehen ich bereit bin. Zwei/drei Monate, der Rest Illusion. Hätte ich die Zeichen wahrnehmen wollen, wäre ich ehrlich mit mir gewesen – Lesungen mit drei Zuhörern, Artikel von der ersten auf die letzte Seite verbannt, Infokästen, Randspalten –, wie lange habe ich gebraucht, um abzustürzen?

Der Ex-Adonis bringt mich also in mein goldenes Jahr zurück – Rausch, ich gehe erhobenen Hauptes durch die Straßen, seht mich an. Ich ging immer nah an den Hauswänden entlang, wich Personengruppen, einzelnen Personen aus, fürchtete den Spott.

Aber bevor ich von Massimo erzähle, von ihm, der sich offenbart, noch nie eine Frau so sehr begehrt hat.

Bevor ich dies tue, will ich berichten, wie ich herangewachsen und älter geworden bin, wie die Vorstellung von Sex – Schreckgespenst, Gier – mich konditioniert hat. Ich könnte die sexuellen Episoden von meiner Kindheit bis heute aufreihen, dazu diejenigen, denen ich viel später eine erotische Bedeutung beigemessen habe. Ich tue es nicht, weil es die typische Liste einer jungen Frau vom Land, dann aus der Stadt wäre, nichts Außergewöhnliches: Jungs, die mich in verlassenen Häusern auf Matratzen flachlegen, Hände in der Unterhose, Finger, und ich mache mir für den Rest der Woche Sorgen: Kann man von einem Finger schwanger werden? Ich bin zwölf.

Verlust der Jungfräulichkeit mit einem ekligen Typen. Wiederholte Forderungen nach Geld, weil er arm ist. Eklig und arm. Bedrängt mich, dringt ein.

Sicher, dass du Jungfrau bist?, fragt er. Ich antworte: Ja. Unsicher, ich muss an den Finger denken, Dutzende von Fingern – kann man mit einem Finger entjungfert werden?

Nur, um beim nächsten, bei dem Blut kommt, wenn es überhaupt kommt, festzustellen, dass es ein Problem der Größe war.

Mich schaudert es beim Gedanken an den unterdimensionierten Pimmel. Ist es euch nicht peinlich, wenn er klein ist? Und so weiter und so fort mit den Jahren, mit den Männern: Kommt ihr euch nicht lächerlich vor, wenn ihr in einer Sekunde kommt? Wollt ihr nicht lieber sterben, als im Bett zu liegen und keinen hochzukriegen?

Mein Verhältnis zum Sex war von Anfang an zwiespältig. Ekel bis zum Erbrechen, Lust bis zum Erbrechen. Alles mündet in Erbrechen – wie mühsam ist das Erwachsenwerden, Puppentheater mit abgetrennten Köpfen.

Auf diesem typischen, sagen wir ruhig, x-beliebigen Weg spielen Komplexe eine wesentliche Rolle. Wenn meine Brüste nicht asymmetrisch gewesen wären, hätte ich dann früher damit angefangen? Ich hätte mich ausgezogen, mich hingegeben, ganze Tage nackt mit einem Jungen im Bett verbracht, mit ihm zusammen geschlafen (die wenigen Male habe ich mich wieder angezogen und die ganze Nacht wach gelegen, er neben mir, jung, alt, schnarchend).

Über die Jahre habe ich an Stellungen gefeilt, bei denen der Defekt nicht auffällt. Erfahrung macht schlau – bei wie vielen Männern habe ich mich, halb bekleidet, beeilt? Zählen wir sie mal. Keiner hat den Defekt jemals bemerkt. So viele sensible Männer auf der Welt, mehr, als wir denken. Kein Einziger hätte mich, selbst bei einem heftigen Streit, als unförmig beschimpft.

Ich könnte nicht genau sagen, wann die ersten älteren Männer aufgetaucht sind.

Womöglich gab es sie schon vorher, und ich habe es nicht gemerkt. Ich empfand Ekel: Leute, die sabbernd die Hände ausstrecken. Dabei muss erwähnt werden, dass in meinem Universum keine Alten existierten und immer noch nicht existieren.

Keine Eltern, um die man sich kümmern muss, auch keine nahen Verwandten, hier sind wir alle jung.

Meine Vorstellung von Senilität hat sich anhand von Büchern und Filmen gebildet, von Gestalten auf der Straße, die ich in normalem Tempo überhole – und die Meter hinter mir zurückbleiben und um Ecken verschwinden.

Als Erwachsene hatte ich immer wieder beruflich mit alten Menschen zu tun. Bei manchen fiel mir die Klarheit auf. Die Intelligenz. Sogar Nachsicht mir gegenüber. Eine Lust am Sinn für Triviales, den Altersgenossen als kindisch abtaten. Albern, lächerlich, weiblich. So kommt es, dass es mir ein Gefühl von Vitalität gibt, wenn ich mich vor älteren Männern ausziehe, mich auf sie hocke, ein Schieben simuliere und nichts geschieht. Und ich tue es immer wieder. Urteilt über mich.

Im Rückblick hat es einen Anfang gegeben. Gehen wir zurück, folgt mir. Ich bin fünfzehn, Federica schickt mich hinunter, ich muss den Kopf holen – ja, den Kopf mit der Perücke, den wir aus dem Fenster geworfen haben.

Entschuldigung, sage ich an der Tür zu dem alten Mann vom Erdgeschoss, der später der Retter werden wird.

Hol deine Puppe, sagt er. Er sagt Puppe dazu.

Als ich wieder an ihm vorbeikomme, sagt er, ich solle mich setzen, mit einem Gesicht, als wollte er ein ernsthaftes Gespräch beginnen. Sag was, alter Mann. Der alte Mann mit den grauen Haaren, den gekrümmten Schultern, den wässrigen Augen, den Augenbrauen dick wie Gestrüpp. Der alte Mann mit den weichen Gesichtszügen, den geplatzten Äderchen, ihr fragt euch bestimmt, wie ich das alles sehen konnte. Wie ist es möglich, aus einem solchen Abstand so viele Details zu sehen. Es ist möglich, denn der Abstand verringert sich, er kommt mir näher. Hände auf der Brust, er drückt, und aus Angst, er könnte den Defekt bemerken, sage ich: Weiter unten.

Damit er den Defekt nicht bemerkt, oder vielleicht weil dieser alte Mann der einzige Mensch ist, der Verlangen nach mir zeigt, lasse ich alles mit mir machen. Hand in der Unterhose, Finger drin. Vorn, hinten.

Wäre Columbine schon gewesen, hätte es die minderjährigen Prostituierten von Parioli schon gegeben, wie oft wäre ich da in dieses Haus zurückgekehrt und hätte Sachen mit mir machen lassen, gegen ein kleines Taschengeld, um Klamotten zu kaufen. Kuscheltiere.

Ein riesiges Kuscheltier – das ich von den Verehrern nie bekommen habe, weil es keine Verehrer gab. Ein Kuscheltier, das ich aufs Bett setzen könnte, wie alle Mädchen, ich bin fünfzehn.

Und doch, liebe Leserinnen und Leser, ist nicht der alte Mann der Ursprung, obwohl die Psychologen, die ich aufgesucht habe, in diesem Vorfall den Grund erkannt hätten, wenn ich es ihnen nur erzählt hätte, ich habe es nie erzählt, auch Federica nicht, zu der ich an diesem Tag wieder hinaufgehe. Warum hast du so lange gebraucht?, fragt sie. Und ich: Was Schwarzes im Gebüsch, wie ein Panther, es sah aus wie ein Panther.

Jeder und jede, vom Fach oder nicht, hätte in dem Vorfall (Belästigung? Missbrauch?) den Grund für mein Unwohlsein, meine Essstörung, mein sexuelles Problem erkannt. Erbrechen.

Es war nicht der Grund. Bis heute weiß ich nicht, ob es ein einzelner Grund, ein Urtrauma war oder eher eine Atmosphäre, zusammenwirkende Elemente, wenn nicht sogar Veranlagung. Ich muss an meine Großmutter väterlicherseits denken, die ihren *Babbo* ruft, vielleicht haben wir ein matrilineares Erbe. Überlagerung von Opfer und Geliebter. Aber dann, und da spreche ich die Großmutter an: Können wir mit Sicherheit sagen, dass wir sie nicht provoziert haben? Ist es sicher, dass wir nicht halb nackt vor ihren Augen herumspaziert sind und vergessen haben, die Badezimmertür abzuschließen. Ist es sicher, dass wir nicht mit den Wimpern klimpern oder absichtlich stolpern, damit man uns zu Hilfe kommt. Ist es sicher, Oma, dass wir nicht nachts die Verängstigten spielten – ein böser Traum, klimper, klimper –, um zu ihnen ins Bett zu flüchten, in hauchdünnen Nachthemden, weiß, rosa, darunter im Gegenlicht unsere Körper unreife Früchte, aber nicht ganz.

Wie sehr wir sie liebten, unsere Väter.

Dies ist also die Geschichte meiner Libido.

Die Geschichte der komplexbeladenen jungen Frau, die sich irrt in Maß und Art. Die sich hingab und sich schämte. Die die Beine spreizte: Komm nicht in mir – einzige Sorge. Die dalag, gestrandet, betäubt, und wartete, dass es vorbeiging. Die nichts fühlte, außer leichte Beschwerden, meist Candida oder Trichomonas. Jahre mit Salben und Antibiotika gegen das Brennen. Ein einziges Mal rief ein Typ an und fragte, was ich ihm da weitergegeben hätte.

So lässt sich mein Sexualleben vor der Ehe zusammenfassen.

Danach: Liebhaber, ältere Männer. Männer, die oft nicht kamen, und ich beruhigte sie – es war wunderschön. Jetzt waren sie die mit den Defekten. Ihr könnt euch nicht vorstellen, was es bedeutet, auf der anderen Seite zu stehen. Erdulden, verzeihen.

Dieser ganze Exkurs, um wieder auf Massimo zurückzukommen. Er und ich im Lift, und er sagt: Du bist schön.

Und ich denke an die zerbrechlichen Mädchen, die wir wahlweise waren, wir tauschten Rollen, kehrten sie um, gestern ich, heute Livia und dann Federica, Simona, Emanuela, Marilyn. Die junge Schauspielerin, die Mädchen von der Reportage, Anita.

Glückliche Livia. Zu Hause, auf der Straße, nachts. Du Glückliche begreifst nichts, du lebst in einer Blase, in der immer Sommer ist und die Verliebten sich küssen. Du lachst, drehst Pirouetten. Du schließt halb die Augen, ich liebe ihn, sagst du. Ich liebe ihn wahnsinnig.

In den Aufnahmen der Mutter über die Livia von vor dem Unfall erzählt die Nachbarin: »Eines Morgens begegnete ich ihr an der Haustür, ich hatte Giotto dabei, der etwa drei, vier Monate alt war. Sie beugt sich zu ihm hinunter und streichelt ihn, macht ihm jede Menge Komplimente, er ist ja auch ein ganz besonderer Labrador mit seinen himmelblauen Husky-Augen … Dann fragt sie, ob ich ihn ihr verkaufen würde. Sie würde jede Summe zahlen, wir könnten uns doch eigentlich einen anderen holen, er oder ein anderer, was macht das für einen Unterschied für uns? Sie würde eine Art Energie zwischen ihnen spüren, ich hätte doch gesehen, wie er ihre Hand leckt? Ich sagte natürlich Nein, aber ich meinte es nicht böse … Jedenfalls sind Hunde keine Kuscheltiere, und er war zwar erst seit Kurzem bei uns, aber wir hatten ihn ins Herz geschlossen.«

17

Kehren wir zur Chronologie der Geschichte zurück, der sechste März ist vorbei, Menopause, es kommt der zwanzigste April – der Mai ist noch sehr weit weg, und er wird für alle unerwartet kommen.

Am Abend des zwanzigsten April klingelt das Telefon zwischen Nachrichten und Anrufen, die ich ignoriere.

»Sie hat gewonnen!!!«, »Deine Tochter ist ein Genie«, heißt es in den Nachrichten.

Ich weigere mich, den Fernseher einzuschalten, ich will Anita nicht mit eigenen Augen beim Quiz sehen, mein Scheitern als Mutter. Sie macht das mit Absicht, sie hat beschlossen, sich über mich lustig zu machen, und zwar weltweit ausgestrahlt, ja, weltweit, entgegne ich dem Vater, der findet, ich solle die Kirche im Dorf lassen.

Ich bin nicht stolz, würde ich den Leuten, die mir schreiben, am liebsten sagen, Leuten, von denen ich seit Jahren nichts gehört habe und die sich aufgrund dieses in ihren Augen bemerkenswerten Ereignisses berufen fühlen, sich bei mir zu melden.

Ich im Pyjama – wieder der Fleecepyjama vom Anfang, liebe Leserinnen, liebe Leser, mir ist immer kalt, es ist so kalt hier unten. Wenn ihr mich sehen könntet, ihr wenigen Übriggebliebenen –, ist da jemand? Seit über einem Jahr hat mir niemand mehr geschrieben. Niemand gratuliert, niemand gesteht: Ich habe geweint, als ich dich las. Niemand schüttelt mir die Hand, schaut mir in die Augen – Aufrichtigkeit und Begeisterung in euren Augen – und sagt: Mach weiter so, bleib du selbst.

Also gehe ich an diesem Abend des zwanzigsten April ins Bett und schalte das Telefon aus. Gebt mir einen Schwan. Ein Penthouse.

Der Vater teilt mir mit, dass unsere Tochter sechsundachtzigtausend Euro gewonnen hat. Sie war großartig, sagt er, sie wusste alles.

Glückwunsch.

Ruf sie an.

Nein – weigere ich mich. Es gebe eine Grenze, und diese Grenze sei längst überschritten, erkläre ich. Ich ließe nicht weiter auf mir herumtrampeln, das sei einfach eine Frage der Würde. Ich spräche als Mutter im Interesse der Tochter, die völlig verzogen sei, sie habe immer alles bekommen, mal ehrlich, was hat sie schon aus eigenen Stücken erreicht. Und wir erfüllten ihr jeden Wunsch, um nicht zu sagen, jede Laune, wir könnten es uns sparen, aufzuzählen, was sie alles angefangen und nicht zu Ende gebracht habe. Die Uni in London zum Beispiel, die sie momentan bestimmt mit Gewinn besuche – erkenne ich an –, aber würde er, der Vater, darauf wetten, dass sie sie auch abschließt? Typisch für sie, kurz vor dem Ende hinzuschmeißen (was nicht passieren wird. Ein Sprung in die Zukunft: Anita wird mit der Bestnote abschließen. Und um genau zu sein, wenn mein Ex bei dem Telefongespräch hätte schäbig sein wollen, hätte er klargestellt, dass unsere Tochter noch nie etwas abgebrochen hat, nicht einmal das Eislaufen, zu dem ich sie gegen ihren Willen angemeldet hatte. Auch dies eine Manipulation meinerseits, um wieder ins Gespräch zu kommen). Ich setze meine Schimpfkanonade fort: Und wir? Das macht nichts, Liebes, tu, wozu du Lust hast, werde, was du willst. Wir waren nachsichtige Eltern, und das kommt dabei heraus. Schluss, aus. Soll sie doch zum Psychologen gehen, soll sie sich doch was von einem Spezialisten erklären lassen.

Dann sage ich leiser, sehr leise: Soll sie doch auf mich zugehen.

(Und es klingt wie ein Gebet.)

Ich habe Anita seit Mailand nicht mehr gesehen. Seit sie am Morgen nach dem TV-Studio ins Hotelzimmer geplatzt ist.

Sie passt auf, dass sie mir nicht nahe kommt – ich kenne diese familiäre Widerspenstigkeit, die von mir stammt, ich wiederum habe sie von meinem Vater, er wiederum von seiner Mutter, womit wir wieder bei der Großmutter wären (oder vielleicht beim Urgroßvater? Auf welcher Seite der Gewalt stehen wir, bei wem beginnt die Geschichte unserer Gefühlsarmut?).

Und dann, um die Verlegenheit der Begrüßung zu überspielen, sage ich – im Koffer kramend –, dass ich ihr das Glätteisen zeigen will, es macht die Haare superglatt, ich schenke es dir – eingedenk der Leichtigkeit, mit der ich sie mir als Kind kaufte, immer wieder diese Leichtigkeit, und ich reproduzierte damit den Mechanismus ins

Unendliche, schade, dass sie sich nicht austricksen lässt, wenn wir überhaupt von Trick reden wollen.

Du nimmst, du kommst, es ist dir scheißegal, ob ich ein Leben habe, sagt sie.

Ich schweige, ich bin in Mailand, um unsere Beziehung zu retten.

Sie fährt fort: Nehme ich Drogen, habe ich vor, mich von der Brücke zu stürzen?

Anita, versuche ich, in geduldigem Ton zu sagen.

Ich bin nicht dein Eigentum, Mama.

Das habe ich nie gedacht.

Selbst wenn ich ausziehe, wenn ich nach London gehe.

Bitte, flehe ich.

Sie hört nicht auf, zieht über mich her, deswegen ist sie gekommen. Und ich überlege, was ich von ihrer Geburt bis heute dermaßen falsch gemacht habe, was ich versäumt habe.

Du hasst mich, sage ich.

Klar, du bist der Mittelpunkt der Welt.

Nein, ich …, sage ich gerade, als sie mir ins Wort fällt: Heute früh wollte ich dich anrufen, aber dann dachte ich, nein, ich will ihr ins Gesicht sehen, vielleicht ist jetzt der richtige Zeitpunkt.

Du hattest Freiheiten wie niemand sonst.

Drücken wir es anders aus: Ich lege keinen Wert auf deine Meinung.

Da ich nichts entgegne, kommt sie näher. Die länglichen Augen des Vaters, der schmale Mund.

Ich bin nicht du, zischt sie.

Und wie bin ich?

Du versprühst Hass.

Es reicht, blaffe ich. Du bist nur hier, um mich zu beschimpfen.

Niemand hat dich gebeten, nach Mailand zu kommen.

Anita, im Ernst, lass uns reden, in Ruhe reden.

Du manipulierst.

Und dann – ich überlege, ich weiß nicht, ob schon mal jemand so grausam zu mir war, ob es einen Menschen gibt, Mann oder Frau, der mir so wehgetan hat, die Jungen und Mädchen vom Schulhof nicht, Lavinia nicht –, dann sagt meine Tochter: Hast du gelesen, was sie über dich schreiben? Schau mal ins Internet. Google mal deinen Namen.

Vielleicht ist es das, weshalb ich duchdrehe, was mir den Blick vernebelt. Im Zorn verlieren die Dinge ihre Konturen, auch meine Tochter, die zu einem blassen Abbild ihrer selbst wird.

Dieses Überbleibsel an Kind stoße ich zurück. Untersteh dich, sage ich. Die Opfer, die Arbeit, alles für dich – ich baue mich vor ihr auf, packe sie. Wie früher. Ich packte sie an den Armen, grub meine Fingernägel hinein – sie ein, zwei Jahre alt –, ich schüttelte sie, packte Haarbüschel, stieß sie zu Boden – sie acht, neun Jahre alt, quengelig, ich am Ende. Ich schrie, es reicht – ich schrie, als hätte man mir Säure ins Gesicht geschüttet, etwas Ätzendes, nach meinem Gesichtsausdruck zu schließen, wie man mir später sagte. Ich schrie: Es reicht.

Die Erwachsenen ringsum – das Kindermädchen, der Vater – verstummten – o ja, das merkte ich –, voller Schrecken, es könnte noch mehr passieren, ich würde noch weiter gehen. Eine Bewegung, eine Ohrfeige, sie fürchteten, ich würde ihr weiter wehtun, und stoppten mich, traten dazwischen. Die Erwachsenen rissen mir das Kind aus den Händen.

Dann beruhigte ich mich. Ich legte mich ins Bett und schlief.

Heute also schüttle ich meine Tochter, aber sie bricht nicht wie früher in Tränen aus, sie weint nicht und bedeckt nicht ihren Kopf, sondern geht auf mich los, sie geht körperlich auf mich los, und ich erwische sie an der Schulter, dabei hatte ich auf ihr Gesicht gezielt.

Dass ich so lange gewartet habe, ihr wirklich wehzutun, dass ich gewartet habe, einer Erwachsenen entgegenzutreten, die in der Lage ist, sich zu verteidigen – gewalttätig, ja, nicht bösartig. Jahre habe ich gewartet, jetzt bin ich da.

Im linkischen Ringen wird mir bewusst, um wie viel größer als ich sie ist – ich wusste es, nur hatte es sich nie ergeben, die Größe auf diese Weise zu messen, sie bedrohlich wie eine Mutter, ein Vater. Ich packe ihre Arme – schließlich bin ich die Massive, sie der zarte Körper – und halte Anita fest, wie man ein tobendes oder autistisches Kind umklammert. Sie entwindet sich, du bist einfach nur verrückt, sagt sie, und ich stürze zu Boden – heute bin ich diejenige, die zu Boden stürzt, die Mutter.

Wann war das? Januar, Februar. Seit damals habe ich nichts von meiner Tochter gehört. Wenn meine Gedanken zu ihr wandern, finde ich etwas anderes, worauf ich mich konzentrieren kann, die Arbeit. Ich horte Geschichten, sammle Aussagen (»Es fing damit an, dass ich nichts Braunes mehr essen konnte, wenn etwas braun war, übergab ich mich … Dann war es Grün, wie wenn ich Gras essen würde, ich dachte, auf dem Gras sind die Leute gelaufen, und nicht nur das« – Maria Rosaria, dreizehn Jahre alt, Menü B).

Mit Arbeit, mit Livia oder anderem lenke ich mich vom Gedanken an Anita ab.

Was ist mit Federica, die mit Leonardo beschäftigt ist, was kann so Schlimmes vorgefallen sein, dass sie verschwindet. Jemand hat ihr über das Leben ihres Sohnes in Mailand berichtet, wo er des Philosophiestudiums wegen hingezogen ist.

Nein, Federica – könnte jemand zu ihr gesagt haben –, er hinkt nicht nur mit den Prüfungen hinterher, wie er euch erzählt hat. Seit sage und schreibe zwei Jahren hat er keinen Fuß in die Universität gesetzt. Seit zwei Jahren verlässt er nicht die Wohnung – so stelle ich mir das vor, damit kann ich mich identifizieren (ich kenne den Hang von Jugendlichen, sich zu verkriechen). Sie eilt zu ihm, platzt ohne Ankündigung bei ihm herein, und was findet sie vor: einen zurückgezogenen, verzweifelten, verrohten, kranken Menschen – wieso war sie nicht früher drauf gekommen: Nur eine weitere Krankheit konnte sie von der kranken Schwester ablenken. Nur Krankheit kann mich von meiner Tochter ablenken.

Somit verdränge ich den Gedanken an Anita mit Arbeit und mit Livia, die ich anrufe und besuche. Vor drei Wochen versuchte ich, sie loszuwerden, jetzt halte ich sie fest. Darin liegt keine Logik, oder zumindest denke ich momentan nicht darüber nach.

Jeder Psychoanalytiker würde sagen, dass ich Anita austausche. Die Aufmerksamkeit, die Sorge. Der Versuch, Livias Wünsche zu erfüllen, der Wunsch, sie glücklich zu machen.

Nun, sie war nicht die Tochter, die ich mir erträumt hatte. Die Klügste, die Beste. Nach langem Umherirren ist dir dieses Wesen als Geschenk gewissermaßen vom Himmel gefallen. Um sie musst du dich kümmern, du, die du dich noch nie um jemanden gekümmert hast, schon gar nicht um jemand Schwaches, um eine neugeborene Tochter, um alte Eltern, die zum Glück gestorben sind, bevor sie dich brauchten, zum Glück, sagst du immer wieder. Ich wäre dem nicht gewachsen gewesen, sagst du und adelst damit die Faulheit, den vollkommenen Mangel an Empathie, die Nachlässigkeit gegenüber Menschen einschließlich deiner.

In dem Augenblick, da die Buße als erledigt betrachtet werden könnte – der abendliche Walzer, würdiges Finale –, bleibe ich. Ich bleibe an Livias Seite, die zu meiner Tochter geworden ist, als Ersatz für die echte Tochter, wie die Analytiker sagen würden. Nicht ganz, würde ich nach einigem Nachdenken sagen, denn irgendwann denke ich nach, Livia nimmt die Züge der Welt an, die ich vernachlässigt habe. Die zerbrechlichen Geschöpfe, um die ich mich nicht gekümmert habe, in einer einzigen Person versammeln, wiedergutmachen, was ich versäumt habe. Mir das Paradies verdienen, vielleicht auch etwas anderes, ich weiß selbst nicht recht, wofür ich mich in Bewegung setze, vielleicht ist das eine noch nebulöse Frage, die ich mit mir selber ausmachen muss, eine Frage in einer embryonalen Phase, wie die Kinder, die ich mir bei jedem Fick meines Lebens vorgestellt habe. Bei jedem Fick dachte ich: Ich bin schwanger.

18

Auf den Vorschlag mit der Fahrt ans Meer hin sagt Livia: Ich will richtig braun werden.

Stellt euch dieses Haus vor, in dem nie etwas weggeworfen wurde, nach dem Unfall ist alles geblieben, wie es war. Dieses Haus, wo der Zitronenbaum blüht und Früchte trägt und aussieht wie der ursprüngliche Baum, der gestorben und im Lauf der Jahre ersetzt worden ist. Derselbe Blumentopf, dieselbe Terrassenecke. Dieses Haus, in dem die Sonnenbank zusammen mit anderen ausrangierten Dingen in der Abstellkammer steht – die Vorstellung von etwas Vorübergehendem, die Vorstellung, die Dinge könnten wieder funktionieren.

Livia will sie wieder in ihrem Zimmer haben. Sie beabsichtige, ihre Gewohnheit wiederaufzunehmen, erklärt sie, sie wolle das ganze Jahr über gebräunt sein. Sie springt herum: Das Leben ist wundervoll!

Wir schleppen die Apparatur, ich auf der einen, sie auf der anderen Seite. Überflüssig, zu erwähnen, woran wir erinnern, woran man denkt, wenn zwei Leute einen Gegenstand hochheben, in den ein Körper passt, lang wie ein Körper, breit wie ein Körper.

Als sie schließlich aufgestellt ist, als sie schließlich angesteckt ist, streckt Livia die Hand zum Schalter aus.

Fertig?, fragt sie erwartungsvoll.

Es lohnt sich, die Umstände zu vergegenwärtigen, unter denen ihre Haut sich schälte. Und es lohnt sich, über uns zu sprechen – über Federica und mich –, die wir nicht traurig darüber waren, sie entstellt zu sehen. Während die Mutter sich plagte, die Tochter eincremte, Termine mit Hautärzten vereinbarte – wir. Wer waren wir. Einer entstellten Livia waren wir ebenbürtig. Dann verheilte Livias Haut, und die Unterschiede kamen wieder zum Vorschein, gemessen nicht so sehr am Glück, sondern eher an der Jugend: Sie genoss sie. Sie wurde aus der Asche wiedergeboren, und sie wurde wiedergeboren. Gegen sämtliche Widrigkeiten, Krankheiten, Traumata, dauernden Herausforderungen. Sogar über den Sturz – Koma, Kraniotomie – hatte sie gesiegt. Erinnere dich an sie in der Klinik, zu Hause im Rollstuhl. Erinnere dich an sie mit kurzgeschorenem Kopf. Wie sie die Laken wegkickt, über die Hitze klagt – man erstickt hier drin (hier drin war Klinik, war zu Hause) –, wie sie sich aufdeckt und in Slip und Unterhemd daliegt, die Brustwarzen zeichnen sich unter dem Stoff ab wie der Schatten der Haare außerhalb des Slips, auch blonde Haarkringel am Saum.

Ringsum Ärzte, Familie. Peinlich berührte Erwachsene (verspürt wirklich keiner von ihnen Begierde? Erregung geht nicht auf Bestellung, sie wächst, sie explodiert angesichts von Schönheit. Umso heftiger die Begierde, je hilfloser das Objekt).

Du, Schriftstellerin, sieh sie dir an, halb nackt in ihrem ebenmäßigen Körper, blaue Augen, Schmollmund/Lächeln, Livia.

Heute streckt sie wieder die Hand zum Schalter der Sonnenbank.

Als hätte es keine dreißigjährige Pause gegeben, zieht sie sich aus, steht im Slip da. Steigt in den Sarkophag, schließt die Augen.

Nur, dass nichts aufleuchtet.

Also in einem ersten Impuls für Abhilfe sorgen, den Stecker ziehen und wieder einstecken, ziehen und einstecken, in der Hoffnung auf Erleuchtung.

Zischen, Funken aus der Röhre.

Wir sind viele Frauen in dem Zimmer, sehr viele, und wir beten, das Licht möge wieder angehen. Zeitmaschine, nimm uns mit und bring uns zurück. Beleuchte uns, bräune uns.

Auch die einzige Röhre erlischt.

Sie funktioniert nicht, sage ich.

Ich spüre Wärme, entgegnet Livia von innen.

Ich erkläre ihr, dass sie verglüht sein muss.

Sie besteht darauf, dass ich mit der Hand fühle. Aber nein, keine Wärme.

Ich fürchte, sie ist kaputt, sage ich.

Daraufhin öffnet sie die Augen.

Bestürzt richtet sie sich auf und steigt heraus. Sie kniet sich hin und rüttelt an der Sonnenbank.

Arme Livia, wir armen Frauen.

Ich bitte sie, aufzustehen, bis schließlich ich mich hinsetze. Und zu Füßen dieses Götzenbildes der Vergangenheit sage ich, dass es jetzt Solarduschen gibt.

Sie schweigt, das Haar fällt ihr halb ins Gesicht. Ansonsten nackt.

Die bräunen, ohne dass es schädlich ist, füge ich hinzu. Ihr ist keine Reaktion zu entlocken, und so mache ich einen neuen Anlauf und frage, ob sie sich nicht freue, Massimo zu sehen.

Sie hebt den Kopf: Ich will nicht weiß sein.

Der ängstliche Tonfall lässt sie klein erscheinen, winzig klein, und ich nehme ihre Hand und sage: Du bist bildschön, wirklich bildschön.

Jeder Analytiker würde sagen, dass ich Anita ersetzt habe. Ich habe vor einer Tochter kapituliert, die mich nicht will, und aufgehört, ihr hinterherzulaufen, um meine Liebe und Fürsorge Livia angedeihen zu lassen. Nicht der besonderen Tochter, die ich mir erträumt habe und als die Anita sich letztendlich erwiesen hat, sondern dieser anderen.

Das Leben ist wundervoll – und diesmal bin ich es, die das sagt, ich mache mir diese naiven Worte in voller Überzeugung zu eigen, sodass jemand, der mich hören würde, glauben könnte, Livia habe mich angesteckt (Geistesschwäche als Ansteckung).

Das kann passieren, wenn einem der Bezug zur Realität fehlt. Traurigkeit und Freude sind eine einzige Gefühlslinie. So schöpft Livia Kraft aus dem Nichts, sie will sich bräunen, und ich soll die neuen Lampen mit ihr ausprobieren.

Es folgt eine Aufzählung der Aktivitäten, die sie wiederaufnehmen will: Schwimmen, Rollerbladen, Big Babol kaufen, mit Big Babol Blasen machen, ficken. Sie wird traurig, das letzte Mal war mit Massimo.

Aber was die Zeit angeht, ist sie nicht verlässlich, das wissen wir. Gestern rannte sie in der Schule die Treppen hinunter. Vorgestern lud der Mann vor der Tür sie zum Casting ein, seine Wahl war auf sie gefallen, und sie gingen zusammen die Straße hinunter. Und stiegen ins Auto ein.

19

»Man hatte im Großen und Ganzen den Eindruck, dass sie unglücklich war. Klar, sie sah toll aus, aber in ihren Augen war ein seltsames Licht. Ich habe versucht, mit ihr zu sprechen. Ich war sicher, dass sie Talent hatte, und wollte ihr irgendetwas entlocken. Auch auf die Gefahr hin, dass ich mich gegen Patrizio stellte, der sagte: Da ist nichts. Ich habe mich darauf versteift, ich mache den Job seit fünfzehn Jahren und irre mich selten. Ich schlage Livia vor, ein paar Fotos zu machen. Aus Erfahrung weiß ich, dass manche Leute Zeit brauchen, sie müssen vor einem Objektiv erst locker werden, gar nicht zu reden von einer Fernsehkamera. Wir gehen also in die Villa Borghese. Ich sage: Ich mache diese Fotos mit dir gratis, weil ich an dich glaube. Wir sind auf einer Wiese im Park, sie lehnt an einem Baum. Stocksteif, nicht mal ein Lächeln hat sie zustande gebracht. Dann die zündende Idee: die Schaukel. Ich bitte sie, sich auf die Schaukel zu setzen, und sie stimmt zu, sie will ja zum Film, jemand werden. Sie setzt sich auf die Schaukel und fängt an zu schaukeln. Ich war ganz sicher, sie würde sich entspannen, und bitte sie, nicht aufzuhören. Weiterschaukeln und lächeln, sage ich und drücke auf den Auslöser. Am nächsten Tag entwickle ich die Fotos, ein Desaster. Irgendwo müsste ich sie noch haben, alle mit geschlossenen Augen. Kein einziges mit offenen Augen.«

Eine der Stimmen vom Band. Eindeutig die Stimme des Mannes, der vor der Schule gestanden hatte, sich als Fotograf entpuppt und Livia seit der Aktion im Park nicht mehr gesehen oder gesprochen hat.

Federica hatte mir erzählt, sie habe die Kassetten der Mutter angehört. Sie hatte eine eingelegt, weil sie wissen wollte, worum es ging. Einmal angefangen, konnte sie nicht mehr aufhören. Nicht, weil sie irgendetwas über diese Nacht herausfinden, sondern weil sie Livia wiederfinden wollte. Sehnsucht hatte sie gepackt. Und vielleicht ist es das, was die Mutter mit dem obsessiven Stimmenaufnehmen gewollt hatte. Die verlorene Tochter wiederfinden. Seltsam, sagte Federica – auch dies in Mailand, im Bett, in der Nacht der Geständnisse –, seltsam, dass man die Menschen erst danach wirklich kennenlernt (nach dem Unfall, nach dem Tod), und damit meinte sie alle, Schwester, Mutter. Sich selbst. Seltsam, das Leben, sagte sie und gab fast wörtlich (oder wörtlich? Ich hatte den Verdacht gehabt.) den Inhalt der Kassetten wieder, exakte Passagen wie von der Friseurin: »Da waren Schnitte auf ihrer Kopfhaut, kleine Schnitte. Ich sagte ihr, sie darf sich nicht kratzen, das war ein nervöser Tic, ich sagte, hör auf, denn wenn sie weitergemacht hätte, wäre sie kahl geworden. Ich sagte: Livia, willst du hässlich werden?«

Über diese Kassetten hat Federica ihre Schwester von vor dem Sturz kennengelernt. Launisch, wortkarg, mürrisch, unzufrieden, eine Zeit lang magersüchtig, voller Schnitte, kleiner Wunden, mit geschlossenen Augen.

Auf den Kassetten deutet niemand die Schwangerschaft an. Keine Ahnung, sagte Federica auf dem Bett, vom Fenster aus der angestrahlte Turm, ich bin nicht sicher, ob sie schwanger war. War sie schwanger? Hat sie abgetrieben? Hat jemals ein Kind existiert? Wenn ja, stellen wir uns wie ich einen Jungen vor, wenn ja, dann folgt mir.

20

Mai ist der Monat des Finales. Des tragischen, plötzlichen Finales.

Mai: An dem heiß ersehnten Sonntag regnet es. Und da Livia das Wetter nicht kümmert – ein einziger Sommer, in dem sich die Verliebten küssen –, ruft sie an und sagt, sie erwarte uns, und um wie viel Uhr kämen wir denn? Sie habe schon vor zwei Tagen ihren Rucksack gepackt, aber bloß Massimo nichts sagen, das dürfe er nicht wissen. Sie sei so aufgeregt, ich müsse sie sehen – ich stelle sie mir vor, wie sie mit dem Telefon vor dem Spiegel steht.

Anders als wir schaut Livia ständig in Spiegel, in Schaufenster, auf jede x-beliebige Oberfläche, die ihr Abbild widerspiegelt, auf das ausgeschaltete oder eingeschaltete Handy, wenn sie sich die Lippen nachzieht.

Soll ich eine Jacke mitnehmen?, fragt sie.

Es liegt an mir, ihr zu erklären, dass wir nicht fahren, also die Enttäuschung zu mildern, den Kurs zu korrigieren: Wir warten ab, das Gewitter zieht bestimmt vorbei.

Massimo anrufen, ihn bitten, dass wir uns trotzdem treffen, vielleicht in einer Bar. Ein, zwei Stunden, nur zum Frühstück, bitte.

Ich war es, die den Ausflug ans Meer machen wollte, unter Ausnutzung der Gefühle, die Massimo für mich empfindet oder zu empfinden behauptet. Wir sind eine Kette von Instrumentalisierungen. Ich will Livia glücklich machen, die Massimo wiedersehen will, der mich wiedersehen will und dabei von Livias Liebe profitiert. Keiner von uns am richtigen Platz, ich zuallererst stelle jemand anderen zufrieden, nicht Livia, auch Anita nicht, Psychologen, die ihr alles auf die Mutterschaft zurückführt. Heute mache ich die Schwächste glücklich, und dass sie jetzt gerade von Livia verkörpert wird, ist ein Zufall, sie gehört zur selben anthropologischen Gruppe, der alle Frauen angehören. Es gibt ein Transversalmädchen, eine Idee von Mädchen, einen gespenstischen Schatten, das Gegenteil von Ideal, ein Geschöpf, das wir durch die Weitergabe des Stabes alle repräsentiert haben. Die Fette, die Missgestaltete, die Gekidnappte, die Zurückgebliebene, da ist sie, sie verlässt an diesem Regentag das Haus, Strohhut, Sonnenbrille. Da ist sie und springt herum bei dem Versuch, einen Bogen um die Pfützen zu machen.

Und das sind wir.

Ich werde den Namen der Bar nicht nennen, denn Figuren, Schauplätze und Ereignisse dieser Geschichte sind real. Und ich möchte nicht, dass man uns in den Personen an dem Tischchen wiedererkennt – ein Mann, ein Kind, zwei Frauen, eine scheinbar älter, die andere jung. Die Ältere wäre ich.

Wenn wir zusammen unterwegs sind, merke ich, dass

Livia auf den ersten Blick oft für jung gehalten wird. Auf den zweiten nicht. Wir wurden auch schon für Mama und Tochter gehalten. Einen Kaffee auch für Ihre Tochter, Signora? Das passierte außerhalb der Klinik, am Tag des MRT, es passierte, und ich sollte mich mit Verdruss daran zurückerinnern.

Aber jetzt ist Frühling, und rund um diesen Tisch könntet ihr uns für eine Familie halten. Nicht allein wegen des scheinbaren Alters, auch weil man es so gewohnt ist – Rollen sind Haltung, nichts weiter. Mit der Haltung des besorgten Vaters sagt Massimo zu Jonathan, er solle langsam essen, nicht schlingen.

Mit der Haltung der genervten Tochter zerbröselt Livia ihr Cornetto.

Draußen regnet es in Strömen, die Sonne wird kühler, und das Meer. Das ferne Meer. Nein, wir werden nicht hinfahren.

Wann hört es auf?, fragt Livia, Sonnenbrille auf der Nase, der Hut liegt auf dem Stuhl neben ihr.

Bald, antwortet Massimo.

Ich will hier nicht rumsitzen, protestiert Jonathan.

Kinder, sage ich, als würde ich mich an eine Schar Kinder wenden, immer mit der Ruhe.

Der Kleine ist in Wirklichkeit pummeliger als auf dem Foto. Dunkle Haare (vorbei die Zeiten, in der die Kinder der Reichen blond sind, hier in der Gegend gibt es keine Blonden, auch keine Villen, der Fürst hatte recht).

Jonathan – der nach dem Großvater mütterlicherseits so heißt – ist ein sechsjähriger Junge mit einer leichten Sprachstörung, gierig, vielleicht bulimisch, zerzaust, linkisch, brav oder schüchtern oder verloren auf einem Platz, der nicht sein Platz ist (flüchtige Erinnerung an das kleine Mädchen aus der Provinz, das in die Stadt kommt und aus dem Auto heraus fragt, wo das Riesenrad sei, im Dorf sprach man nur vom Riesenrad auf dem Rummelplatz, Rom war das Riesenrad. Für kurze Zeit, bevor sie in die Schule kam, bevor die Hölle losging, hatte sie sich das Leben in der Stadt wie ein fortwährendes Auf und Ab dieses Riesenrades vorgestellt. Ob man von dort oben das Dorf sah? Wie wäre wohl der Vater, von oben gesehen?).

Und so konzentriert sich der eingeschüchterte, gefräßige Junge aufs Essen, draußen hört es nicht auf zu regnen, wir schweigen, außer Livia, die sich plötzlich ereifert: Ich sag euch Rätsel.

Habt Erbarmen mit uns, wer auch immer uns sieht, hoffentlich niemand, die Hoffnung im Gegensatz zu vor dreißig Jahren – andere Bar, selbes Stadtviertel. Mit dieser umgekehrten Hoffnung erlebe ich Livias Manöver, Rätsel, bei denen sie Teile vergisst und zu unsinnigen Auflösungen kommt, dazu der lachende Jonathan. Zwischen den beiden gab es eine Art direkte Kommunikationslinie – Taubstumme, Morsealphabet. Und im Einklang, in der Überlagerung von Stimmen, in dem wachsenden Glücksgefühl fragt Livia, was sein Lieblingstier ist.

Jonathan denkt nach. Zebra, sagt er dann.

Jetzt wird Massimo nervös: Komm, gehen wir woandershin.

Wohin denn, sage ich.

Er packt mein Handgelenk: Ich muss hier raus.

Ihn beunruhigt das Einvernehmen zwischen Livia und Jonathan – sollte die Pubertät ein Puppentheater mit abgetrennten Köpfen sein, die Demenz ist es ganz bestimmt. Licht, das ausströmt und durchbohrt, wer ihm am nächsten kommt. Diesem Licht will Massimo seinen Sohn entziehen.

Aber Livia erlaubt es nicht und nagelt uns auf die Gegenwart fest. Lass los, sagt sie und starrt auf seine Hand an meinem Handgelenk.

Ich tue ihr nicht weh, entgegnet Massimo.

Sie springt auf. Ich gehe mich nachschminken, verkündet sie wie im Film, wir sind in einem Film.

Ich gehe mit, die ständige Furcht, sie könnte, absichtlich oder nicht, irgendeinen Mist bauen – Toiletten aus der Vergangenheit überlagern sich mit dieser. Die Erinnerung ist eine Aufeinanderfolge von Toiletten, die man betritt und verlässt. Die gemeinsame der beiden Schwestern, in der Hinterlassenschaften von Livia gefunden und sichergestellt wurden – Tatort: Haare, Tampons.

Die Toilette bei mir zu Hause, in der man sich verbarrikadieren konnte. Finger in den Mund stecken, nicht kotzen – nicht mal das.

Die Schultoilette mit den vollgekritzelten Wänden: LILLO, ICH LIEBE DICH – und wir, Generationen von uns, fragten uns, wer wohl Lillo war.

Galerien von Toiletten bis zu der von heute. Livia zieht sich die Lippen nach.

Als wäre es Abend. Als wäre sie Marilyn.

Wir sind wieder bei den ungeliebten Mädchen, an demselben Abgrund, den wir überwunden glaubten. Die Toiletten überlagern sich mit Räumen, mit Sehnsüchten. Die Galerie ist lang, inzwischen sehr lang, und mit geschlossenen Augen zu durchlaufen.

Musst du pinkeln?, frage ich.

Sie holt Rouge und Pinsel aus dem silberfarbenen Täschchen.

Das macht auch braun, erklärt sie und pinselt sich über das Gesicht. Eigentlich wollte ich falsche Wimpern aufkleben, fügt sie hinzu. Ich hätte gern richtig große Augen. Und dann, ohne den Ton zu ändern: Ihr habt miteinander gefickt – und starrt mich im Spiegel an.

Wie kommst du darauf, will ich wissen.

Ihr habt gefickt.

Also hör mal – ich verliere die Beherrschung –, ich tue alles für dich, ich hätte auch zu Hause bleiben und arbeiten können.

Hey, lächelt sie, ich bin doch nicht sauer. Ist okay für mich, Menschen müssen ficken.

Zwischen mir und Massimo war nie irgendwas, ich schwör's dir.

Bei was, fragt sie.

Bei meiner Tochter, sage ich. Denn trotz allem Streit ist Anita mir das Liebste auf der Welt, vielleicht auch mein einziges Gut. Ich schwöre es bei meiner Tochter, beteuere ich, zwischen mir und Massimo war nichts, und es wird nie etwas sein.

Sie sieht mich forschend an, sucht nach Anzeichen für eine Lüge. Schließlich: Du weißt nicht, was du verpasst, erklärt sie.

Und grinst: Sein Schwanz ist riesig. Dick und lang – sie schließt die Augen und erinnert sich, verklärt, erfindet, verwechselt Menschen, vermischt alle Männer ihres Lebens.

Als Massimo fragt, was Livia als Letztes gesagt hat, gebe ich das nicht wahrheitsgemäß wieder, zumindest nicht jedes Wort. Ich berichte nicht über unser Gespräch, geschweige denn über die Verdächtigungen – innerlich, in meiner eigenen Rekonstruktion, verdünne ich sie bereits und ordne sie als Verdächtigungen ein, nicht als Anschuldigungen. Ich selbst werde versuchen, dem Wortwechsel auf der Toilette kein Gewicht beizumessen, um ihn nicht zu einem Motiv zu machen. Um mich zu schützen. Wenn Eifersucht in ihr aufgeflammt wäre – aber nein, nichts kann Livia überwältigen, nichts geht ihr unter die Haut, die geschundene Haut. Gefühle, Impulse bewegen sich an der Oberfläche. Und das ist – immer noch in meinem Selbstgespräch – nur eine Verkettung von Ereignissen. Ursache – Wirkung, vielleicht auch nicht, dazu ist Livia nicht imstande.

Livia auf der Schaukel, Livia, die Pirouetten dreht, die bei dem Versuch, den Luftballon zu erhaschen, die Hände zum Himmel streckt.

Und doch kann es kein Zufall sein – die Stimme des Gewissens.

Einen Augenblick vorher wir beide auf der Toilette, einen Augenblick später Massimo und ich in der Schlange an der Kasse. Nur rasch zahlen, wir drehen uns um und sehen sie nicht. Laufen hinaus und sehen sie auch auf der

Straße nirgends, Massimo wird nervös, ich versuche, Livia anzurufen. Teilnehmer derzeit nicht erreichbar.

Nein, ich werde nicht von Rache sprechen. Grausame Rache bei der Vorstellung – Verdacht, Anschuldigung – von Massimo und mir zusammen. Ich werde nichts zu Massimo sagen, auch zu mir selbst nicht.

Sie ist mit ihm weg, sagt er. Ich sage: Wir finden sie. Und denke es nicht. Ich denke, dass mein Gefühl von Bedrohung, von drohender Gefahr, von zurückgehaltener Energie seinen Höhepunkt erreicht hat. Der Sprengsatz der Pubertät war nicht ich, nicht unsere Wut auf die Altersgenossen, die Schule, nicht das Minderwertigkeitsgefühl, nicht die Ablehnung einer Welt, die sich auch ohne uns weiter drehte. Auch nicht die Frustration, die Erniedrigung, nicht der monströse Körper, den wir zu haben glaubten und gar nicht hatten – nicht mal in diesem Horror waren wir etwas Besonderes.

Der Sprengsatz, der beim Explodieren nur Ruinen hinterlassen hätte, war Livia, im Übrigen: Hatte sie es nicht schon versucht? Hatte nicht sie die Jugend in die Luft gejagt?

Und alle glaubten, wir hätten das Schlimmste hinter uns. Aber nein, das Schlimmste sollte erst noch kommen.

Es war kein Sprung ins Leere, unser Columbine.

21

Im Mai blühen die Bäume, ich kenne zwar ihre Namen nicht, weiß aber, dass der Mai eine Blütenpracht ist. In der Stadt und auf dem Land, beim Haus im Wald, den Anita Urwald nannte.

An diesem späten Frühlingsvormittag, in dem Rahmen von Grün und Farben, die Stadt zu dieser Jahreszeit, sind Massimo und ich also im Auto.

Ich wusste es, sagt er. Ich hätte ihn nicht nach Rom mitnehmen sollen, sie hätten sich nicht treffen dürfen.

Er ist kurzatmig, seine Augen huschen von einer Straßenseite zur anderen. Das werde ich mir nicht verzeihen, sagt er.

Es ist an der Zeit, Federica anzurufen, entscheide ich. Oder vielleicht doch nicht. Ich stelle sie mir verliebt vor, das Bild von ihr als Verliebten am Strand taucht wieder auf. Ich will sie mir glücklich vorstellen, gönnen wir ihr eine Verschnaufpause. Also versuche ich, Massimo zu beruhigen: Sie sind bestimmt irgendwo in der Nähe, sage ich. Er habe es doch selbst gesehen, sie hätten sich gut verstanden, miteinander Spaß gehabt, sie spielten uns einen Streich.

Du verstehst das nicht, sagt er.

Doch, ich verstehe, und wie ich das verstehe, aber ich halte den Mund. Ich kann nicht sagen, dass Livia nur darauf wartete, sich zu rächen, an ihm, an mir, an den Jugendlichen, die wir immer noch waren, an den Erwachsenen, die wir geworden sind (ich bin längst von der Klarheit dieser Frau überzeugt).

Ich kann nicht zugeben, wie naiv es von uns war, nicht vorherzusehen, dass sie uns für alles würde bezahlen lassen. Und sollte es jemals ein Kind gegeben haben – eigene Schlussfolgerung –, sollte es ein abgetriebenes Kind gegeben haben, dann wird es heute wiedergeboren.

Wir fahren kreuz und quer durch die Straßen des Viertels, sehen uns die Leute alle an. Wir befragen Händler und Passanten, ob sie Jonathan gesehen haben – Handybilder. Dieses Kind zusammen mit einer blonden Frau.

Die Leute sagen: Nein, schütteln den Kopf, schwören könnten sie natürlich nicht. Es kommen so viele Kinder vorbei, Kinder mit Mamas.

Wo kann er sein, wo bist du – ich schließe die Augen, atme. Sie dringt in meinen Kopf ein. Diese Brüste, dieses Hirn. Du bist sie, jetzt bist du Livia.

Livia, die keinen Orientierungssinn hat, die sich verirrt. Die keine Straße wiedererkennt. Livia, die nur zum Friseur und in den Supermarkt um die Ecke darf; ich fange an zu strahlen.

Aufgeregt und hoffnungsvoll rücken wir in den Supermarkt ein. Kassiererinnen und Angestellte bestätigen, ja, sie komme jeden Tag, zwei-, dreimal am Tag, auch ohne etwas zu kaufen, aber heute sei sie noch nicht da gewesen. Nur eine Verkäuferin sagt: Doch, ich habe sie gesehen. Etwa vor einer Stunde, an der Brottheke. Sie war es, zu neunzig Prozent war sie es.

Der Marktleiter schlägt vor, sich die Innenkameras anzuschauen.

Jemand sagt: Eine nette junge Frau. Jemand anders, an mich gewandt: Sie ist bestimmt irgendwo in der Nähe, Signora, normalerweise läuft sie nicht weg.

In den Videoaufnahmen ist Livia nicht zu sehen. Die Verkäuferin entschuldigt sich, sie habe sie wohl verwechselt.

Zurück auf der Straße, sind wir wieder kreuz und quer unterwegs, diesmal zu Fuß.

Wisst ihr noch, wie die Erwachsenen Livia gesucht haben? Während wir angewiesen wurden, uns nicht vom Fleck zu rühren. Jetzt sind wir die Erwachsenen. Wieder das gleiche Szenario, im Lauf von dreißig Jahren sie, immer wieder sie diejenige, die weg ist – die verschwindet, die springt.

Sie wiederzufinden, ist ein Wiedergutmachen.

Für das, was zu tun mir verwehrt war, für das, was ich mit Bedacht nicht getan habe und in mir trage. Was nach dieser Nacht von mir übrig geblieben ist. Der Nacht, in der Livia einen Selbstmordversuch unternommen hat.

Ich bin sechzehn, und es ist Selbstmord. Ich bin sechzehn, ich stehe aus dem Bett auf, gehe in die Küche, hole mir einen Apfel. Ich bin sechzehn, und ich gehe in den Salon, als ich draußen vor der Glastür Livia sehe – rosa Nachthemd. Sie hockt auf der Brüstung. Der Stoff flattert im Wind um ihren Körper, er schmiegt sich ans Gesäß, an die Oberschenkel, die Silhouette richtet sich auf.

Das blonde Mädchen bereit zum Segeln, zum Fliegen.

Es ist Livia. Livia fordert die Gefahr heraus, egal, ob Abgrund oder geschundene Haut. Livia, die nie stürzt. Wir alle würden wetten, dass ihr nichts von dem, was sie hat, jemals genommen wird. Auf der Brüstung steht die Privilegierte, der Augenstern.

Der Augenstern dreht sich um und sieht mich fest an. Ein Blick stummen Einverständnisses, zum ersten Mal sind wir Komplizinnen, einen Augenblick.

Ein Augenblick, und Livia wendet sich der Stadt zu, ich sehe noch die Haare, die langen blonden Haare. Sie wendet sich ab und stürzt ins Leere.

Das sind die Geschehnisse in dieser Nacht. Die Wahrheit, die ich aus Angst, dass mich jemand beschuldigen könnte, nie erzählt habe: Warum hast du sie nicht zurückgehalten? Dass mich jemand befragen könnte, wo genau ich stand, wie weit entfernt, und ob ich sie nicht vielleicht selbst hinuntergestoßen habe. Wie bei meinem Vater, der als Kind erlebt haben will, wie der Großvater Gewalt gegen die Mutter ausübte (wo genau befand er sich da? Im Flur, im Nebenzimmer? Er war nicht eingeschritten, machte ihn das zum Komplizen?).

Das blonde Mädchen stürzt sich also ins Leere, und ich, sechzehn Jahre alt, mache in die Hose. Weil Panik mich packt, Schrecken, bisher machte ich vor Lachen in die Hose. Bis dahin war ich diejenige, die zu viel lachte.

Das Mädchen, das zu viel gelacht hat, ist wieder da, es steigt aus den Eingeweiden hoch. Ich muss nur die Augen schließen, schon ist es da. Wie in der Legende von den Zwillingen, wo es dem einen schlecht geht, genauso bei den Mädchen. Die in die Hose macht, die Summe von allen. Ein Destillat von euch.

Geschundene Haut, um den geringsten Kummer besser zu spüren, das Flügelschlagen – Flügelschlagen des Schmetterlings. Asymmetrisch –, eben das war es: ein Stigma. Stern auf der Stirn. Beschützerin, Kriegerin. Ich rette euch. Ich rette euch, blonde kleine Mädchen, Puppenköpfe. Ich bringe euch in Sicherheit, in die dunkle Höhle meiner Fantasie, wo niemand euch anfassen wird, und wenn es jemand tut, wenn euch jemand missbraucht, dann in bester Absicht, um euch zu Protagonistinnen zu machen. Nicht weinen, Emanuela.

Die Kriegerin sagt: Komm, wir gehen nach Hause. Denn sie spürt, dass Livia zu Hause ist, in ihrem Zimmer. In ihrem Kopf sieht sie die beiden, Livia und Jonathan, wie sie unter dem Bett flüstern, damit niemand sie findet.

Wir stürmen los, mit klopfendem Herzen – ein anderes Herzklopfen als damals. Wir rennen die Treppen hinauf, stürzen in den Salon, das Herz klopft und klopft – auf diese neue Art, holprig, alt.

Wir berichten dem Vater, was vorgefallen ist, er erkennt Massimo nicht wieder (das Wiedererkennen findet viel später statt, am Ende dieses langen Tages), so konzentriert ist er auf die wieder und immer wieder verschwundene Tochter.

Ich sei ganz sicher, sage ich, dass sie zu Hause sind, obwohl das Dienstmädchen beteuert, sie habe niemanden kommen hören, das hätte sie bemerkt, und der Vater. Der Vater in Angst und Schrecken. Sie haben sie mir weggenommen, sagt er.

Die Szene der Vergangenheit wiederholt sich: Wir suchen in den Zimmern, in ihrem Zimmer. Unter dem Bett, und als ich mich bücke, in der sicheren Erwartung, die Köpfe zu sehen, aber nein, da sind sie nicht, entdecke ich abgepackte süße Snacks, aber das ist eine andere (ebenfalls wahre) Geschichte.

Ich kontrolliere den Schrank und sehe aus dem Augenwinkel, wie Massimo den Käfig öffnet (das ist der Moment, in dem sich die Kinder, alle Kinder, winzig klein machen). Zum Beweis, dass geistige Beeinträchtigung ansteckend ist, eine Umkehr der Welt, die sich in einen einschleicht, vergessen wir das Gehirn, es braucht keinen Schaden, keine schwarzen Löcher, die Demenz ist ein Virus, das durch die Atmungsorgane eindringt, also ja, eines Tages klopft womöglich ein Eichhörnchen an die Tür, und ein Kind versteckt sich im Vogelkäfig.

Ab jetzt ist alles möglich. In Wirklichkeit war es das früher schon, viel früher, aber das hatte niemand von uns begriffen.

In diesem Haus, in diesem Zimmer versteckt sich niemand. Also gehe ich – sechster Sinn, Empathie – in den Salon, trete auf die Terrasse hinaus. Sehe hinunter.

Ich bin nicht die Einzige mit einer schlimmen Vorahnung. Alle befürchten, Livia könnte sich etwas angetan haben, sich und dem Kind. Gedankenblitz: Buch oder Film, in dem die Frau sich mitsamt der Katze umbringt. Gedanken und Bilder häufen sich an, zusammen mit Begründungen: Rache an mir wegen der vermuteten Untreue, Rache an Massimo wegen der gleichen vermuteten

Untreue. Oder wegen des Treubruchs, dass er ein Kind mit einer anderen hat. Oder sogar Rache an diesem Kind, das lebt, während ihr eigenes – wir blicken zurück – nie geboren wurde. Livias Wut auf alle Kinder.

Das ist vor unseren Augen vorübergegangen, und wir haben es nicht gesehen oder haben es wissentlich ignoriert wie vor dreißig Jahren – da ist die siebzehnjährige Livia auf der Schaukel. Livia, Augen zu, Schnitte am Kopf. Livia, die aus der Schweiz zurückkehrt und sich in ihr Zimmer einschließt, schlagende Türen (hat sie abgetrieben?).

Und darüber hinaus: Livia, die Jonathan einen Abgrund hinunterstößt, ihn in einem See ertränkt. Ist das Fantasieren nicht vielleicht Erinnern? Mehr noch: Sind die Bilder, die aus dem Unterbewusstsein auftauchen – egal, ob im Traum oder Wachzustand –, nicht vielleicht zensierte Ereignisse?

Verlagern wir uns in die Stadt am Meer, in die Wohnung im zweiten Stock, wo Federica der Anruf erreicht, in dem ich sage: Hilfe. Und auch: Ich dachte, ich schaffe es allein – alles durcheinander. Federica, deren Handy, was ich nicht wusste, über eine Ortungsfunktion mit Livias Handy verbunden ist, tippt, prüft. Atemlos wegen der Nachricht über die Schwester. Ich denke: Siehst du, was passiert, wenn man weggeht, sich freinimmt? Das hättest du nicht tun dürfen – ich würde sie am liebsten beschuldigen, die Verantwortung bei ihr abladen.

Da ist sie, sagt Federica.

Sie bittet mich, anzurufen, sobald ich nachgekommen

bin. Sie nehme den ersten Zug, sagt sie. Ich sage: Warte noch, ich sag dir Bescheid.

Wenn ich sie sehen könnte, wenn ich sie jetzt nur sehen könnte.

Bleiben wir bei ihr, dringen wir in ihren Kopf ein – in den unversehrten Kopf, stellen wir die Unterschiede zwischen gesunden und nicht gesunden Gehirnen grafisch dar –, lassen wir uns in den Abgrund ihrer Ängste hinab, die nicht sie selbst betreffen, sondern Livia, den kleinen roten Punkt auf dem Stadtplan. Blinksignal.

Abgrund der Ängste: Was kann dem Kind passieren, wer auch immer es ist (der kleine Sohn eines Freundes, habe ich vage gesagt).

Der Gedanke an ihre eigenen Kinder, an den Augenblick, als Giorgio mit Livia bricht und ihr den Umgang mit den Kindern verbietet.

Komm zurück, Federica. Erinnere dich, wie Giorgio glaubte, Livia sei krankhaft auf Leonardo fixiert. Zum Beispiel: Als du mal seine Windeln gewechselt hast und sie sagte, was für ein Pimmel, er ist wirklich gut bestückt – so oft erwähnte Giorgio diesen unbedeutenden Vorfall.

Oder als sie mal auf allen vieren ihre Neffen ermunterte, auf ihr zu reiten, und sie dann mit ihm auf dem Rücken durch den Salon galoppierte, unkoordiniert, wie scheu geworden, und Leonardo herunterfiel, sich den Kopf anschlug, daran kannst du dich nicht erinnern, sagte Giorgio immer wieder herausfordernd. Weil sie behauptete, sie könne sich nicht daran erinnern.

Schließlich die Badewanne, als Giorgio erst Michele

herausholt und dann Leonardo zu packen versucht und Livia sich ihm widersetzt, ihn nicht, sagt sie und presst den Kleinen an sich und drückt ihn ins Wasser, um ihn vom Vater fernzuhalten, das Kind gerät mit dem Kopf unter Wasser und taucht sofort wieder auf. Und wenn er einen Augenblick länger unten geblieben wäre? Ganz zu schweigen von dem, was vorher geschehen ist. Was ist in der Wanne geschehen, während sie zum Essen aus waren, welche Ungeheuerlichkeit hat Livia ihren Neffen da angetan? Und zwar Leonardo – Giorgio war immer schon überzeugt, dass seine Schwägerin auf Leonardo fixiert war. Welchen Missbrauch, welche Gewalt? Welches Trauma hat Leonardo zu dem introvertierten, verschüchterten Menschen gemacht, der er ist, vielleicht schwul, oder auch nicht, nur apathisch, sitzt in seinem Zimmer und chattet, ein verängstigtes Wesen.

So wird die Episode mit der Badewanne im Familienepos für Giorgio der Augenblick, in dem Livia Leonardo zu ertränken versuchte, ob bewusst oder unbewusst, sie war kurz davor, ihn zu töten, und das beweist ihre unbedingte Gefährlichkeit. Erinnerst du dich, Federica?

Setz die Szenen neu zusammen. Hör auf, deine Schwester in Schutz zu nehmen, sie und dich zu einer Summe von euch beiden zu verschmelzen, die es nicht gibt.

Sei mutig und wag dich aus der Deckung. Zeig dich, lass den Verdacht zu, dass Giorgio recht hat: Livia ist fähig, den Kindern etwas anzutun.

22

Alle Tiere, von denen hier die Rede war, tauchen jetzt wieder auf. Die Tiere, nach denen ich mich nachts gesehnt habe, wenn ich davon träumte, etwas an mich zu drücken, ein Lebewesen, dessen Herz mit meinem im Gleichklang schlug. Und die Tiere, die für Livias und Federicas Launen herhalten mussten: Hamster und Vogel. Der leere Käfig, der auf einen Wellensittich wartet.

Echte oder unechte Tiere, denn irgendwann verlangten sie Kuscheltiere, Geschenke von Verliebten für aufs Bett. Und in Ermangelung von Liebhabern suchte man in alten Körben nach Kuscheltieren als greifbarem Beweis, dass uns jemand geliebt hat, egal, wer – Mama, wo ist der Koala abgeblieben (Akt der Nächstenliebe, Elodie).

Willkommen im Bioparco Rom, Zoo bis 1998.

Hier lüftet sich das Geheimnis der Tiere, die in dieser Geschichte vorkommen, möglicherweise Erscheinungen, entkommene Exemplare, die die Straße überquert haben und in das Haus eingedrungen sein können. Die rosa Villa lag auf der anderen Seite der Straße. Die Bäume, die man von der Terrasse aus sieht, sind der Zoo.

Also waren Geheul und Gebrüll in der Stille der Nacht keine Fantasie. Sondern die reale Geräuschkulisse unserer Teenagerzeit.

Elefanten, Tiger, Panther, Pinguine, Eisbären, die Welt,

die sich jenseits der Straße hinter der hohen Einfriedungsmauer erstreckte. Ein Ort, den ich in all den Jahren nie besucht habe, genauso wie das Kolosseum, die Sixtinische Kapelle. Die Dicke vom Dorf, die Jahrmarktsbudenattraktion war in sämtlichen Läden an der Via del Corso, um in den Umkleiden zu enge Klamotten anzuprobieren, bei McDonald's, in angesagten Diskotheken, um sie kurz darauf wieder zu verlassen, aus Lust, irgendeine Straße entlangzulaufen, immer der Nase nach, zu Unbekannten ins Auto zu steigen, leider waren da keine Unbekannten. Kein Böser, der dich einsammelt, du Jungfrau aus der Maremma. Der Wunsch, vergewaltigt zu werden, entführt zu werden, die verzweifelte Sehnsucht, bei irgendetwas die Hauptperson zu sein. Und als es geschah, war es nur für einen Sommer – wie viele Tage lebt ein Schmetterling? Und eine Schriftstellerin?

Livia ist auf Federicas Handy im Zoo aufgetaucht. Ein kleiner roter Punkt blinkt in dem grünen Fleck, Viale del Giardino Zoologico.

Wir rennen die Treppen der rosafarbenen Villa hinunter und quer über die Straße, Massimo packt mich am Arm, um mich zurückzuhalten – die Angewohnheit, seinen Sohn zurückzuhalten, an jeder Straße –, wir laufen zum Kartenhäuschen, erklären, was passiert ist, während Massimo Jonathans Foto zeigt. Von Livia haben wir kein Foto, wir beschreiben sie als blond und dünn. Das Kind ungefähr so groß, Massimo hebt die Hand, rotes T-Shirt. An die Kleidung der Frau können wir uns nicht erinnern. Zierliche Figur. Strohhut, sage ich. Inzwischen hat es aufgehört zu regnen. Hut und Sonnenbrille, sage ich, helft uns.

Eine blonde Frau und ein sechsjähriges Kind, die Meldung verbreitet sich schnell über Funkgeräte, denn Massimo hat gebeten, die Information nicht über Lautsprecher zu verbreiten, die Frau könnte flüchten, eine Präzisierung, die klarmacht, worum es sich handelt: Entführung.

Der Druck steigt. Die Dringlichkeit, das Kind zu finden, nein, es hat sich nicht verirrt, jetzt wissen es alle.

Wir stellen uns vor, wie das im Zoo enden könnte (wir sollten darauf bestehen, Zoo dazu zu sagen). Zählen wir die Möglichkeiten auf.

Das Tigergehege, das Löwengehege. Was ist mit den Bären? Werft ihnen mal ein Stück Fleisch zu, den Bären in Gefangenschaft, die ihre Mahlzeiten von außen bekommen, von jemandem, der für sie entscheidet, wann und wie sie essen sollen.

Wisst ihr, wie lange ein Löwe braucht, um vierzig Kilo Fleisch zu verschlingen? Und dann: Wie lässt man eine Leiche am besten verschwinden? Das erinnert an die Geschichte aus dem kleinen Dorf meines Mannes, das Haus im Urwald. In den Achtzigerjahren kauft ein reicher Industrieller aus Mailand einen Hof. Land mit Gutshaus, an dessen Auffahrt der jüngste Sohn entführt wird. Auch nach monatelangen Verhandlungen mit den Entführern und der Zahlung von fünf Milliarden Lire Lösegeld kommt der Junge nicht zurück. In den folgenden Jahren gibt der Vater eine Milliarde für die Suche nach der Leiche aus. Die glaubwürdigste Hypothese: Der Leichnam wurde an die Schweine verfüttert (wir wollen uns nicht damit aufhalten, dass der Entführte im selben Alter war wie mein Mann, wir wollen uns nicht damit aufhalten, dass das Tor, vor dem er gekidnappt wurde, das Tor zum alten Haus meines Mannes war, und ich sage: mein Mann, für den Rest meines Lebens werde ich sagen: mein Mann).

Heute, an diesem Ort mit den Tieren, kommen all die Geschichten von Entführungen und nie gefundenen Leichen hoch. Dies ist eine Geschichte von Verschwundenen, von so oder anders zerbrochener Jugend. Und unter diese Jugend fallen wir alle. Trupp von Zombies. Ob Trupp oder Herde, geht euch aus dem Weg, wenn ihr euch nicht aus dem Weg geht, lauft ihr Gefahr, plattgetrampelt zu werden. Sagte ich schon, dass wir laut waren? Sagte ich, dass wir durcheinander, aufgedreht, verängstigt und unglücklich waren? Dass wir bei der geringsten Gefahr, bei einem riesenhaften Schatten an der Mauer zusammenschraken? (Dabei war es unser eigener.) Ich sagte, dass wir uns in Gruppen bewegten und, wenn wir allein waren, das Gefühl hatten, zu verschwinden, zu versinken – am liebsten hätten wir gar nicht existiert.

Massimo rechts, ich links, überall Personal und Security – sie sind für den Fall, dass sie die beiden finden, angewiesen, uns zu informieren, es sei besser, sich der Frau nur in unserer Gegenwart zu nähern. Ich laufe durch die Menge, die keine Menge ist, denn der Regen hat erst vor

Kurzem aufgehört, es handelt sich nur um wenige Menschen. Ich gehe schneller. Mir tun allmählich die Füße weh.

Von den Kindern, die mir begegnen, ist keines Massimos Sohn. Von den blonden Frauen ist keine Livia.

Über mir öffnet sich der Himmel, es wird ein sonniger Tag, und diese Hitze – echte Hitze oder Wechseljahre –, ich schwitze, triefe, ziehe die Jacke aus.

Ich laufe durch die Menge, die keine Menge ist, aber sie ist es in meinem übersteigerten Kopf, der dem beschädigten Kopf gleichwertig ist, wir alle sind beschädigte Köpfe. Die Menge aller Menschen in meinem Leben, denen ich mich endlich stelle: alten Schulkameraden, Lesern, Kritikern, Mutter, Vater, Tochter. Euch allen, die ihr gar nicht so schrecklich, auch nicht böse wart.

Alte Schulkameraden, Leser, Kritiker, Verwandte, Bekannte, Chefredakteure, Verleger, Schwägerinnen, Liebhaber, Ehemann, Mutter, Vater, Tochter, *I love you* (ein paar Meter weiter der Luftballonmann).

Der Film mit dir als Hauptdarstellerin, von dem du immer geträumt hast. Lichter, tausend Lichter. Applaus.

Für den vielen unterbliebenen Applaus, für den größten, den du hättest bekommen können und den du nicht bekommen hast, weil du ihn nicht verdient hast. Nacht, Mädchen auf der Brüstung.

Beeil dich, lass den schweren, asymmetrischen Körper hinter dir, lass das Mädchen, das du warst, hinter dir.

Lauf schon! Komm vor den anderen an, diesen Augenblick früher, der es dir erlaubt, die Bühne zu erobern. Applaus.

Nach dreißig Jahren heute, am 20. Mai 2019, die Chance für die Geste, der du nachtrauerst. O ja, du hättest es tun können. Auf dieser Terrasse hättest du die Hand ausstrecken und Livia an dich ziehen können. Du hättest es tun können und hast es nicht getan. Gestrandet, verängstigt hast du nur in die Hose gemacht.

Der Mensch, der du jetzt bist, hat die Gelegenheit, nicht Wiedergutzumachendes zu verhindern.

Deine zweite Chance, Vergangenes wiedergutzumachen. Doch als du sie sichtest, als du Livia und den Jungen siehst – sie sind es, du hast sie gefunden! –, verpufft auch diesmal die Gelegenheit, zur Retterin zu werden. Früher deiner Trägheit wegen, heute mangels Dramatik. Livia und Jonathan stehen am Affengehege, eine kleine Tüte in der Hand, und werfen Samen hinein. Es spielt sich keinerlei Tragödie ab.

Also schließe ich die Augen, ich schließe fest die Augen, deswegen bin ich Schriftstellerin geworden: erfinden, ordnen. Hier bin ich als mutige Erwachsene, hier bin ich und laufe mit langen Schritten, ich springe, ich stelle mich unter alles – Fenster, Balkone, Klippen, Abstürze eurer Jugend –, strecke die Arme, fange Mädchen auf im Flug.

23

Francesco, 23 Jahre alt, Menü C, (43 kg, 1,78), derzeit der einzige männliche Patient im Zentrum, räumt ein, zum Teil sei das Abnehmen eine Möglichkeit gewesen, sich von Antonio zu unterscheiden, seinem Zwillingsbruder, mit dem er verwechselt wurde. Als sie klein waren, machte das nichts aus, aber später, mit sieben, acht Jahren, mit zwölf, dreizehn. Antonio, sagten alle zu ihm. Und er: Nein, Francesco. Sogar in der Schule: Antonio! Und er: Francesco.

In seiner Wahrnehmung merkte er irgendwie nicht, dass Antonio das genauso erlebte. Zur Unterscheidung – wie ihm die Psychologen erklärten – ließ er sich mit fünfzehn die Haare wachsen und bleichen, übrigens waren sie als Kinder blond und wurden erst später dunkel.

Er kommt weißblond nach Hause. Aber Vater und Mutter sind aufgeschlossen und sagen: Okay. Ich muss mich daran gewöhnen, sagt die Mutter. Ende. Erst dank der Familientherapie, meint sie, habe sie Francescos Bedürfnis nach Individualität gegenüber seinem Bruder verstanden. Bevor die Psychologen mit ihr darüber gesprochen hätten, sei ihr das gar nicht in den Sinn gekommen, und vielleicht sei das der Fehler gewesen, Veränderungen wie dem Gewichtsverlust keinen Wert beizumessen, hätten ihr ebenfalls die Psychologen erklärt, von den Haaren bis hin zum Gewicht. Eher der Wunsch, sich zu unterscheiden, als zu verschwinden.

Jetzt führen die Spezialisten mit Francesco Gespräche über den Charakter.

Er muss lernen, dass der wahre Unterschied, das, was Menschen einzigartig macht, die Persönlichkeit ist. Zwillinge oder nicht, sie kann nicht bei beiden die gleiche sein.

Es stimme – und jetzt spricht Francesco –, Antonio sei

vom Typ her ernst, selbstsicher, aber auch empfindlich, er selbst dagegen sei extrovertiert und habe großes Vertrauen in andere Menschen. Und er sei sehr kreativ, ihm sei bewusst geworden, dass er seinen kreativen Anteil geopfert habe, angefangen bei der Wahl der Schule. Anstatt wie sein Bruder die Hotelfachschule zu besuchen, hätte er sich für das Kunstgymnasium entscheiden sollen.

Jedenfalls versteht er jetzt erst, was er sich wirklich wünscht. Nämlich, anders zu sein als sein Bruder.

Ein weiterer Unterschied zwischen den beiden ist, dass Antonio gern flirtet, während er selbst ein treuer Typ ist. Er ist auf der Suche nach dem richtigen Menschen, aber er gibt nicht auf, im Grunde seines Herzens weiß er, dass er ihn finden wird. Jemanden, der so sensibel und kreativ ist wie er, eine Zwillingsseele. Zum Beispiel in Sachen Klamotten. Er weiß, dass er bei den Klamotten ein bisschen sonderbar ist. Im Sommer war er mal in Shorts und T-Shirt in fluoreszierendem Gelb unterwegs. Irgendwann ruft es hinter ihm: Na, Süße, wo willst du hin, so ganz allein? Es folgen Bemerkungen über seinen Hintern. Dann überholen ihn zwei auf dem Motorrad und sehen sein Gesicht. Einer sagt: Scheiße, du bist ja ein Typ. Alle brechen in Lachen aus, er als Allererster.

ANHANG

Bemäntelt mit dem Alibi der Künstlerin, leidendes Genie, kann ich auf den Abend im Aufzug zurückkommen, Massimo und ich. An diesem und den vorhergehenden Abenden mit Livia, ebenso dem letzten mit Jonathan, kamen wir uns vor wie die einzigen Erwachsenen und verständigten uns mit Blicken.

Wir Erwachsene in einem immer engeren Raum, bis hin zum Aufzug, während nebenan (zwanzig, dreißig Meter – der Aufzug fährt nach unten) Livia schläft, oder zumindest habe ich sie so zurückgelassen, in der Dunkelheit des Zimmers, die Silhouette des leeren Käfigs, der an der Decke hängt. So habe ich sie zurückgelassen, wobei ich mir Mühe gab, nicht bei jedem Schritt Lärm zu machen, denn ich spürte eine mögliche Bedrohung für Livia und für alle schlafenden Wesen, die ich am liebsten einfrieden würde, um eine Barriere zu bilden zwischen ihnen und dem, was an Unwägbarem geschehen kann. Was ich spüre, ist Elektrizität, elektrische Barmherzigkeit gegenüber den Schwachen. Für die kleinen Wesen, die dieses schlafende Exemplar vertritt. Tiefes Mitgefühl, das, vom Kopf aus nach unten geschüttet, durch den ganzen Körper strömt. Es passiert den Bauch, schlängelt durch den Bauch, und mich beschleicht der Verdacht, dass es sich nicht um Mitgefühl handelt – sind die Schmetterlinge zurück? Eher Zärtlichkeit. Laszive Zärtlichkeit, die mich die Beine zusammenpressen lässt, fest pressen, Jungfrau. Pressen und schieben, du bist Gebärende. Oder vielleicht Sehnsucht. Die Sehnsucht lässt dich aufstehen und führt aus dem Zimmer, aus der Wohnung.

Mit einer dir unbekannten Leichtigkeit, neu für den Körper, den du mit dir herumschleppst, merkst du im Aufzug, dass es doch kein Mitgefühl ist, auch nicht Barmherzigkeit, geschweige denn Empathie, Beschützerwille, Mutterinstinkt, Schwesterlichkeit, es ist mein erotischer Trieb.

Und da ich vollkommen zurechnungsfähig bin, übernehme ich die Verantwortung für das, was passiert: Ich, ausgerechnet ich, Schriftstellerin, Mutter, siebenundvierzig Jahre alt, provoziere meinen alten Schulfreund. Ich berühre ihn, Hand auf der Brust.

Im Aufzug und draußen, ohne dass wir aufhören würden, uns zu küssen, auf der Straße, im Auto, als hätten wir das ganze Leben darauf gewartet. Dieses Durchdringen, im Einklang atmen.

Dabei habe ich ihn vor wenigen Tagen noch zurückgewiesen und ihm sadistisch Vorwürfe gemacht: Denkst du denn nicht an Livia? Was mitschwang: im Unterschied zu mir. Wer bin ich, wenn nicht der gute Mensch, der zu sein ich vorgebe – Anita sollte mich sehen, mich anschauen, dachte ich in den letzten Tagen, Wochen. Bis hierher, bis in mein Bett, in das ich Massimo mitgenommen habe – schau nicht hin, mein Kind.

Während er eindringt. Und ich stöhne, sage: Liebster.

Weißt du, wie oft ich die Augen geschlossen und dich gesehen habe? Auf den Fluren der Schule, die Treppen hinauf und hinunter. Sie machen sich breit, lärmen. Hormonwirbel, ich ficke den ganzen Trupp.

Stoßt zu, kommt in mir – die Illusion, ein Kind zu machen.

Wie ist das, die Jugend ficken. Wie ist dieses Einrollen von Zeit. Zu entdecken, dass die Fantasien durch ständiges Wiederholen genauso gut sind wie Erfahrung, und was gerade geschieht, ist die gar nicht so dringende Wiederholung von etwas, das schon geschehen ist.

So, dass weder du noch er sich ganz auszieht, und nicht aus dem Drang nach dem Beischlaf heraus. Vor allem du nicht, du hast die Hose ausgezogen und das Oberteil anbehalten, weil du wieder das asymmetrische Wesen bist, der Mensch, der von der Operation träumt – operiert mich! –, um die Liebe wirklich erleben zu können, aber die Liebe ist halbiert. Wie du. Heb den Blick, hab den Mut, das Ding, das du bist, im Spiegel zu betrachten. Schenk dir Mitgefühl.

(Zu den unschuldigen Geschöpfen, die heute Nacht schlafen, Livia, Anita, die dir als Erste in den Sinn kommen, gehörst auch du.)

Dass dies Vergangenheit ist, müsst ihr beide spüren, du und Massimo, denn ihr liegt nebeneinander auf dem Bett, er ist gerade in dir gekommen, und es war nicht Leidenschaft, die Gelegenheit beim Schopf, Leichtsinn, sondern weil er genau weiß, wie alt du bist, du verwelkte, runzelige Frau – ihr liegt auf dem Bett, und keiner sagt etwas, keiner streckt zärtlich die Hand aus. Das ist jetzt, ganz und gar jetzt, und draußen, jenseits der Vorhänge, liegt eine schattige Nacht wie viele andere, sternenklar, sternlos, Vollmond, Wolken verdunkeln den Mond.

Ich muss morgen früh raus, sagt er.

Dann geh jetzt besser – ich, und ich ziehe mir das Laken bis zum Kinn hoch. Mir ist kalt, sage ich. Was gelogen ist.

Massimo zieht sich an, ich drehe mich auf die andere Seite. Was für eine Qual für mich, für ihn. Für uns privilegierte Kinder aus dem Parioli-Viertel, Rom.

Wie ist es, die eigene Jugend zu ficken? Was empfindet man da, was für eine Illusion, sich für einen Teenager zu halten. Das ist es, was ich heute Nacht verraten habe, das Leben danach.

Das Leben danach ist das Mädchen, das dann kam.

Die junge Frau, die ich, kaum dass Massimo gegangen ist, im Computer sehe. Im Netz gesucht und gefunden. Mein Ex-Mann hatte es gesagt: Wenn du sie wiedersehen willst.

Haare bis halb zum Hals – wann hast du die abgeschnitten –, die länglichen Augen des Vaters.

Ein Tier, das alles frisst, liest der Moderator vor.

Auf dem Monitor erscheint die Frage über den Leerstellen für die Buchstaben der Antwort. Ich zähle acht Stellen.

Nahaufnahme von Anita.

Omnivore, sagt sie.

In den Kästchen erscheinen die Buchstaben und bilden das Wort »Omnivore«.

Ich grinse, obwohl ich den Spielausgang kenne. Wie stolz ich auf die junge Frau bin, zu der sie trotz meiner Fehler geworden ist.

Meine Gedanken wandern zu ihr, als sie drei, vier Monate alt ist, ich ziehe sie an und zwinge ihren Arm in den Body, und sie weint, und ich begreife, dass ich etwas falsch gemacht habe. Hilfe, rufe ich, bis das Kindermädchen kommt, und ich schreie, ich hätte ihr den Arm gebrochen, und sie nimmt sie hoch, wiegt sie, bewegt sie, es ist alles in Ordnung, sagt sie, und meine Tochter hat inzwischen aufgehört zu weinen.

Unfähig bist du, eine unfähige Mutter. Du hättest doch fähig sein müssen. Sie etwas lehren, Antworten geben, die du nicht mal jetzt geben kannst, sodass sie, die Tochter, schlauer ist als du. Wärst du beispielsweise imstande gewesen, auf Allesfresser mit Omnivore zu antworten? Und auf Spielzeug mit einem Propeller aus Papier oder Plastik, der sich im Wind dreht? Antworte darauf, Mutter. Antworte da, wo deine Tochter schweigt, den Kopf schüttelt, und du – du kennst ja den Spielausgang –, sporn sie an: Komm schon, Anita, denk an früher, an die Spielsachen, du hattest Unmengen von Spielzeug –, denn diese Antwort kennst du, das ist dir sofort eingefallen (siehst du, so unfähig bist du gar nicht).

Ich passe, sagt aber die Tochter, was bei dir Dagegenhalten auslöst. Nein, sagst du, nein, mit lauter Stimme.

Als ob es möglich wäre, zu verlieren – wir dürfen nicht vergessen, dass verlieren hier bedeutet, durch die Falltür zu stürzen. Und du, Mutter, sagst Nein und wieder Nein, als wolltest du deine Tochter zurückhalten.

Während der Moderator noch mal von vorn beginnt, bei der ersten Frage, und die Fragen wiederholt, die Anita schon beantwortet hat, aber in diesem nochmaligen Durchgang könnte sie aus Angst, aus Verunsicherung einen Fehler machen, die falsche Antwort geben und müsste dann wieder von vorn anfangen, ihre Zeit würde ablaufen – auch so kann man verlieren –, während der Moderator noch mal von vorn beginnt, denkst du an andere Situationen, bei denen du die Fassung verloren hast. Geh in diesem Zustand der Nervosität in ihre Kindheit zurück, zu der Kleinen, wie du sie an den Armen gepackt, deine Fingernägel hineingegraben hast, zu ihr als Ein-, Zweijährige, die du geschüttelt, an den Haaren gepackt, zu Boden gestoßen, angeschrien hast, zu ihr mit drei, mit vier, mit acht Jahren, quengelig, trotzig, und du hast sie angebrüllt: Es reicht. Und die Erwachsenen traten dazwischen, sie rissen sie dir aus den Händen, denn du warst gefährlich, sehr gefährlich, wie sehr, hast du übrigens bewiesen, denn du hast auf dem Körper deiner Tochter große blaue Flecken hinterlassen. Die Erwachsenen befürchteten noch viel Schlimmeres, und das wusstest du, du spürtest es, weißt du noch, wie sie dich am Meer nicht allein ließen, du durftest nicht mit dem Kind auf dem Arm ins Wasser gehen. Du wurdest daran gehindert.

Welcher Ambrosianische Ritus endet an einem Samstag statt an einem Mittwoch, fragt der Moderator.

Karneval. Wechsel von Frage und Antwort, um noch mal so weit zu kommen.

Das Spielzeug mit einem Propeller aus Papier oder Plastik, der sich im Wind dreht.

Komm schon, sporne ich sie auf Knien im Bett an, ganz nah am Bildschirm, als könnte ich ihr die Antwort einflüstern. Lieber Gott – bete ich. Mama, Papa – an die Verstorbenen gewandt, wobei ich außer Acht lasse, dass ich sie mit Dreck beworfen habe, wenn es ein Jenseits gibt, sind sie bestimmt wütend, oder sie haben mir verziehen, aber ja, verzeiht mir. Wir sind doch eine Familie! Von Pädophilen, von Gewalttätern, aber egal, Familie ist Familie. Vorfahren von der Großmutter väterlicherseits bis zum Vergewaltigerurgroßvater, lasst sie alle gewinnen. Lasst sie sechsundachtzigtausend Euro gewinnen, das Geld, das ich selbst nicht verdient habe, daran muss ich oft denken, was werde ich wohl vererben. Entschädigt das Mädchen, dem ich wehgetan habe.

Spielzeug, das sich im Wind dreht, wiederholt der Moderator.

Los, Anita. Und ich gebe die Antwort, buchstabiere sie, als ob meine Tochter mich hören könnte. Los, Tochter, die du so anders bist als ich, du von rosaroten Fantasien so ferne Frucht – buchstäblich rosarot, denn ich hatte mir vorgestellt, wie du im Tutù Pirouetten drehst, dabei hast du nie Pirouetten gedreht, du bist, sobald du konntest, geklettert, herumgesprungen, mit dem Roller durch die Wohnung gefetzt, hast dabei die Türstöcke ruiniert, und ich bin explodiert: Himmel noch mal – wenn mir nicht Schlimmeres entfuhr, wie oft habe ich Scheiße zu dir gesagt, als du klein warst, sehr klein. Dieses Mädchen ist ohne jede Anmut, beschwerte ich mich. Und jetzt: Los, zornige kleine Frau, introvertierter Teenager, ängstliche Elfjährige, in Tränen aufgelöste Neunjährige.

Mein kleines Mädchen. Dann passiert es, die junge Frau mit der großen Nase und den nicht gerade ebenmäßigen Gesichtszügen, aber hoch gewachsen und schlank, die junge Frau auf dem Bildschirm lächelt – hat sie mich etwa gehört? Hat der Wind der Vergebung einer ganzen Sippe vom Urgroßvater bis zur Großmutter väterlicherseits, die in einem wirren Chor von Schuldigen und Unschuldigen um Vergebung bittet, hat dieser Wind ihr etwa die Antwort zugetragen, ihren Ohren, wie ein Echo aus der Vergangenheit, die Stimme, die in den Urwald zurückkehrt, den Urwald unserer Familie – weißt du noch, Anita?

Die junge Frau auf dem Bildschirm antwortet.

Und ich springe auf. Parallel zu ihr, die im Computer jubelt, du und ich spiegelbildlich, ich müsste nur eine Hand ausstrecken, ich strecke meine Hand aus.

Dort unten – und dort oben und, widergespiegelt, hier unten – entflammt derweil jeder Gegenstand in Farben, und genau das habe ich dir gewünscht. In meiner Fantasie habe ich dich immer unter tausend Lichtern, diesen tausend Lichtern gesehen. Applaus. Und ich bin gerührt, am Computer bin ich gerührt, nicht so sehr, weil du gewonnen hast, das wusste ich ja. Ich weine, weil du schon einundzwanzig bist, dabei hätte ich das nie gedacht, ich fühlte mich nicht imstande, ein Lebewesen großzuziehen, ich dachte, es wird bestimmt krank und stirbt. Und fällt mir versehentlich aus den Armen.

Aber wir haben es geschafft. Und du bist dort unten. Gesund.

Diesen Roman habe ich Federica gewidmet, denn ich dachte, sie nimmt sich eine Pause von ihrer Schwester, von ihrem Vater, überhaupt von der Last, die das Leben für sie, die privilegierte junge Frau, bereitgehalten hat. Nein, Federica D'Elia (6. Dezember 1972–28. Mai 2019), wir waren nicht gleich.

Ich danke Dr. Laura Dalla Ragione, Leiterin des Palazzo Francisci in Todi (einer Einrichtung des Netzwerks für Essstörungen, Umbrien).

Ich danke Professor Giuseppe Plazzi, Leiter des Zentrums für Schlafmedizin an der Klinik Bellaria in Bologna und Autor von *I tre fratelli che non dormivano mai* (il Saggiatore).

Und schließlich möchte ich Sandra Bonsanti danken, die viele Frauen befreit hat, darunter meine Mutter.